有爱的青春陪伴者

图书在版编目（CIP）数据

不止宠爱 / 声声曼著. -- 石家庄：花山文艺出版社，2021.5
ISBN 978-7-5511-5608-0

Ⅰ. ①不… Ⅱ. ①声… Ⅲ. ①言情小说－中国－当代 Ⅳ. ①I247.5

中国版本图书馆CIP数据核字(2021)第048234号

书　　　名：	**不止宠爱**
著　　　者：	声声曼
策划统筹：	张采鑫
特约编辑：	周丽萍
责任编辑：	董　舸
责任校对：	卢水淹
美术编辑：	胡彤亮
封面设计：	颜小曼
内文设计：	孙欣瑞
封面绘制：	画画的陶然
出版发行：	花山文艺出版社（邮政编码：050061）
	（河北省石家庄市友谊北大街330号）
销售热线：	0311-88643221/29/35/26
传　　真：	0311-88643225
印　　刷：	长沙鸿发印务实业有限公司
经　　销：	新华书店
开　　本：	880×1230　1/32
印　　张：	9
字　　数：	200千字
版　　次：	2021年5月第1版
	2021年5月第1次印刷
书　　号：	ISBN 978-7-5511-5608-0
定　　价：	39.80元

（版权所有　翻印必究·印装有误　负责调换）

目录

001/ **第一章** 再怎么骂，我还是楼太太
"我只是想证明我自己，也想养活我自己。不想只是做楼太太。"

017/ **第二章** 你在跟我讲条件？
"千方百计爬上我床的人是你，现在将离婚挂在嘴边的人也是你。你以为我们楼家的门，是你想进就进，想出就出的？"

038/ **第三章** 谢谢你把我从徽城带来
"那晚你……比现在过分得多。"

056/ **第四章** 不是女主人，胜似女主人
"那就难怪了，我猜先生是吃醋了哎。"

078/ **第五章** 他是喜欢上她了
"他刚才当着我的面，叫你江小姐。"

099/ **第六章** 他定护着她
"那就以后都听话点，我帮你挡。"

123/ **第七章** 两颗心渐渐回暖
"我没有想算计你，但是嫁给你，我很开心。"

目录

145/ 第八章　　因为是你惹我生气
"我求求你，我不想。"

166/ 第九章　　你以前很怕我
"你能不能也答应我一件事？和我试着谈恋爱。"

187/ 第十章　　我的太太也是女孩子
"她是她，你是你。如果她足够好，我为什么不娶她？"

206/ 第十一章　　如果能换种方式认识就好了
"楼先生还想跟我生孩子吗？我还以为你以后会跟我分开。"

226/ 第十二章　　你离不开我
"我帮不了你什么。大不了以后我唱戏赚钱，助你东山再起。"

244/ 第十三章　　她奶凶奶凶的，很可爱
"啧啧，狗死了，没有一粒狗粮是无辜的。"

259/ 第十四章　　他眼底温柔，胜过千万星光
"这些颠沛流离，以后都与你无关了。"

274/ 番外小剧场

第一章　再怎么骂，我还是楼太太

"我只是想证明我自己，也想养活我自己。不想只是做楼太太。"

深夜，徽城四季酒店。

巨大的落地玻璃窗外是江南梅雨季节的绵绵阴雨，窗内热浪滚滚，躯体缠绵。

江雨舟的意识昏沉，喉咙充血干涩，她发不出半点声音，仿佛只要吐一个字喉咙里的腥甜感就会汹涌而上。

她与身侧的男人直到深夜才睡去，但是她一直睡不安稳，浑身冷汗，辗转反侧。

她侧过身看向身边的男人，他的五官轮廓鲜明如许，硬朗又好看，眼前人和记忆当中的那张面孔重叠在一起……但她只要一闭上眼，就会想到那缱绻的画面，暧昧又痴狂。

她根本不知道自己在哪里，也不知道他为什么会跟自己躺在一起。她的手脚软弱无力，根本没有力气从床上起来逃走。她唯一能做的就是试图让自己清醒。

然而当她刚刚准备闭上眼睛冷静一下时，眼前的男人忽然睁开了眼睛，伸手紧紧攥住她纤细无力的手腕，冷声低斥："江雨舟，你千方百计想爬到我的床上，目的实现了？"

江雨舟猛然一惊，想要将手从他的禁锢中逃脱出来，可整个人又被他一拽，她身体往前一倾，猛地陷入了黑暗之中。她低声惊呼，想要呼救却发现自己的嗓子根本发不出任何声音，四肢在一片黑暗里剧烈晃动却仍找不到一根救命的稻草……

"啊！"江雨舟在梦魇之中醒来，瞳孔紧缩，双目瞪大，大口大口地呼吸着，仿佛是一条在岸上搁置了很久的鱼，迫切地需要呼吸。

她从床上坐起来，惊魂未定地喘着气，这样的噩梦从她认识楼觐到现在不知做了多少回了。

三个月前，楼觐将她从徽城带来上城，领证结婚。她从一介戏子摇身一变成了上城楼氏集团的楼夫人，靠的是那一晚噩梦般的经历和肚子里的孩子。

她的手轻轻抚上小腹，深深地吸了一口气，侧过身看向身旁的空枕头。

他又没有回来。

这三个月来，江雨舟与楼觐之间几乎毫无交流，他也经常彻夜不归。在这偌大的别墅里，只有她自己。

她掀开被子起身，从床头柜上拿起手机拨了楼觐的电话。

这是第一次，她在噩梦中醒来后忍不住给他打电话。

那边过了很久都没人接听，江雨舟有些心烦意乱，身上又黏腻异常。她走到阳台上呼吸了一点外面的新鲜空气，才觉得浑身舒畅了许多。

楼宅位于城郊别墅区，绿化良好，郁郁葱葱，此时是深夜，别墅区的空气里弥漫着一股晨起的芳草清香。

就当江雨舟快挂断电话时，那边却忽然接听了。

"喂。"是一个女人的声音，温柔又矜贵，带着一点高高在上的味道。

想必那边也知道她是谁。

"曾小姐。"江雨舟开口,耐着心底的不适,"麻烦请让我先生接电话。"

电话那边,是楼甄当初的未婚妻,曾淇渝。

于楼甄而言,江雨舟是费尽心机想要爬到他床上的戏子。

于曾淇渝而言,江雨舟是破坏她郎才女貌联姻的第三者。

江雨舟在这两人面前,从来都没落到过什么好脸色。只是她没想到,楼甄今晚会跟曾淇渝在一起……

"阿甄刚刚在宴会上喝了不少酒,现在睡着了。你在他身边时间短,大概是不知道他喝醉之后不喜欢别人吵醒他。我没这个胆子,江小姐请便。"说完,曾淇渝直接挂断手机。

这个女人厉害得很,说话从来都是柔中带刺。三个月前,江雨舟第一次见到曾淇渝时就知道,对方与那些嚣张跋扈的千金不同,是个扮猪吃老虎的角儿。

江雨舟咬了咬牙,攥紧了手机又拨了楼甄助理的电话。

"喂,太太。"楼甄的助理顾北接听了电话,口气似是有些为难。

"顾助,先生在哪儿?"

"先生在参加宴会。"

顾北也是头一次接到家中这位正主的电话,原以为这位是个安分的,是绝对不会查先生的行踪,却没想到还是逃不过。

顾北作为助理早就料到了会有夹在中间的一天。毕竟当初这楼太太是如何嫁给先生的,他是最清楚的一个,也算是半个当事人。

江雨舟披上外套,从桌上拿了车钥匙就匆匆下楼,直接开口:"我要地址。"

"太太,您这是让我为难……"顾北不知道怎么推辞,如果让江雨舟来了,那他就完蛋了。

江雨舟到院子里开了车，戴上蓝牙耳机，将车子驶入夜色之中。

"我知道他跟曾家大小姐在一起，我只是有事情找他。"江雨舟将顾北心中的担心说了出来。

顾北为难之下，还是将宴会地址发给了江雨舟。

江雨舟赶到宴会所在的丽思卡尔顿酒店时，已经是凌晨一点半。

宴会设在酒店的十三楼，今晚是楼觐美高时期的同学聚会，一直闹到现在还没有散去。

曾淇渝说楼觐睡了，江雨舟怎么会信。

江雨舟拢了拢外套，走到宴会厅门口，却被侍者拦下了。

"这位小姐，请问您有请柬吗？"一个经理模样的女人瞥了一眼江雨舟，冷淡地问。

江雨舟此时身上穿着休闲的睡衣，外面套了一件外套，怎么都不像是来参加宴会的。

"我先生在里面。我找他。"

"这里可不是让人找丈夫的地方，也不是什么猫猫狗狗都可以进去的。如果你要等，就请在外面等吧。"女经理直接扔下一句话，转身离开了。

江雨舟按着心底的一股气，站在宴会厅门口等着楼觐出来。

她想着，这场宴会到这个点儿怎么也该结束了。

今晚她也不知是怎么了，就是很想见到楼觐。或许是噩梦之后的痛苦久久无法散去，又或者是怀孕初期心绪的不稳定，她今晚格外倔强执着。

大概十分钟后，宴会果然散了。

从宴场里面拥出来几十个人，江雨舟一眼便看到了楼觐，以及他身旁轻轻挽着他手臂的曾淇渝。

在江雨舟眼中，楼觐与曾淇渝的确是般配。

两人无论是外貌、家世、背景，都是门当户对，却被她这样出身徽城小镇，唱黄梅戏的戏子截了和，若她是曾淇渝，也定然愤愤不平。

然而……这也不是她故意的。

"阿觐。"江雨舟见楼觐出来，立刻快步走了上去。

直到现在那个梦对她的困扰还没散去，她整个人心魂未定，只想看到楼觐。

楼觐见到她似是有些吃惊，又有些不悦。

他俊逸的眉心略微拧了拧，冷声开口："谁让你来的？"口气一如既往的不善。

在江雨舟的记忆中，楼觐从未好好跟她说过话。

江雨舟浅浅吸了一口气："我做噩梦了。想见你。"

曾淇渝原本就挽着楼觐的手，闻言，略微朝楼觐靠近了一些，莞尔："江小姐做噩梦怎么也要找阿觐？经常做噩梦的人怕是平日里坏事做多了，正所谓日有所思夜有所梦。江小姐如果真的害怕，不如明天去找座庙烧炷香，问心无愧了，也就睡得舒坦了。"

曾淇渝说话杀人不见血，江雨舟听了，心底一阵不适。

曾淇渝这指桑骂槐的，楼觐也从来没阻止过。

毕竟这些话大概也是楼觐赞同的，她在他眼中就是这样心机颇深的女人。

"曾小姐，你难道不应该叫我楼太太吗？你一口一个江小姐，是需要我把结婚证给你看一下？另外，江小姐也不用在这里指桑骂槐，再怎么骂，我还是楼太太。"

江雨舟的话语也强势，丝毫不肯退让。

曾淇渝听了脸色骤变，压抑着不悦，咬牙说道："长着一张人畜无害的脸，说出来的话却这么不好听。不过想想也是，小地方来的，还没见过世面。以后会好的。"

江雨舟不想搭理曾淇渝,毕竟她在曾淇渝这里是理亏的。

她仰头看向一直沉默不言谁也不帮的楼觐:"阿觐,跟我回家吧。"

这句话里面含着多少恳切,只有江雨舟自己心底知道。

她眸光深深地望着楼觐,他脸色漠然,却还是看了一眼曾淇渝:"我让顾北送你回家。"

"阿觐?"曾淇渝有点难以置信,"今晚还要回去吗?"

楼觐没有回复,拂开曾淇渝的手,阔步离开。

江雨舟见状连忙想要跟上,却听到身后曾淇渝对走上来的楼觐的同学说道:"现在这个世道真是笑贫不笑娼,一个戏子用手段奉子成婚后,也好意思大半夜穿着睡衣疯疯癫癫跑到宴会上来。"

身后人说了什么江雨舟没敢再听,匆匆跟上了楼觐,出了酒店。

两人上了车,楼觐喝了酒,是江雨舟开车。

车子平稳地驶在夜色之中,车厢内安静得出奇。

江雨舟终于忍不住了,低声开口:"你要是酒喝多了,困了,就睡一会儿。"

"你满意了?"

楼觐一句话,将江雨舟一颗心都提了起来。

江雨舟心口窒了窒,握着方向盘的指节都紧缩了三分。

"我不是故意来找你,我只是做了噩梦很害怕,很想见到……"

"三个月前,你在我身边醒来时,你也说你不是故意的。江雨舟,是不是你做什么都能推到无意上去?"江雨舟话还没说完,就被楼觐打断。

他身上有浓浓的酒味儿,话语冰冷又凛冽。

她哽咽了一下,开口:"阿觐,我只是想见你……"

"你叫我什么？"楼觐忽然反问，目光落在江雨舟身上，江雨舟顿时觉得脸颊发烫。

她正在开车不敢分神去看他，深吸了一口气，改口："楼先生。"

从一开始，她就称呼他"楼先生"，只是刚才在这么多人面前，又被曾淇渝盯着，她才硬着头皮改口，只是一叫却忘记改过来了。

她自己察觉到了不对，知道自己不应该这么称呼他。

没等观察楼觐的反应，江雨舟的眼睛便有些酸涩，她舔了舔嘴唇，垂首："抱歉。"

她在他面前永远表现得过分低眉顺目，不敢逾矩。

"我给了你楼太太的名分，是为了让你安分点。"楼觐很少同她说这么多话，今晚话多，许是因为喝了酒，又或许是因为她的行为真的触到了他的底线。

她莫名其妙地出现，打乱了他的计划。

江雨舟的眼泪忍不住掉了下来，幸好是在黑夜之中，楼觐也没注意到。

她尽量不让自己带上哭腔："我也不求什么，只是希望……这几个月你在家里陪陪我。我来上城不久，晚上也睡不好，每天这样做噩梦，你能不能陪陪我？"江雨舟又重复了一遍。

自从她嫁给楼觐之后，她从没有奢求过其他，只是求他多看自己一眼。

楼觐没说话，靠在副驾驶座上闭上了眼睛，似是酒醉更深了。

车子停在楼宅门口。

江雨舟下车走到客厅时，忽然觉得小腹一阵绞痛，但是这阵疼痛转瞬即逝，她伸手捂住了肚子："啊……"

原本准备上楼的楼觐回头，停下了脚步。

他看她的眼神仍旧冷淡，仿佛是在看她演戏。

江雨舟抬头对视上楼觐的双眸："我肚子疼。"

虽然只是一下下，但江雨舟还是有些害怕，同时她也想在楼觐面前撒撒娇，想引起他的注意。

"晚上不睡觉，孩子怎么能安稳？"楼觐一句话，算是在讽刺江雨舟。

江雨舟跟上了楼觐上楼的步伐，等到回到房间躺进被子里时，小腹又传来了一阵不适感。

楼觐去了洗手间，十几分钟后才冲完澡出来，看到在床上蜷缩成一团的江雨舟，蹙眉："很疼？"

"不是，只是有点不舒服。可能是我吃坏肚子了。"江雨舟只是觉得不舒服而已，也不敢乱说。

毕竟……她是靠着这个孩子才在这里的，她想留在楼觐身边，拼了命地想。

楼觐掀开被子躺了进来，却一如既往地躺在床的另一侧。

King size的大床上，两人之间隔了很远的距离，像是硬生生分开睡在了两张床上一般。

楼觐真的是半点都不想碰到她。

江雨舟心底酸涩，她将身体挪了挪，第一次这么大胆地靠到了楼觐身后，伸手轻轻抱住了他紧窄的腰身。

她明显感觉到楼觐身体一僵，但是她没打算松开。

今晚，她不知道为什么特别害怕、惶恐，像是一瞬间要失去什么一般。这种心态导致她深夜还去找了楼觐，直到现在，她心底的恐慌仍没有散去。

"我可以抱着你睡吗？"江雨舟低声说，"我有点怕。"

"你是孕妇，我会压着你。"楼觐在听到江雨舟低软声音时，口气忽然温柔了很多，不似往日那般冰冷又不近人情，仿佛多了一点点的人情味。

江雨舟仍是不想松开。

她将脸轻轻贴在他的背后,苦着嗓子说道:"不知道为什么我今天特别怕,刚才肚子还疼了一下。楼先生,如果我没有这个孩子,你是不是就不要我了?"

江雨舟的脑海中浮现出了十几岁的时候第一次见到楼觐的情形,那时候,楼觐一如现在一样好看,只是更加阳光、开朗。

而他以为他们的第一次相遇,是三个月前她被徽城剧院的院长送到他的床上。其实,还要早很多很多年……

"你觉得呢?"楼觐反问了一句。单是这几个字已经足够让江雨舟感到彻骨寒冷。

她轻轻松开了抱着楼觐腰际的手,挪了挪身体又回到了床沿。

江雨舟一夜几乎没怎么睡着,早上八点钟起床时,楼觐已经洗漱完毕正在系领带。

她从床上起来走到他面前:"我帮你吧。"

她的手刚碰到他的领带,就被他避开。

江雨舟的手尴尬地停在半空中,垂首道:"昨晚的事情我道歉,以后再也不会了。"

昨晚是她莽撞了,让他在人前丢了面子。

在上城谁不知道,楼觐娶她是被迫。谁都想看楼觐的笑话,偏偏她就是这个笑话。

楼觐没理会,而是反问:"为什么不多睡会儿?"

江雨舟知道这根本不是关心她,如果不是她怀孕,他肯定不会多说一句。

"十二点剧院要彩排。今晚是我在上城剧院的第一次公开演出,你能来看吗？"看着楼觐熟练地系好了领带，系上了袖扣，江雨舟问道。

其实十天前她就同他说过了，只是她很清楚，他是不会记得的。

"没空。"

果然。

这个回复是江雨舟能预料到的。

"那如果晚上忽然有空的话，能来吗？"江雨舟还是不死心，她知道自己还是贪心了。

楼觐穿上西装外套，目光落在女人的脸上。

明明是一张柔柔弱弱的脸，在他看来却有些厌烦。

"你现在是孕初期，非要演出？"话语里已带着浓浓的不悦。

江雨舟点点头："我是因为你的关系才空降到上城大剧院。如果不唱好第一场戏，所有人都不服我，我不想在外面被人说。"

"需要在意别人的话？"楼觐回复了一句，口气不算淡漠，"你是楼太太。"

后半句话，带着一点点维护的味道，像是在给她撑腰。

不过，他只是点到为止，并不多说。

但江雨舟听到这句话，还是隐隐觉得心寒。她是因为谁才被外面人议论纷纷的，楼觐从来都没想过，他想的只是她带给他的坏名声和流言蜚语。

"我只是想证明我自己，也想养活我自己。不想只是做楼太太。"江雨舟话语恳切，也同样很认真。

楼觐没有理会她，似是觉得她说的是笑话一般。

也是，在楼觐眼里她就是一个笑话，为了攀附权贵什么事情都做得出来的笑话。

江雨舟转身从床头柜的抽屉里取出一张票递给楼觐："我还是希望

你能来。"

楼觐接过，没有说话离开了房间。

下午五点半，上城大剧院。

三个月前，江雨舟来到上城大剧院时，所有人都在议论她，都知道她背后有着楼觐这个大金主。

楼觐是谁？

单是在上城地界提起一个"楼"字，所有人便都知道这意味着控制着经济命脉。楼家在上城扎根几十年，到楼觐手中时，俨然已是一个商业帝国。而楼觐手腕强硬，将手中产业守得稳稳当当。

不少明星名模想攀附楼觐，只是楼觐早年就有未婚妻，所以才省去了很多麻烦。

只是谁也没想到，最后嫁给楼觐的，竟然是一个唱黄梅戏的戏子。

上城大剧院一向一票难求，江雨舟能够来这里唱戏，也是靠了楼觐这个金主，因此她在剧院里不太好过，所有人都不喜欢她。

后台。

化妆师正在帮江雨舟做上台前最后的准备，江雨舟低头看着手机，仍是对楼觐抱着一丝希望。

她还是希望他能够来。

"能来吗？"

江雨舟编辑了一条短信发给楼觐。

楼觐很少回复她，对于她的电话也是想接就接，不想接就搁置。

江雨舟有些不适，她已经等了二十分钟了，对方仍没有回复……

哪怕他不来，她也是希望他能够回复一下的。

然而,他没有。

"江小姐,该您上场了。"编导在门口喊了一声。

江雨舟连忙放下手机,整理了一下仪容准备上台。

临上台时,江雨舟忽然觉得小腹处又传来阵阵不适,只是今天来得更强烈一些。

"江小姐,您怎么了?"化妆师见江雨舟不对劲儿,连忙问道。

江雨舟伸手扶住了桌子,摇了摇头:"我没事。"

"您这状况不对啊,听说……您怀着孩子的,要不要叫医生啊?"化妆师也是知情人。

也是,现在谁人不知道,江雨舟是靠着肚子里的孩子才坐上楼太太的位置。

这也不是什么秘密了。

江雨舟摇头:"不行,今天是我第一次演出。"

"可是……"

这时,编导走进来,看到江雨舟脸色不对劲儿,也不敢再让她上场了。

"江小姐,您这个样子怎么上场?不行,我去跟总编导说一声,让她换顺序。"

江雨舟此时额上冒出冷汗,已经有些撑不住了,腹部的不适感逐渐变成一阵阵的疼痛,她没有办法拒绝编导的好意,走到椅子旁坐了下来,拿起手机拨了楼觐的号码。

"嘟嘟……"

毫无回应。

江雨舟惊慌失措,对化妆师说道:"帮我打急救电话。麻烦了。"

她话音刚落,楼觐那边接听了电话。

但电话那头的人没有说话。

江雨舟知道，他这个反应，应该是不悦了。

她也顾不得这么多了，连忙开口："楼先生，我……我肚子不舒服。"

"不会去医院？"楼觐的口气极其冷淡，冷淡到让江雨舟觉得，他仿佛是在跟一个毫不相干的人说话。

江雨舟浑身一颤，哽咽着开口："我肚子疼……你能来接我去医院吗？"

"打120，我在忙。"楼觐的反应比江雨舟想象中要冷淡许多。

她原以为事情涉及孩子，他肯定会来的。

话落，那边的人立刻挂了电话。

此时，化妆师正在打120急救电话，然而编导那边却过来催人了。

"江小姐，总编导说您必须现在上。只给您两分钟时间，不然您今天就别想上了，以后也不用再想上了！"这个编导还年轻，平日里对江雨舟也挺照顾。

但那位总编导是上城大剧院院长的妻子，当初楼觐将江雨舟带到上城大剧院时，是托了院长的关系。总编导一听江雨舟是这种来头，当下就说了一句：戏子果然还是戏子，上不了台面。

江雨舟知道对方不好对付，可对方偏偏是这边的总编导，一切演出都要经她手。

此时，江雨舟知道她是在故意刁难。

"江小姐，快点吧。这场戏也不长。"编导也是没办法了，上面催得紧，如果此时江雨舟不上台，她自己怕也是要丢饭碗的。

江雨舟咬紧牙关，正准备起身，总编导忽然闯进后台，风风火火。

"江雨舟你怎么回事？临上台了给我唱这出？这是你第一次在我们剧院演出，你是想砸了我们剧院的招牌？小地方来的就是一点都不知道规矩，还是说你觉得有楼觐撑腰，可以在我们剧院相安无事地待一辈子？"

总编导的口气非常差，话语也是难听至极。

江雨舟心底一颤，她最是听不得这样的话。

"我是真的身体不舒服，我正怀着孕！"江雨舟用尽力气挤出了一句话。

总编导拿着对讲机，双手交叠在一起，冷哼了一声："哼，又拿怀孕当幌子是不是？你这辈子就靠你的肚皮了是不是？我告诉你，你今天不上台，你这辈子都别想在上城唱黄梅戏了，滚回你的徽城去！"

江雨舟眼眶酸胀疼痛，她咬紧了牙关，整个人都在颤抖。

化妆师见江雨舟可怜，伸手扶住她，低声安慰着。

总编导靠近，身上浓烈的香水味熏得江雨舟更难受了。

"江雨舟，楼觐把你这个上不了台面的硬塞到我们剧院时我就觉得你不行。没想到快上台了，你给我唱这么一出。果然是唱戏的哈，戏真多。离开了楼觐，你就什么都不是！"

江雨舟原本咬牙强忍着，但在听到最后一句话时，忍无可忍了。

她颤颤巍巍地从总编导身边走过，咬紧牙关，没有说一句话。

化妆师和那位编导有些害怕，看向总编导。

"看什么看，是她自己要上去的。"

江雨舟每走一步都能感觉到力气的流失，腹部的不适感越来越强烈，但是脑海里总编导说的那些难听话，硬撑着她走上了舞台。

从前江雨舟在徽城唱戏的时候，是院里最勤奋的一个，她很喜欢黄梅戏，也想要证明自己能唱好。

如今是楼觐将她带到了上城，她不仅想要证明给这些人看，更想要证明给楼觐看……

况且，台下还坐着一个最重要的人——

楼觐的奶奶。

没有人知道，当初如果不是楼觐的奶奶想听黄梅戏，楼觐为表孝心亲自去徽城，专程去找唱戏好的演员，带来上城给奶奶唱戏，就不会……发生之后的所有事情。

而江雨舟能够嫁给楼觐，也不单单只是因为肚子里的孩子，更重要的是楼奶奶的坚持。

江雨舟不知道楼奶奶到底是喜欢她这个人，还是喜欢她肚子里的孩子，一直对她很好。

知道她今天第一次演出，哪怕是暴雨天气，楼奶奶还是来了。

来之前还特意发了短信告诉她。

江雨舟硬撑着身体上台后，一眼就看到了第一排的楼奶奶。

楼奶奶朝着江雨舟笑了笑，和往常一样端庄、和蔼。

音乐响起，江雨舟开嗓唱戏，她的声音比往常要弱很多，但如果不是专业人士根本听不出来。

江雨舟将所有力气都凝聚在声音上，每走一步，肚子都绞痛得厉害。

但是她没有停下，她也不敢停下……

聚光灯照在她身上，她觉得头晕目眩。

今天她唱的曲目是《女驸马》，黄梅戏的经典曲目，台下座无虚席，只有楼奶奶身旁的那个位置是空着的。

而那个位置，是留给楼觐的……

唱到一半时，江雨舟忽然觉得小腹的疼痛感骤然强烈，她眼前一黑，直接倒在了地上……

剧场一瞬间乱了套，台下的尖叫声此起彼伏，楼奶奶起身，她清晰地看到江雨舟身下的一摊鲜红的血。

"快叫救护车,救护车!"楼奶奶拉住一个工作人员,心急如焚。

"刚才就叫了,已经在来的路上了!"工作人员解释道。

江雨舟躺在舞台上,脑中还残存着一点点意识,然而她只觉得耳边嗡嗡响,吵得什么都听不清了。

第二章　你在跟我讲条件？

"千方百计爬上我床的人是你，现在将离婚挂在嘴边的人也是你。你以为我们楼家的门，是你想进就进，想出就出的？"

上城禄山医院。

江雨舟醒来时闻到了一股刺鼻的消毒水味道，她皱了皱鼻子。

空气里似乎还夹杂着阴雨绵绵的潮湿味道，很不舒服。

她觉得身体僵硬酸涩，小腹刺痛，疼得她蜷缩了起来，泪不由自主地从紧闭的眼皮下滚落下来，落在枕头上。

耳边传来低沉的声音——

"别乱动。"

听到这个声音，江雨舟恍然之中有些出神，眼睛越发酸涩，让她恍惚之间有些睁不开眼睛。

她皱了皱眉，努力睁开眼，入目的是楼觐一双漆黑深邃的眸子。

楼觐的眼睛生得很漂亮，此时他漆黑的瞳仁里只有她。

江雨舟多么希望这一刻能够停留。

"孩子没事吧？"江雨舟睁眼后开口的第一句话便是问孩子。

昏倒之前，她将腹部的剧痛记得清清楚楚，孩子如果真的出了问题，她会很心疼很心疼。

那是她跟楼觐的孩子啊……

"一醒来就问孩子,是怕孩子没了,在我们楼家站不稳脚跟了吧?"中年女人的声音从不远处传来。

江雨舟看不见来人,但单听声音就知道,是楼觐的母亲付曼文。

付曼文一直不待见她,三个月来只要碰面,便是对她冷嘲热讽,从来就没有一句好听的话。

江雨舟倒也习惯了,可能人到了极其险恶的环境,心也会被磨得硬一些吧。

在楼家,她是没有资格委屈的。

江雨舟浅浅吸了一口气,目光仍和楼觐对视着。他眼底没有太多波澜,平静又冷漠。

"孩子没事吧?"江雨舟又低声问了一句,迫切地想要知道孩子是否安然无恙。

但她只相信楼觐,哪怕他从未相信过她一分一毫。

"没了。"楼觐口气不太好,应该是心情不好导致的。

江雨舟在听到"没了"这两个字时,神色突变,原本就不红润的脸色变得煞白。

她瞪大双眸看着楼觐。

她从他眼底看不出太多的悲伤难过,只有不悦,仿佛只是失去了一件心爱的物品,没了也无伤大雅。

"没了?不会的……我只是肚子有点疼,怎么会忽然就没了……不可能,不可能。"江雨舟低声喃喃。她此时也没有什么力气,说这两句话也像耗尽了全身的力气。

付曼文坐在病房的沙发上,单手搭在沙发扶手上,冷冷淡淡地哼了一声:"靠着孩子嫁到我们江家来,没想到还是个守不住胎的,跟你那个上不了台面的妈一样晦气。"

听到自己妈妈被辱，江雨舟还插着针管的手忍不住紧紧攥住了被单。

"当妈的是戏子，做女儿的还是戏子。当妈的勾引有妇之夫，做女儿的勾引已经订婚的男人。果然，有其母必有其女，这徽城犄角旮旯里面出来的小门小户，就是不能上台面。"付曼文的话越发难听。

"妈，你先回去吧。"楼觐的余光看到江雨舟紧紧攥着被角的手，她手背的针管已经倒流了血。

他伸手轻覆上她的手，一片冰凉。

江雨舟并不觉得楼觐的这个动作有多温暖，她知道，虽然楼觐没有说这些话，但付曼文说的这些话，他应该也是认同的。

不说，不代表不这么认为。

"我巴不得回去。要不是老太太非要让我过来，你以为我愿意跟这个女人待在一个房间里？"付曼文拎起手包起身，高跟鞋在病房的地板上哒哒作响。

付曼文走到床尾，瞥了一眼病床上脸色苍白的江雨舟，保养得当的脸上浮现一丝厌恶："阿觐，当初老太太央着你因为这个孩子娶她。现在孩子没了，可以离了吧？你这婚事在上城闹得也够不好听的了，现在抽身，还来得及。"

付曼文之所以敢这么说，是知道自己儿子对眼前这个女人没有感情。

若不是因为老太太和孩子，以楼觐的眼光又怎么会瞧得上她？

江雨舟此时紧紧闭着嘴唇不发一言。

她没有办法去反驳付曼文，也不想反驳。

她觉得无力又疲惫。

"妈，你先回家。"楼觐催促着付曼文离开。

儿子的表现，让付曼文很不痛快。

但是付曼文也知道分寸，清楚自己这个儿子的脾气。她冷冷地看了江雨舟几眼，便离开了。

付曼文离开后，整个病房陷入一片死寂。

江雨舟将目光从楼觐身上挪开，闭上了眼睛。她想要用睡觉来逃避现实。

但一闭上眼睛，泪便汹涌而出，她浑身战栗着，泣不成声。

"医生说你忌情绪激动，好好养身体。"

楼觐这句话，算是这三个月来，说过的最好听的话了。但是里面有多少是真情多少是假意，江雨舟还掂量得清。

场面话谁不会说？

"你也回去吧。"江雨舟忍了半天，憋出了几个字。

反正他也不是真的关心她，留在这里不过是身不由己。

楼觐沉默了半晌，忽地开口："昨天早上我就说过，你怀着孕，不要去演出。"

这是在责备她。

她默不作声，反正说什么都是错。

"产检的时候，医生说过孩子本身很虚弱，你还是不听。"

还是在责备。

楼觐平日话极少，今天说了这么多，句句都是在责备她。

江雨舟有些忍不住了，低声开口："楼先生，不知道的听见了，还以为你真的是为了我好。"

这句话的意思再明显不过了。

他真的在关心什么，只有他们两个心知肚明。

楼觐没否认，沉默了一会儿，阔步走到沙发前坐下。

她静静躺着，双目无神地望着天花板。

孩子没了，真的心疼的应该只有她和楼奶奶……

"奶奶呢？"江雨舟忽然开口。

"因为你受了惊吓，现在在家休养。"楼觐扔下一句话给她，口气比起刚才要差了一些。

或许是因为刚才她的态度惹他不悦了。

江雨舟没再开口，她在昏昏沉沉中睡了过去，等到醒来时，窗外晨曦微露。

她睁开眼，瞥到沙发上躺着一道修长的人影。

她以为是自己迷迷糊糊之中看花了眼，微微眯了眯眼定神之后才发现，楼觐真的躺在那里。

他在沙发上睡了一整晚……

江雨舟不明白楼觐是什么意思，是表达一下怜悯，还是装腔作势尽一下作为丈夫的义务？

楼觐是被医生查房的声音吵醒的。

主治医生带着一群穿着白大褂的医学生进来，准备以江雨舟为例向学生进行教学。

"楼先生，早。"主治医生自然是知道楼觐的，昨天江雨舟进手术室之前，院长来打过招呼。

楼觐只是淡漠地点了点头，从沙发上起身，一边系紧衬衫的袖扣，一边走向病床。

他的衬衫睡得有些褶皱了，江雨舟只是瞥了一眼，心想，他竟然允许自己的衬衫变得这么皱。

真是罕见。

楼觐系紧袖扣，站定在床侧，单手抄兜看着这群医生。

"这位病人本身产检的时候，胎儿就不算稳定，虽然各项指标是正常的，但是因为不注意休息导致了……昨天进行的流产手术，因为情况特殊所以留院观察一晚，有没有人回答一下，这种情况接下来需要做什么？"

主治医生进行现场教学，这在医院里面再平常不过。

一个男学生举手。

"你讲。"

"查看病人的出血情况，以防在这种情况下出现大出血。"

"嗯。"主治医生点了点头，"你来查吧，大家都看仔细。"

男学生立刻点头，上前正准备掀开被子，江雨舟也很配合地弓起腿，这时，一道清冷的声音忽然打断了所有——

"张医生，我不希望有其他医生在场。"

楼觐这句话说得清楚明白，让原本已经碰到被角的男学生的手停顿了一下，看向了自己的老师。

主治医生也有些愣，他们毕竟是妇产科医生，必须天天面对女病人，因此没有想到病人家属会提出这样的意见。

"楼先生，我们是教学单位。"主治医生也有些不好意思。

昨天院长对楼觐恭恭敬敬的态度，他是看在眼里的，也多少听说过楼家，然而在医院，医生对每个病人和家属都是一视同仁的。

"张医生，床上躺着的是我太太。"楼觐停顿了一下，让江雨舟也有些不解，"希望体谅。"后半句话，明显没有那么冷淡，带着一点客气。

主治医生也明白了楼觐的意思，既然家属提出了这样的要求，医生也不好多说什么。

他点了点头，对身后的一群学生说道："去下个病房等我吧。"

等到查房结束，江雨舟被主治医生允许回家休养，只是半个月后需要回医院复查。并且，她这种情况的流产比较危险，如果出了什么情况必须立刻来医院急诊。

江雨舟从床上起身，看着平静地帮她收拾东西的楼觐，忽然有些看不懂他。

"刚才为什么不让张医生的学生看诊？人家是医学生，需要学习。"

"你是楼太太，为什么要让别的男人看？"楼觐冷淡地回了她一句。

这句话在江雨舟心底激起了一些涟漪。

楼觐这句话的意思，莫名有些暧昧不清。

"病人在医生眼里，没有性别之分。"江雨舟难得跟他抬杠了一次，却在楼觐看向她时想要立刻将话咽回去。

他这副样子，就像要将她生吞了一般。

"回家。"

楼宅。

江雨舟又回到了这个只有四面墙陪着她的楼家。

付曼文不同他们住在一起，楼奶奶又喜欢清净的独居，所以在这个所谓的家里面，大多数时候都只有江雨舟一个人。

她回到主卧，换上了舒适的家居服，没有回到床上休息，而是走到衣帽间，开始收拾行李。

她知道自己此时不能够太劳累，因此干脆坐在衣帽间慢慢地整理衣物。

她从徽城过来不过三月有余，衣物却已经买了不少，很多都是孕妇装，五六个月的，七八个月的，她都早早地备好，就等着肚子大一些之后穿。

江雨舟看着这些孕妇服，眼睛又是一阵酸涩，以后应该是再也没有机会穿了……

她收拾了大半个小时，整理好了一切之后才回到卧室。

房间内，楼觐已经将一杯热牛奶端了上来，放到了她的床头。

江雨舟瞥了一眼床头的牛奶，拢了拢被子靠在枕头上，淡淡开口："楼先生以后再也不用替我倒牛奶了。孩子没了，你也不需要身不由己地做这些了。"

江雨舟半是真诚半是揶揄。

这三个月，只要他回来，每晚都会倒一杯热牛奶给她喝，说是为了让她安眠，实则不过是为了让她安眠后能够安胎。

孩子都没了，还要什么热牛奶。

这是她第一次没有喝他倒的热牛奶，钻进了被子。

现在是下午，江雨舟需要休息，楼觐不需要。

他也没理会她阴阳怪气的话，离开了房间。

没过一会儿，楼下的院子里便传来了楼觐车子的启动声。

江雨舟心底一凉，原来在医院陪她一夜又将她送到家中，已经是他能够做到的极限了。

刚才有那么一瞬间，她竟然还妄想他会在家里陪她……

一整晚楼觐都没有回家，江雨舟这一次是问都不想问了。第二天早上，她醒来之后就拿了行李，带着"米球"从楼家离开。

她打车去了上城大剧院旁边的一家酒店，安置好后原本想发一条短信给楼觐，但是想了想还是作罢。

她离开楼宅，或许他也要过几天才会发现。

米球是一条江雨舟养了五年的法斗。她在徽城时，一个人住，索然无味才养了它,来到上城时也将它带来了,今天也是跟酒店沟通了才能够将狗带进来。

她抱着米球坐在酒店的沙发上刷微博,原本只是想看看八卦打发一下时间,让养病的时间不那么难熬。

然而就在她刷得兴起时,目光忽然停在一条八卦上。

是楼觐和曾淇渝的照片。

照片里,楼觐撑着伞,替曾淇渝打开了副驾驶座的车门,曾淇渝正要下车。

动作不算亲昵,但足够引人遐想。

江雨舟自己清楚,她同楼觐同坐一车时,他从来都没有替她开过副驾驶座的车门。

或许在楼觐看来,这种亲密的举动只会对喜欢的人做吧。像她这样借腹上位的人,凭什么得到这样的照顾?

这条微博的标题也很是醒目:楼氏总裁新婚"出轨"前未婚妻?豪门大戏?

江雨舟看到这个标题时是真的不知道该笑还是该哭。

看吧,外界都是拿看笑话的姿态看待她跟楼觐这场婚姻的。

她看了一眼微博的时间,是昨晚发生的事情。

昨晚……楼觐是没有回家的。

她心口微微一顿,酸涩难忍。

她放下手机,摸了摸胖乎乎的米球,低声说道:"米球,又只有我们两个了。"

江雨舟不知什么时候在沙发上睡着了,是被一阵电话铃声吵醒的。

她下意识地以为是楼觐,然而迷迷糊糊之中接起来,那边传来恶心的中年男人的声音。

"喂，雨舟，三个月过去了，还记得我吧？"

江雨舟一瞬间清醒了，她立刻从沙发上坐起来，感到一阵恶心。

三个月前，正是这个声音在她耳边说："去陪一陪上城新来的楼氏总裁，就当是帮剧院一个忙了。没什么其他的，就是陪他吃吃饭，唱唱戏。"

当时，在听到"楼氏总裁"四个字时，她恍然间有些失神。

她想到的是十几岁时，那个少年……

然而他已经不认识她了，而这次精心策划的相遇，也并非只是单纯的吃吃饭唱唱戏，真正的见面地点，是在床上。

"你还好意思打电话给我？"江雨舟将米球放下，起身走到床边，眼眶通红。

她不会忘记那个晚上撕心裂肺的疼痛，更不会忘记这三个月来楼觐带给她的痛苦。

"装什么装？做楼太太的滋味怎么样？还好吧？"

对方让江雨舟恶心到反胃。

"以后不要再联系我。"

"你这是飞上枝头变凤凰之后，马上想要将关系择干净啊？江雨舟，你也算是有点本事。"王院长根本不知道江雨舟的孩子没了的事情，"我们剧院最近要升级装修，需要三百万。你现在是楼太太，拿出三百万贡献给以前任职的剧院，不为过吧？"

这种理直气壮的态度让江雨舟的恶心感更加强烈了。

她深深吸了一口气。

"三百万，你以为我是谁？楼太太是吗？我告诉你，楼觐不喜欢我，我一分钱也没有。"

江雨舟说的话不假，她的确是楼太太，名存实亡的楼太太。

"你在跟我开玩笑吧？堂堂楼太太连三百万都拿不出？我想三千万

那也是轻轻松松吧？"王院长继续恶心着江雨舟，"一个小时之内我要看到这三百万出现在我的卡上，否则，楼觊那边，我不敢保证我会说些什么。"

要是换做之前的江雨舟，她可能会着急又担心，生怕王院长这种人在楼觊面前胡乱说话。

但是现在，她不怕了。

原本，她就没打算继续留在楼觊身边了。

孩子都没了，就如同付曼文所说的，她也的确没有了资本和资格留下。

她将电话挂断，没有再理会王院长。

另一边，楼氏集团。

曾淇渝坐在楼觊的办公室里，一边翻看着财经杂志，一边淡淡抬头瞥了一眼楼觊。

"江雨舟怎么样了？"曾淇渝何等聪明，不会在楼觊面前提孩子没了的事情。

这件事情不是她能够关心的，毕竟那孩子不仅是江雨舟的孩子，更是楼觊的孩子。

"没事。"楼觊只是轻描淡写地说了一句。

"嗯。"曾淇渝知道楼觊心情不佳，立刻转移了话题，"阿觊，谢谢你昨晚送我回家，我以为我参加活动扭了脚这种小事，你不会管的。"

楼觊没有说话，继续低头翻阅着文件。

曾淇渝的话落了空，有些尴尬又不知所措。

她讪笑："听助理说，你昨晚在公司睡的？昨天下那么大的雨，让你留在我那边也不留，我想着那应该也是回家的吧，怎么睡在了公司？"

曾淇渝打着关心的名号，实则是问他和江雨舟的情况，楼觊怎么可能听不出来。

"这不是你需要关心的。"

曾淇渝被一句话堵了回来,尴尬地扯了扯嘴角:"也是,毕竟江雨舟是你的太太。"

楼觐略微停顿了一下,拿起手机看了一眼,没有见到江雨舟发过来的任何信息。

一般如果有事,她会发信息给他。

没短信,想必是没事。

然而,手机屏幕却忽然出现了一个徽城号码,楼觐不知道是谁,但见是徽城的,犹豫了几秒后还是接了。

那边是王院长油腻圆滑的声音:"楼先生,别来无恙啊。最近跟雨舟感情可还好?"

这阿谀奉承的口气,让楼觐沉了脸。他刚想挂断电话,那边的人继续说道:"楼先生,其实我今天打这个电话是想要告诉您一些三个月前事情的真相。"

"你要说什么?"楼觐这个口气的冰冷程度,将坐在沙发上的曾淇渝都吓了一跳。

王院长继续谄媚地笑道:"其实三个月前,是江雨舟要求去陪您的。当时我是打算让我们剧院另一个更漂亮、更听话的女演员去陪您,但江雨舟一听到是接待上城来的大人物,就私下里跟我说换她去。我当时哪里愿意,但江雨舟说了,事成之后,只要她能够怀孕成为楼太太,少不了我们剧院的好处。这不,这次剧院装修费,她说打算出一些钱,说要感谢我呢。哈哈!"

王院长因为没有在一个小时内收到江雨舟的三百万,便想要报复一下江雨舟。

谁让她不识好歹，忘记了是谁将她推到今天这个位置的！

楼觐面色微沉，挂断电话。

那边的王院长话还没说完便听到听筒里传来嘟嘟嘟的声音，冷笑了一声。

酒店。

江雨舟这几天都待在这里休息。

她之所以选择搬到上城大剧院旁边的酒店，为的就是尽快恢复身体，及时回到剧院工作。

无论上次的演出有没有成功，江雨舟都不会轻易放弃这份工作。

她孤身一人来到上城，已经失去了楼觐，如果再失去在剧院唱戏的工作机会，她是徽城回不去，上城也待不下去。

她在酒店住了三天，楼觐的电话终于打过来了。

她并不期待他的电话，只是知道总是要走这么一遭的。

"喂。"

她接起电话，那边传来了楼觐冰冷的声音。

"你在哪儿？"

"我在外面。"

"不然？"楼觐反问了一声，意思是你不在外面还能够在哪里？想必也是知道她这几天没回家了。

三天之后才知道，这还真是夫妻……

江雨舟深深吸了一口气："楼先生有什么事儿吗？"

"你三天不回家，反问我有什么事情？"楼觐话语不悦，像是在训斥一个离家出走的孩子。

江雨舟微哂："楼先生不是也三天之后才知道我没回家吗？你不照

样也没回家?"

这句话问得清楚明白,让楼觐也没有再开口。

"你现在在哪儿?"

"我想一个人住几天。"江雨舟说出这句话时觉得自己有点可笑,其实在楼宅,她何尝不是自己一个人住?

"所以收拾了所有的东西离开了?"楼觐倒是观察得仔细,知道她将行李都收拾走了。

现在楼宅没有她的半点痕迹了。

她没有说话,而是静静听着楼觐的话,忽然之间两边都沉默了。

"米球?"

江雨舟忽然看到米球倒在地上开始口吐白沫,吓得都来不及挂断电话就匆匆忙忙走过去。她想将米球从地上抱起来时,米球条件反射地朝她龇牙。此时,米球应该是没有反应的,这个动作也只是下意识地保护自己。

江雨舟疼得低呼了一声:"啊……"

电话那头的楼觐听见了,微微皱眉:"怎么了?"

此时江雨舟也管不得这么多,一门心思都在米球身上。

米球肉乎乎的身体抽搐了几下,吓得她眼泪拼命掉落。

她已经失去了自己的孩子,真的不想再失去宝贵的东西。

"米球口吐白沫还抽搐了……我不知道它怎么了……"江雨舟慌了手脚。米球已经陪了她这么多年,她没有亲人,米球是她身边最亲近的"亲人"。

"我问你怎么了!"楼觐的口气很明显有些着急,然而此时江雨舟感觉不到,能够感觉到的只有他在凶自己。

"我刚才想要去抱米球,被它咬了一口。"江雨舟实话实说,她都已经不敢去抱米球了。

"地址。"

"嗯?"江雨舟一边哭一边说了一个字,此时慌乱无主。

"你现在的地址。"楼觑耐着性子重复了一遍。往日里他是绝对不会有这样的好脾气。

江雨舟立刻报了自己的地址,以她现在的力量没有办法去抱米球。

不到十分钟,有人来敲门,是楼觑联系的附近宠物医院的医生,一行三人。

一个医生从地上抱起米球,另一个对江雨舟说道:"您先在这里等,楼先生待会儿过来接您。"

"不、不,我跟你们一起去医院。"江雨舟怎么会放心米球,她穿上外套匆匆跟着医生们去了宠物医院,匆忙之中,连手机也落在了酒店房间里。

米球要抽血和做各种各样的检查,耗费的时间很长。江雨舟坐立难安,看着米球还没醒过来的样子,心里慌乱。

"医生,米球会不会有事?"江雨舟又问了一次医生。来到宠物医院之后,她已经问了好几遍。

这是人在慌乱之中做出的反应。

医生摇头:"我们现在还不能够保证,一切要等化验结果出来再看。"

"可是……"

江雨舟刚要说什么,肩膀上忽然多出了一双手。

"不会有事的。你先管好你自己。"身后是楼觑的声音,一如既往的冷漠冰凉。

江雨舟微愣,回头时整张脸都哭花了。

素白的脸上满是泪痕。

"你怎么……"她本来是想问你怎么会来的，但是转念一想，连宠物医生都是他帮着联系的，他又怎么会不来。

"你的手机呢？"楼觐忽然问。

江雨舟连忙开始找自己的手机。

"我的手机呢？"她低声喃喃，并没有找到，更加慌乱了，"是不是丢了……"

楼觐从西裤口袋里拿出了她的手机，递给她："我打给你不接，去了酒店才找到。"

他去了酒店？

"谢谢……"江雨舟喃喃着，舔了舔嘴唇。

"去医院。"

"这里不就是医院吗？"江雨舟一下子没反应过来。

"给人看病的医院。"楼觐看着眼前慌了神的女人，停顿了片刻，心底莫名软了一些，"你的手被咬伤了，要打针。"

"不着急……等米球稳定了我再去。"

"现在去。"楼觐并不给她拒绝的机会，"是我抱你去，还是你自己走去？"

江雨舟以前从来没有见过楼觐这么霸道的一面，她深吸了一口气："我要陪在米球身边，我不能再失去米球了。"后半句话是带着哽咽说的。

楼觐想到了那个刚刚失去的孩子……

"米球不会有事的。"楼觐说的话在江雨舟心里是有很重的分量的。

江雨舟眨了眨眼睛："真的吗？"

此时，江雨舟就像是一个柔弱无助的孩子，全然不像是王院长口中那个工于心计的女人。

楼觐停顿半晌，点了点头："嗯。"

医院。

江雨舟打了疫苗，处理了伤口之后，安安静静坐在急诊室外面等待观察半小时之后才能够离开。

她紧张得不知所措，神色茫然。

楼觐不知道从哪里倒了一杯热水过来，递到她面前："冷静一下，米球不会有事。人都会生病，狗也一样。"

"你本来就不喜欢米球……哪怕米球没了你也不会伤心，你当然觉得没事。"江雨舟此时心情不好，怼了楼觐一句。

但她真的不是故意要怼他，话也是无心的。

只是楼觐不喜欢米球倒是真的。从江雨舟坚持要将米球带来上城开始就不喜欢。

江雨舟将此归结于楼觐是不喜欢她，连带着不喜欢米球。

"当初我是觉得孕妇不应该跟猫狗待在一起。"楼觐不知道眼前这个女人脑袋里面在想什么，他替自己解释了一番，解释了之后又发现似乎有点多余。

他解释什么？其实完全没有必要。

但是江雨舟听进去了，她抽噎了几下："米球做过驱虫了，医生也说它可以陪我。孕前期，每天都是它陪着我。你让我一个人无聊到死吗？我在这边也没朋友也没家人，我只有米球。"

后半句话说出口，江雨舟也并没有觉得有什么不妥的地方。

只是话到楼觐的耳中，有那么一些不舒服。

她已经嫁进楼家，却在他面前说着自己在上城没有亲人。

看来，这三个月她也从来没有将他看作过亲人……

楼觐并没有说什么，只是陪着江雨舟静静坐着。

末了，江雨舟忽然冒出一句话："你要是有事忙你就先走吧。我一个人可以。"

这句话说得凄惨又坚强，这些年她都是一个人走过来的，她也已经习惯了。

"江雨舟，我是你的丈夫。"楼觐忽然开口，强调了这句话。

这句话让江雨舟莫名一愣。

她从来没有听到楼觐用这种口气跟她说话。

笃定，信任。

"我从来没有把自己当成真正的楼太太看过。楼先生，我很清楚自己的地位。我不敢把你当作家人。"

不敢，不是不想。她也表达得清清楚楚。

她怎么敢？

楼觐咬了咬牙，听到这句话之后略有不快。

"我已经让人把你的东西收拾回楼宅了，以后乖乖待着。"

江雨舟皱眉："我不回去。"

江雨舟从没这么理直气壮地顶撞过楼觐，脱口而出后眼眶泛红："回去之后又是对着四堵墙，你也不回家，这跟我住在外面有什么区别？"

"你现在的身体状况需要有人照顾，你一个人在外面，比得了在家吗？"楼觐反问了一句，他深邃的眸子里藏着认真。

这星星点点的认真让江雨舟分外疑惑。

他在认真什么？

楼觐有时候不经意间表现出来的认真和在乎，让江雨舟真的有些诧异。她不明白这些东西为何会出现在他的脸上和他的眼中。

在乎吗？他并不在乎。

认真吗？他又怎么会认真？

"难不成，你打算还跟我要孩子？"她眼底带着一点点的讥诮和不信任。

他这么关心自己的身体，让江雨舟有些意料之外又很震惊。除了还想让她生孩子之外，她实在是想不到其他的理由。

然而……他堂堂楼氏总裁，还缺女人为他生孩子？

楼觐显然是被她这个说法惹恼了，面色忽暗。他起身，站在江雨舟的身旁，衬得她格外娇小。

他低头微微眯了眯眼，眼底的冷意非常明显。

"我要生孩子，非得是你？"

话语冷漠又不悦。

这句话虽然难听，却让江雨舟觉得很对。对嘛，这才是楼觐，刚才那个关心她身体，陪她来医院打疫苗，送米球去宠物医院的男人，很不像他。

"所以楼先生，如果你不喜欢我的话，咱们分开吧。"江雨舟已经将话说得很委婉了。

她想离婚。

碍于楼觐的面子，她换了一个词，想着，这样听起来会好听一些。

不过，像楼觐这么骄傲的人，离婚的事情还是他提比较好。

医院急诊永远是最喧闹的地方，周遭杂音遍布，有小孩的哭闹声，有家属的尖叫声，吵得很。

楼觐的眉宇有不悦一闪而过，进而低头看着她："江雨舟，千方百计爬上我床的人是你，现在将离婚挂在嘴边的人还是你。你以为我们楼家的门，是你想进就进，想出就出的？"

这几句话的分量很重，将江雨舟压低了头。

她有些紧张地从椅子上起身，站定在楼觐面前，仰头。她一双古典狭长的眸，就像是天生为黄梅戏所生，一颦一笑，眼波流转，眉眼里尽是风情。

"我不是这个意思。我解释过了，三个月之前的事情是个误会。楼先生到现在还不信我，我有什么办法？"江雨舟深吸了一口气，"你母亲不喜欢我，我在楼宅日子过得不舒坦。与其煎熬，不如分开吧。"

楼觐在听到"煎熬"二字时，顿时想到了王院长的那通电话⋯⋯

电话里，那人说得一清二楚，是眼前的女人要求换掉原本准备的女人，费尽心思要爬上他的床。

他心头压抑许久的那股厌恶感再次钻了出来，重新开始作祟。

江雨舟见楼觐不说话，又添了一句："反正楼先生也不喜欢我⋯⋯"

"喜欢？"楼觐的薄唇微掀了掀，似是听到了一个笑话。他的面庞格外讽刺，"我和你结婚，是为了楼家的面子。不跟你离婚，也是为了楼家的面子。"

这句话一出，江雨舟便明白了。

楼觐所做的这些不过是为了他和楼家的面子，与她和他之间半点干系都没有。

虽然这样的话听着残忍，但倒也能够解释得通他为什么会有今天这些行为。

"我明白了。既然如此，我回楼宅后分房睡吧。"江雨舟虽然喜欢楼觐，但也想在他面前保留一点点自尊。

"你跟我讲条件？"

"不是讲条件。在徽城的时候，我每天晚上都会让米球睡在我房间，我想等米球病好了之后，再让米球睡到我房间来。楼先生这么不喜欢猫猫狗狗，应该会很介意吧？"

这算是借口，但也是事实。

她心想，这样的借口抛出去，楼觐没有任何理由拒绝了。

然而，楼觐只是沉了沉眸色，定神之后，阔步离开。

江雨舟自然是跟上了楼觐。

第三章 谢谢你把我从徽城带来

"那晚你……比现在过分得多。"

车内,江雨舟刚系上安全带,手机便响了。

她看了一眼手机屏幕,是上城大剧院的院长打过来的,她心惊了一下。自从那场事故发生后,剧院那边还没有过任何表态,也没有人来探望过她。

她怕剧院会辞退她。

她用余光瞥了一眼正在开车的楼觐,接通电话。

"院长。"

"雨舟,身体好点了没?"院长态度温和。

"嗯,好多了。"江雨舟前几天正愁该如何联系剧院的人,没想到院长会亲自打电话过来。

"那就好。我打电话来是要通知你一下,之前你的首演没有成功,还出了那么大的事故,虽然我也很想留你,但毕竟剧院里这么多双眼睛盯着,这么多人等着你这个位置,于情于理我都不大好交代。"

院长算是将话说明白了,江雨舟也听明白了。

笑面老虎也不过如此吧?

江雨舟浅浅地吸了一口气:"院长,上次是个意外。这种情况以后不会再发生了,我……"

"雨舟,当初你能进我们剧院究竟是为什么,不需要我提醒你吧?现在你……"

院长欲言又止,没有将话说满,但江雨舟明白了。

院长怕是听说了她流产的事情,和所有人一样觉得,她失去了楼觐这棵大树的庇护吧?

真是树倒猢狲散……

"我知道,是因为楼先生。"江雨舟将目光淡淡地瞥向楼觐。

"你知道就好。实话跟你说吧,有人希望你离开剧院。"

江雨舟心口一顿,还没来得及去想这个人是谁,手机忽然被一只长臂从耳边捞走,她错愕地看着身旁驾驶座上的男人。

楼觐将手机的扩音器打开,平静地对那头的院长开口:"是我。"

单是这两个字,那边的院长便听出来了。

"楼先生?您在啊?"

后半句话,很明显是震惊于楼觐竟然还跟江雨舟在一起。之前传得沸沸扬扬,说江雨舟已经被扫地出门了,看来是假的?

"我太太之前是因为身体不舒服才出的事故,你们剧院不调查事故缘由,在这边想要辞退她,是什么意思?"楼觐的话让江雨舟倒吸了一口凉气。

刚才院长在手机里同她说的话,他明明一个字都没听到,怎么会一下子像是知晓了一切一般。

"楼先生,楼太太这身体实在是不适合……"

"这件事情我还没有追究你们剧院的责任。我听说我太太上台前曾跟总编导提过自己身体不舒服要求先去医院,并且调换上场顺序,是总编导强行要求她上台,并且说了一些难听的话。您需要我说给您听听吗?"

楼甄冷着嗓子说出这些话，哪怕是江雨舟听了都有些胆寒。

她在心底暗自告诉自己，以后还是尽量少惹这个男人生气，刚才在医院她真是吃了熊心豹子胆……

院长瞬间心虚："楼先生，您一定是听错了，我们怎么会……"

"真消息也好，假消息也罢。我太太喜欢唱戏，也只是喜欢。在你们剧院谋个职位也只是因为喜好。我们楼家还养得起她，不需要她出去谋生。"

楼甄这句话莫名给江雨舟一种他在护犊子的感觉。

这几天楼甄好奇怪，明明之前夜不归宿的，在外人面前倒是护她护得紧。

"楼先生……"院长已经不知道该说什么了，上城大剧院，楼家有大半股份。

这些股份都是已经过世的楼老先生几十年前投进去的，楼老太太喜欢听戏，楼老先生便买下了半座剧院给老太太。

这件事情在上城，也算是一段佳话。

"挂了。"楼甄不多说，直接挂断。

江雨舟有些蒙，仰头看向楼甄："你是在帮我吗？"

"没有。"楼甄闻言，有些赌气，觉得江雨舟是在说废话。

江雨舟舔了舔嘴唇："谢谢。谢谢你把我从徽城带来，又给我一份工作。"

刚才楼甄说的都是好听话，她当然需要工作，她不可能靠着楼甄过一辈子。

江雨舟以为他不会理会自己的道谢，然而过了几秒，他吸了一口气，说："以后在外人面前，硬气点。像刚才那副软柿子样，只能任人拿捏。"

楼甄这句话，似是在给江雨舟底气……

说不感动是假的，只是这份护短来得莫名其妙，让江雨舟有些消化不了。

"哦。"

车子停靠在楼家老宅门口，江雨舟刚才在路上一直在思考着楼觐那些话有些出神，竟没有想到楼觐会将她带到老宅来。

"不是去宠物医院看米球吗？"江雨舟脱口而出，说出口才觉得这句话好像有些不合适。

"你满脑子只有你的米球，没有奶奶？"楼觐松开安全带，见江雨舟若有所思地坐着，侧身帮她解安全带。

江雨舟被忽然靠近的楼觐惊了一下，想要闪躲，嘴角忽地碰上了楼觐的下颚，仿佛一阵酥酥麻麻的电流从唇上传来，让她吓了一跳。

她瞪大了眼睛看着眼前同样有些异样的楼觐，眨了眨眼："我不是故意的。"

"那晚你……比现在过分得多。"楼觐扔了一句话给她。

江雨舟明显看到他的耳根子红了。

楼觐竟然也会有脸红的时候，稀奇。

江雨舟低垂了眉眼，楼觐或许可以拿那晚开玩笑，但她无论如何都是不可以的。那是一场噩梦，能不提及便不提及的噩梦。

"抱歉。"江雨舟知道自己这辈子都欠楼觐一句道歉。哪怕说了千次万次，她还是欠他的，"还有奶奶的事，我没有不想来看奶奶，只是我怕遇到妈妈。"

楼奶奶病着，江雨舟一直很担心，但她又不想见到不想见的人。

"我陪你去，不会有问题。"楼觐这句话有一点点像是撑腰的味道。

"另外，不管真相如何，都是我做错了事。迫于无奈跟我结婚，有了孩子，又没了。其实……如果你想离婚，我……"江雨舟并不是死缠烂打的人，当初哪怕她再喜欢楼觐也只是喜欢而已，以她的性格是断然不会做出那种事的。

事到如今，她还是想给自己和楼觐一次和解的机会。

楼觐似是被她的话惹怒了，脸上蒙上一层微愠，他神色暗沉，突然之间，仿佛空气都凝滞了。

"楼家的脸面不是让你拿来开玩笑的。"楼觐已然有些不耐烦了。

今天，她跟他提了两次离婚。

他推开车门，合上车门的力道很重，将车内的江雨舟惊了一下。

她平复了情绪，起身也下了车。

老宅的沿路光线昏暗，江雨舟拢了拢衣服，以防寒意侵入身体。她明显感觉到自己又提了一次离婚后，楼觐态度的转变——

更冷了。

老宅位于郊区，老太太喜欢清净，也喜欢摆弄一些花花草草，自从楼老先生去世之后，老太太一直在这边住。

管家替他们打开门。

意外的是，客厅里不只有老太太一个人。

平时老太太极好静，不少人想拜访都是被拒了的。

今天却有个四五十岁的中年男子坐在老太太面前，正在喝茶。

"奶奶。"楼觐一向孝顺，他从小在老太太跟前长大，每周都会过来。

老太太见两人来了抬起头，没理会楼觐，而是朝江雨舟招了招手："舟舟过来，到奶奶身边来坐。"

江雨舟瞥了一眼楼觐，知道老太太这是给他脸色看，也不好说什么，走到老太太身边的沙发上坐下。

"奶奶，对不起，让您操心了。"江雨舟知道自己在舞台上晕倒肯定吓坏了老太太，看老太太的脸色今天都还有些虚白。

老太太年逾古稀，但仍旧气质斐然，隐约能够从脸部轮廓看到年轻时精致的模样。

"是这臭小子没照顾好你，你不用道歉。如果他早早地跟剧院打招呼，剧院那边怎么会不多关照你一些？还会让你顶着不舒服上台？"老太太的脾气从年轻时候就很硬，此时亦然。

"我已经让人去查了，具体那天出了什么状况，过几天就有答案。"楼觐的插话倒是让江雨舟心头一动。

他竟然放在心上了。

"你不去，我也会去替我孙媳妇讨公道。还有，那天晚上演出你为什么没来？"老太太至今没让楼觐坐下，满口责备。

楼觐也安分地站着，在老太太面前他一向都是恭顺的。

"忙。"

江雨舟也不去看楼觐，只是心底泛酸。自从母亲从高楼一跃而下之后，就没有人像老太太这么真心关心她。哪怕孩子没了。

被人关切的感觉真的很好。

"在你眼里，老婆也没工作重要是不是？你怎么不学学你爷爷？当年你爷爷……"

"当年爷爷对奶奶有多好，我都可以倒背如流了。"楼觐也难得幽默一次。想要从这个人嘴里听到一些有趣的话，真的是比登天还难。

老太太无奈地摇了摇头，拍了拍江雨舟的手说道："这位张医生是奶奶之前求人去常州特意拜访来的一名中医大师。在女人生育方面颇有研究。你这身体虚，今天让张医生为你把把脉，看看怎么调理。"

江雨舟和楼觐对视了一眼，难得默契。

楼觐没说话，江雨舟也就安心地点了点头，把手伸出来递给张医生。

张医生将手指放到了江雨舟纤细的手腕上，静默了几分钟，皱眉开口："少夫人体内阴寒之气较重，是不是一直以来都有宫寒？"

江雨舟从未看过中医，苦笑着摇头："我也不知道。"

"宫寒的女人较难受孕，怀孕的时候也必须特别小心。另外，身体太虚了，一定要好好调养，不然下一次怀孕，难上加难。"

张医生的话让江雨舟有些无奈。

下一次怀孕……她还真是想都没有想过。能在楼家待到什么时候她都不知道，何来的下一个孩子。

但老太太也是真的为了她好，大概是知道她没有孩子终究是难在楼家立足。

"楼先生，我能给您也把把脉吗？"张医生忽然问向楼觐。

楼觐微微一愣，看向老太太。

江雨舟看到楼觐这种表情还挺想笑的，起码，像个人样。平日里那副冰山样，不知道的还以为他是个机器人，没感情。

"我身体很好。"楼觐冷冰冰地回复了一句，不认为自己的身体有什么值得看的。

"楼先生，生孩子是夫妻两个人的事情。这一胎没了，估计也不仅仅是少夫人身体虚弱的缘故。所以还是看看吧。"张医生的口气颇有一点苦口婆心的味道，让江雨舟听了怪想笑的。

楼觐碍于老太太的颜面也没有办法再推托，只能够在江雨舟身边坐了下来。

张医生仔细把脉之后，皱眉开口："楼先生这个身体，比少夫人的还要虚啊。是不是平日里工作负荷太重，经常熬夜晚睡？"

"我就说，你每天忙太晚。"老太太一听，用手指着楼觐，责备地说道。

楼觐面色微滞："年轻人，都熬夜。"

江雨舟看着楼觐的样子特别想笑，只要是在老太太面前，他永远都是恭顺的，像个做错事情的小孩子一样。

"男人太虚，对女人受孕是有影响的，对胎儿也有影响。所以如果之后要下一胎，楼先生肯定也需要好好地调理身体，不然到时候少夫人怀胎十月会非常辛苦。"张医生认真地说着。

楼觐的脸色越来越差。

这个世界上，有哪个男人愿意被说自己虚的……

"阿觐啊，你听到没，张医生说你太虚了。"老太太对中医是信得不得了。

江雨舟不想笑的，但是这一下子完全刹不住车，"噗"一声笑了出来。

她连忙别过头，嘴角还是忍不住上扬。

楼觐的目光落在江雨舟身上，顿了顿，开口："我虚还是不虚，你不是最清楚？笑什么？"

江雨舟觉得好笑，挑了挑眉说："医生说你虚，就是虚。问我干什么。"

楼觐大概被她气到了，好半天没说话，俊逸的脸上一片阴沉。

"好了，按照张医生说的，以后每天都喝中药调理。"老太太为了能让这一对小夫妻安安稳稳在一起也是操碎了心。

"奶奶，我不喝中药。"楼觐强调了一句，严词拒绝。

江雨舟倒是无所谓。她从小练功，无论寒冬酷暑早上都要出晨功，十几年下来身体的确不怎么好，要是能够用中药调理一下也是不错的。

因此她没拒绝。

"现在连奶奶的话你都不听了是不是？"老太太面色一沉，顿显威仪之气。

"不是。"楼觐乖顺得像只小猫。

老太太别过头轻声对江雨舟说道:"这个臭小子,从小就怕吃药。一点点苦都不行,小时候发烧不吃药还被他爸抓起来打过。"

"奶奶。"楼觐耳根滚烫,老太太还真的是什么都同江雨舟说。

江雨舟原本就憋着笑,听到之后更是忍不住了,笑得肩膀都颤抖了。

"以后我每天都会问吕妈你们有没有按时喝药。"老太太口气严厉。

吕妈是楼宅的保姆,是早些年就跟在老太太身边照顾楼觐的。

楼觐不知道该说什么,也知道多说无益,也就闭嘴了。

"张医生,待会儿开好药方之后让司机送您。"

"那就麻烦老太太了。"

"你们俩,今晚就给我住在这儿。你,去给我倒杯茶来。"老太太指挥着楼觐。

楼觐起身,迈着长腿走向厨房。

老太太趁着楼觐不在,对江雨舟开口:"他这几天有没有好好照顾你?"

贴心的话,老太太支开了楼觐之后才跟江雨舟说。

"奶奶您放心,他对我挺好的。"江雨舟不知道该怎么评价楼觐这个人,也只能够在老太太面前这么说。

"体面话我不要听的,阿觐是什么人我还不清楚?以后你受了委屈尽管到我这里来说,有我替你撑腰。"老太太信誓旦旦的样子让江雨舟觉得特别可爱。

她笑了:"放心奶奶,他要是欺负我,我放米球咬他。"

话音刚落,楼觐的长腿忽然出现在了江雨舟的视线之中。

江雨舟一顿,抬起头对视上了楼觐的双眸。

糟糕……

果然是腿长,来回这么快。

楼颙也不说话，默不作声地将茶水递给老太太。

夜深了。

江雨舟和楼颙住在老宅三楼。从他们结婚那天开始，老太太就腾出了那个房间，让他们时常回来住。

只是这不过是他们第二次来住。每次都是匆匆来，匆匆走。

江雨舟洗漱好后回到房间，看到楼颙已经躺下，正在看一本书。

她定神看了一眼，是一本《老子》。估计是老太太书房里的。

"明天早上我要去医院，跟公司不顺路，你醒了之后不用等我。"江雨舟跟医生约的是十点半，而楼颙一般是八点半就会到公司，比普通员工还要早半个小时。她是寻思着想要多睡会儿。

她也只是随口一说，心底想的是楼颙早上一般很忙，也不见得真的会搭理她。

然而正在看书的楼颙却忽然顿了顿，目不斜视地扔下一句话给江雨舟："你就这么想跟我撇清关系？"

正往被窝里钻的江雨舟微微一愣。

撇清关系？她分明是不想麻烦他。

"没有。我跟医生约的十点半。"

楼颙冷声道："我不能等你到十点半？"

江雨舟觉得挺莫名其妙。他从来没有把她的事情当作一回事过，怎么这个时候又用这种兴师问罪的口气问她。

江雨舟手冷脚冷，钻到被子里之后就屈腿缩着瑟瑟发抖。她也不知怎的，或许是因为刚刚经历了流产，整个人都特别虚弱。

"我怎么好意思让楼先生等我到那么晚。你不是每天雷打不动八点半到公司吗？"江雨舟这话还怪讽刺的。她觉得这人最近特别奇怪，阴阳怪气的。

楼觐听到这话果然不悦，合上书转头看向江雨舟，神色冷淡中带着一点点警告的味道。

"你觉得我会把你扔下？"楼觐能够感觉到江雨舟这三个月来对他的生疏。

仿佛他们两个人是毫无关系的陌生人，她也从来没有把自己当成楼太太看。

"我只是不想麻烦你。"江雨舟被他的质问惊到，本来是一件很小的事情，他却好像很在意？

"不想麻烦我就别给我惹麻烦。"楼觐冷声扔下一句话，掀开被子下了楼。

江雨舟一愣，这就生气了？

不过他的言外之意她也听出来了。这是在老宅，如果明天早上他不等她，他在老太太那边是不好交代的。这不就是在给他惹麻烦？

江雨舟不再多想。她身体疲惫，又担心着米球，也不想去管楼觐去哪儿了，正当她准备窝进被子里睡觉时，手机忽然响了。

她拿起床头柜上的手机，看了一眼屏幕，心头忽地一跳。

又是徽城剧院的王院长……现在只要看到这个名字，她就觉得犯恶心。

没有办法，她只能按下接听键。

"喂，我还以为你不会接我电话。"

对方的声音入耳，江雨舟觉得很是猥琐。

"有什么事情非要晚上打电话？"现在已是深夜，江雨舟觉得绝对不会有好事。

"那三百万，我给你的时间够多了。你最好想想清楚，我这边，可不仅仅只有你跟楼觐开房的记录。如果你希望明天一早在网上看到你跟楼觐的桃色视频,你可以现在就挂了这个电话。"又是威胁。

江雨舟头疼得不行,她掀开被子下床,披上外套走到房间的阳台上,她怕楼觐会在这个时候进到房间里来。

"我说了多少遍,我没有三百万。三百万对于我来说是个很庞大的数字,我在楼家不过是个摆设而已。托你的'福'我才嫁进来的。你觉得楼家可能会给我这么多钱?"江雨舟觉得可笑,哪怕是将她榨干了,她也拿不出三百万。

"你跟楼觐撒个娇不就行了?你怎么靠自己的身体嫁入的楼家,就怎么靠自己的身体拿这三百万。还需要我教你?"王院长威胁的话语越来越恶心,已经触碰到了江雨舟的底线。

江雨舟咬紧了牙关,定了定神:"如果你再威胁我,我明天就报警。"

"那就看看是你报警的速度快,还是网友看到你们视频的速度快。"那边的人冷笑了一声,"江雨舟,别当了婊子还给自己立牌坊,你也得看看自己配不配。"

电话被掐断,江雨舟浑身颤了颤,眼眶瞬间泛红。

她觉得这件事情不能再这样下去,仅仅凭她一个人的力量可能不足以挽救现在的局面。

但是……她实在是没有颜面和胆量在楼觐面前提这件事情。

楼觐一直都觉得是她和王院长主导了那晚的戏,她也是参与者,她又怎么能让楼觐相信自己。

"你在干什么?"身后忽然传来了男人冷漠如斯的声音,将江雨舟吓得浑身一颤。

她立刻攥紧了手机,转过身去,鼻尖猛地碰上了来人的胸膛。

鼻尖一阵酸痛,江雨舟紧皱了眉心,伸手捂住自己的鼻子:"唔。"

她疼得呜咽出声。忽然，手被一只大掌拿开，一股熟悉的味道扑面而来，直钻入了鼻子里。

是楼觐身上独有的味道。

"疼？"

"你说呢。"江雨舟觉得自己鼻子都快被撞歪了。这人的胸膛真够硬的。

"看来不是假的。"楼觐竟然以开玩笑的口气戏谑了一句，着实将江雨舟吓得不轻。

吓人，吓人，楼觐都会开玩笑了。

她抬头瞪了他一眼，看到他眼底略带一丝笑意。

原本她应该多珍惜他的这点笑，但只要一想到刚才那通电话，她就笑不出来了。

当初王院长将她送到楼觐的床上，并且在酒店房间内提前放好了微型摄像机，将那一晚的旖旎风光，尽数拍了下来。

这件事情，楼觐不知道，江雨舟是事后被告知的。这也是王院长一直捏在手里面的——她的把柄。

"你刚才去哪儿了？"江雨舟问，心不在焉。

"楼下。"楼觐瞥了一眼江雨舟，察觉出异样，"跟谁在打电话？"

"朋友。"

"你从来没带我见过你的任何朋友。"

楼觐的话倒是让江雨舟觉得很稀奇。难不成他还想融入她的生活圈子不成？好笑。

她反驳："你有过吗？"

江雨舟揉了揉鼻尖，从楼觐身边走了过去，回到房间。

当她看到自己那侧床头柜上放着的一杯仍冒着热气的牛奶时，心头一动。他刚才下去是给她热牛奶了?

"楼先生,我说过了,以后不用麻烦你给我热牛奶了。"孩子都没了,他对她的照顾也应该仅限于此了才对。

楼觐沉默了几秒,走回了自己的那一边,上床,缄默不语。

江雨舟上床后看了一眼这杯热牛奶,心底是说不出的滋味。

"既然楼先生想为了楼家的颜面暂时不离婚,那场面上的事我还是会为楼先生做足的。至于外人看不到的,楼先生以后也不需要做了。"江雨舟刻意疏离地说。

她觉得自己需要跟楼觐一点点地保持距离了。再这样下去,事情便会不受她的控制,万一哪一天楼觐想要赶她出楼家的门,是随时可以的。

她必须,时时刻刻做好这样的心理准备。以便于真的到了那天,不会那么难过。

"江雨舟。"身侧的人忽然开口,声音比起之前更冷了三分,像是冬日里极寒的风霜,迎面吹来,一片肃穆。

"嗯。"

"费尽心思爬上我的床的人是你,现在在这里同我装生分的也是你。你到底想怎么样?"楼觐的口气颇为不耐烦。

江雨舟顿了顿,也是,在楼觐的眼中她就是一个工于心计的女人。

她大概是这辈子都不能够给自己正名了。

江雨舟干脆不说话了,越说越错。

她拿起牛奶喝了口,暖暖的温度,刚好驱赶了从阳台上带来的一身寒意。

"孩子没了之后,你是铁了心要跟我撇清关系了?"身旁的男人不依不饶,话也说得越来越凛冽。

江雨舟喝完牛奶,舔了舔嘴唇看向他:"不是想要跟楼先生撇清关系。

而是孩子没了之后,我们两个之间本身就没关系了。这点自知之明我还是有的。"

有些话与其让别人说,不如她自己说。

"没关系?江雨舟,你真当民政局的结婚证是摆设?"楼觑觉得眼前的女人越来越可笑。

江雨舟低声叹了一口气:"你不喜欢我,早晚是要跟我离婚的。如果现在我不摆正自己的位置,不刻意生分,等到哪一天你不要我了,要赶我走,我会很难过的。"

我也怕,自己会越来越喜欢你。

这句话江雨舟藏在了心底,没敢说出口。

楼觑似是被她这一副不温不火的样子惹怒了,忽然关了灯,不再和她说话。

江雨舟是被噩梦惊醒的。

她又做噩梦了。

这次梦里不仅仅有那一晚上撕心裂肺的疼痛,还有她母亲当着她的面从高楼一跃而下。

她害怕、惊恐,在梦里,仿佛浑身被大火团团包围一般灼热。

梦里还有她没有出生的孩子,她看不清孩子的脸,只听到婴儿不断啼哭的声音,哭得她心都要碎了。

她尖叫着从床上坐了起来。

"不要!"江雨舟浑身上下汗津津的,仿佛刚刚跳入了泳池里湿了个透彻。

身旁人被她的呼喊声惊醒,从床上起来便看到一脸惶恐、浑身发抖的女人。

楼觊在半梦半醒之间听到江雨舟在呼救，起初以为是自己在做梦，直到被惊醒。

他看到她缩成一团在颤抖，没忍住伸手扶住了她瘦削的肩膀："没事吧？"

江雨舟被他这突如其来的触碰吓得不轻，几乎是以最快的速度后退，直到退到了床沿，无路可退。

这张床足够大，两个人之间的距离陡然变得很远。

她刻意防备的样子落入眼中，让楼觊微微沉眸。

他打开床头灯，没有打开大灯。她此时惊慌失措，如果开大灯一定会被吓到。

江雨舟弓着双腿，双手紧紧抱着膝盖，额上的头发丝紧贴着脑袋，一副惊魂未定的样子。

"你怕我？"楼觊问了一句，他很清楚她是在怕他。

江雨舟还没恢复神志，茫然地盯着楼觊，眼神空洞无物。

她用力摇了摇头，像个失魂落魄的孩子。

"过来。"楼觊朝她伸出一只手。

江雨舟却仍蜷缩在床沿不肯挪动。

梦里那撕心裂肺的疼痛仍包裹着她的每一寸肌肤，仿佛只要靠近楼觊一点点，她的肌肤和骨骼仍会像那晚一样经历支离破碎一般的疼痛。

"你让我静一静。"江雨舟哑着嗓子开口。梦里的母亲和孩子也让她心神不宁，那种深夜突如其来的不安感，让她快要窒息了。

梦魇缠身的痛苦，她经历了一遍又一遍。

楼觊看她发抖的幅度越来越大，根本没有冷静下来的样子，忽然伸出长臂，将她直接揽入了怀中。

江雨舟低呼了一声："啊！"

"叫什么？"楼觊很不耐烦。除了那晚，江雨舟在他面前永远都表现得像个纯情少女一样。他真不知道到底哪一个才是真的她。

江雨舟落入楼觊的臂弯中，由起初的惊吓渐渐安定下来。她虽然怕他，但也分得清梦境和现实，这个真实的楼觊在这个深夜忽然间带给了她一股莫名的安全感……

"抱歉，把你吵醒了。"江雨舟低声糯糯地开口，声音细若蚊蚋。

"你真懂礼貌。"楼觊讽刺地开口，"你就这么怕我？"

"没有。"江雨舟狡辩了一句。

她躺在他怀里，后背紧贴着他坚实的胸膛。他不喜欢穿着睡衣睡觉，因此上半身是赤裸的，江雨舟的睡衣也很薄，两个人的身体接触的地方一阵灼热。江雨舟能够清晰地感觉到从他身上传递过来的温度，以及，他跳得很快的心脏。

"那天晚上怎么没见你怕我？"楼觊倒是在她面前提了好多次那晚了。

他能提，她是不可以的。

"做了什么梦？"他隐约记得江雨舟去宴会现场找他那一晚，也说是做了噩梦。

这样频繁地做噩梦，让他多心问了一句。

"没什么。"

她这一副什么都不愿意说的样子真的一点都没有改。

"我想知道我的太太做了什么梦，还需要问第二遍？"楼觊的口气已经有些不善了。

江雨舟吸了吸鼻子，身上的汗液蒸发之后她莫名觉得有点冷，于是伸手抓了抓楼觊的手臂，想要往他怀里更深处钻一钻。

"我梦见我妈妈了，还梦到了孩子。"她是不会提起梦到了那晚的事情的。

"都是过去的事情了，往前看。"楼觐竟然也会安慰她。

江雨舟点了点头："我不知道为什么，总是做噩梦。我很害怕，总觉得抓不住任何美好的事物。"

身后的男人没有任何声音，江雨舟心想，他安慰人的话也就是仅限于这几句了。这个男人在商场上谈判的功力据说很深，然而在面对她时，总像是笨嘴拙舌一样话语贫瘠。

当江雨舟以为他睡着了的时候，他忽然开口："我建议你去看心理医生。"

"……"想了半天，他竟然想出了这么一句话。

江雨舟真是快气吐血了。

"睡吧。"她从他怀中钻了出来平躺下，深吸了一口气，看到楼觐还坐在床上，"是我把你吵醒了睡不着了吗？"

"孩子的事，我也有责任。"楼觐忽然说了这么一句话，将江雨舟那一点点残存的睡意都给冲没了。

"又不是认错大会，反正以后……"她原本想说以后注意，但是话还没说出口，忽然意识到"以后"这个词对于她跟楼觐来说太过于遥远了，"没有以后了。"

她指的是孩子。

楼觐沉默着躺下。

江雨舟习惯性地侧过身去，主动挪了挪身体离他远了一些。

想到那一晚江雨舟刻意想要抱他又将手瑟缩回去的样子，楼觐闭上了眼。

第四章　不是女主人，胜似女主人

"那就难怪了，我猜先生是吃醋了哎。"

第二日清晨，江雨舟醒来时看到手机上的时间已经是九点了。

她再扭头看了一眼身侧，身旁空空的，枕头有些凹陷，楼觐显然已经起床离开了。

看吧，他怎么会等她，不过是昨天心底不爽快说的气话罢了。

江雨舟叹了一口气起床洗漱，老太太特意在这里给她准备了一份护肤品和化妆品，她化完妆之后下楼去吃早餐。

然而刚走到楼梯口，她就看到了坐在客厅里陪老太太吃早餐的楼觐。

他还没走？

"舟舟醒了？快点下来吃早餐。我让阿姨给你做了你喜欢喝的排骨粥。"老太太笑着招呼江雨舟过去。

江雨舟连忙下楼，拉开楼觐身边的椅子坐下。

她坐下来时瞥了他一眼。

他还是冷冰冰的，一个招呼也不打。

"阿觐早上特意等你呢，我还是第一次见他不准时去上班。果然啊，经历了一点事情才知道要对老婆好。"老太太对楼觐的行为很满意。

江雨舟接过阿姨递过来的粥，心里有些不是滋味。

她已经分不清楼觐是真心实意地想要等她，还是因为怕被老太太责备所以才等她了。

她喝了一口粥，瞬间觉得食之无味。

"你今天就要去复查？"楼觐忽然问，放下了手中的勺子。

江雨舟摇头："不是，我是去复诊我的嗓子。"

老太太也忽然想起来："对对，舟舟之前说过的，她的嗓子从今年春天开始就不舒服，一直都在一个医生那边保养的。这副好嗓子是要好好保养，不能出岔子。"

"嗯。"江雨舟觉得很暖心，老太太总是把她的事情记挂在心上。

楼觐显然是不知道这回事，其实她提过几次，他肯定都没有记住。

"哪家医院？"

"省人民医院。"江雨舟吃了一口奶黄包才觉得嘴巴里有了点味道。

"我有个朋友在一家私立耳鼻喉医院，他医术不错，去让他看看？"楼觐倒是好心，也不知道是不是在做戏给老太太看。

江雨舟摇头："不用了，一年前我就在省人民医院看的，当时还特意半个月来一趟上城就为了找这个医生。他挺好的，突然间换医生我怕反而不好。谢谢了。"

楼觐也没有再多说，吃完之后同老太太道别就和江雨舟一起离开了。

一路上，楼觐一直戴着蓝牙耳机同人在说生意上的事情，一句话都没有和江雨舟说。

江雨舟也就安安静静地坐着，看着窗外的风景。

等到车子停靠在省人民医院门口时，江雨舟才反应过来到了。

"谢谢。你去公司的路上注意安全。"江雨舟客套了一句。除了客套话，她是真的不知道该怎么跟楼觐说话。

说是熟人吧，也不够熟。说是陌生人吧，那还不至于。

"嗯。几点结束？"

"嗯？"江雨舟原本都打算开车门了，一顿，回过头去看向楼觐。

他一身黑色西装，平添了几分高冷。

"我来接你。"

"不用。我可能一小时左右就好了。你安心去上班吧。"江雨舟对于楼觐的热情实在是有些捉摸不透。

难不成是因为孩子没了，他愧对于她？

"嗯。"楼觐也不多说，在江雨舟下车后扬长而去。

江雨舟走进医院的耳鼻喉科，这边人潮拥挤，到处是在等候的病人。

今天是周四，是顾之游看诊的日子，因此人也比往日里多了很多。

顾之游一周只看诊一次，平时都是在上城医科大学讲课，来医院出诊也是带着学生过来的。

江雨舟一年前就找到顾之游看嗓子。当时，她听说省人民医院来了一位从国外进修回来的，业内的青年专家，于是她慕名而来。

几次看诊下来，两人也算是熟悉了。

江雨舟今天是十点半的号，现在才十点，她在诊室门口和其他人一起挤着，站了将近半个小时才进去，进去时腿已经有些虚软无力了。

她毕竟刚刚经历了流产，长时间站立让她的脸色变得特别难看。

进到医生办公室的时候，顾之游正在记上一个病人的病历没有抬头，身旁坐着的女医生是顾之游带的研究生，笑着调侃了一句："江小姐来啦？"

这一声"江小姐"拉得特别长。

江雨舟朝对方笑了笑:"楚医生。"

"顾教授,江小姐来了哦,需不需要我出去上个厕所,倒点水什么的,给你们两个人腾出点二人空间?"楚医生一向喜欢开玩笑。她在顾之游手下做了一年研究生,从一开始就跟着顾之游跟进江雨舟这个病人,特别爱开两人的玩笑。

她这个教授一板一眼的,像个老学究。她作为学生再不帮衬着点儿,教授可能这辈子都追不上这个女病人。

"楚娇娇,你想延毕几年?"顾之游冷冷地扔下一句话。

楚娇娇连忙捂住了嘴巴不敢说话,只能朝江雨舟眨了眨眼睛,惹得江雨舟没忍住笑了。

"顾医生,你别吓唬楚医生了。"江雨舟虽然在笑,但脸色特别差。

她坐下来时,楚娇娇忍不住凑到她面前认真地看了一眼:"江小姐,你脸色怎么这么白啊?"

这个时候,顾之游才抬起头来,看向江雨舟。

江雨舟微愣,伸手摸了摸脸颊:"啊?有吗?"

"有,教授你说是不是?"楚娇娇问顾之游。

顾之游放下了手中的笔,看着江雨舟的脸:"是哪里不舒服吗?"

"我没事,可能站得有点累吧。"江雨舟淡淡笑了一下。她的腿的确有些无力,但除此之外也没什么。

楚娇娇起哄道:"啧啧,教授这就是你的不对了,怎么能让江小姐等这么久呢?以后你周末专门给江小姐开一个特殊门诊,两个人吃吃饭,看看嗓子,这样江小姐就不用来医院排队找你看病了嘛。"

楚娇娇觉得自己真是做红娘的一把好手,心底乐呵,溜了出去。

顾之游没有理会她的话,而是对江雨舟说道:"你的脸色很不好。最近有没有做过手术?"

江雨舟心想,这都看得出来……

碍于面子,江雨舟当然不会承认自己做了流产手术。

"没有。我真没事。顾医生,能看嗓子了吗?"江雨舟提醒着顾之游。

顾之游点头,起身让江雨舟走到看诊台上。

江雨舟躺在看诊台上,心底没来由地紧张。每一次顾之游给她看嗓子她都觉得像被判刑一样。尤其是第一次,当顾之游告诉她可能她这几年都不能唱戏了的时候,她几乎是崩溃了。

后来在顾之游的帮助下,她的嗓子一点点恢复了。

"别紧张。"顾之游戴上口罩,俯身准备给江雨舟检查,发现她浑身在发抖。

江雨舟盯着顾之游戴着口罩的脸,他长得干净又好看,温文尔雅,气质卓绝。身上带着一股医生的干净感和一种矜贵感,虽然话不多,但是相处一年下来,她也知道他是很好相处的人。

她扯了扯嘴角笑了笑:"嗯。"

一套检查流程下来,江雨舟下看诊台时忽然感觉天旋地转的无力。

她也不说,伸手扶住了一旁的桌沿,听顾之游一边摘口罩一边开口:"这段时间嗓子恢复得不错,但是能少用嗓子还是尽量少用。你最近还在唱戏吗?"

"前阵子有,未来一段时间应该都会休息。"江雨舟暂时还没有回剧院的打算。一方面是剧院那边的事情还没调查清楚,另一方面是她的身体还不允许她回去唱戏。

"那就好。趁这个时间好好休息。你的嗓子长年累月地练习,需要好好保养。"顾之游在病历上写了几笔之后,停顿了一下抬头看向江雨舟。

"今晚,有空吗?"

"嗯？"江雨舟愣了一下。她此时浑浑噩噩的，如果不扶着桌沿可能都会随时倒下。

"城南有一家不错的日料店，不知道你喜不喜欢吃日料？"顾之游开口，声音很好听，像是春风拂柳，迎面和煦。

江雨舟想到了楚娇娇刚才开玩笑一般说的话，心底也明白了几分。

她笑着摇了摇头："我今晚有约了。"

江雨舟虽然觉得拒绝不大好，但为了避免顾之游对她真的生出什么感情来，她还是果断拒绝了。

"那周末呢？"顾之游似乎不死心。

江雨舟有点尴尬，她很想说自己已经结婚了。但贸然对着自己的医生说自己结婚了好像也有点欠妥当，也许人家根本不是对她有意思，她这么说，显得她很自作多情……

"我……"

"别误会，只是想跟你交个朋友。"

顾之游的坦荡之语让江雨舟一时之间不知道该怎么拒绝了。

她在心底庆幸自己没有说自己结婚了，不然肯定让人笑话了。

既然推辞不了，江雨舟觉得还是尽早把这顿饭吃了吧，周末她有朋友要从徽城过来。

"那不如今晚吧，我把今晚的约推一推。"江雨舟讪笑。

说起来，她也的确是要请顾之游吃一顿饭的。这一年多亏了他，她的嗓子才能够一点点恢复。虽然这是医生应该做的，但江雨舟仍是需要感谢一下的。

"嗯。我十二点下班，麻烦你坐一会儿，等我一下。"顾之游很君子地说。

江雨舟心想，多个朋友也好，她在上城本来就没什么朋友。

十二点后,顾之游去了值班室换下了白大褂,江雨舟还是头一次见到穿常服的顾之游。

"顾医生,你在我心目中一直都是白大褂的样子,要是穿你平时的衣服出现在马路上,说实话我可能真的认不出来。"江雨舟一边同顾之游走出耳鼻喉科,一边开玩笑地说。

顾之游笑着扯了扯嘴角:"都认识一年了,那江小姐未免也太没良心了。"

江雨舟莞尔。

身旁忽然凑上来一道身影:"嘿!被我抓到了吧!你们两个人果然要去线下约会了!"

江雨舟听到"线下"这两个字,比听到"约会"还震惊。

"线下,好像我们两个是网友见面似的。"江雨舟半开着玩笑,"我们就是普通朋友吃个饭。"

"啧啧,明白明白。普通朋友嘛!结婚时别忘记了我的喜糖就行了。"楚娇娇背着书包笑嘻嘻地跑到了两个人的前头,忽然想起了什么似的又转过身停下来,走到江雨舟旁边。

"未来师娘,帮我求求顾大教授,求他高抬贵手到时候早日放我毕业哦!"

说完,楚娇娇知道肯定要挨顾之游的批,连忙跑开了。

"你别听她瞎说。我带的几个学生里,她嘴最贫。"顾之游好像有点不好意思,脸上染上一层红晕。

江雨舟没在意,同他一起去了地下车库。

顾之游开的是一辆白色的帕拉梅拉,很符合他的气质。江雨舟在来上城看诊之前就在网上查过顾之游，她希望多了解一些关于自己主治医生，看病也看得安心。

谁曾想，网上不仅告诉了她，她的主治医生有多牛，还告诉了她不少小道消息。

网上说顾之游出身显贵，顾家是杭城早些年就移民到美国的企业家，在美国开的跨国公司利润颇丰。顾之游是家中次子，回国工作。小道消息还说顾之游当年在宾夕法尼亚大学医学院念书时，是学院的院草，在医学院名气很大。之前顾之游上了一档急救类的纪实电视节目，还在网上火了一把，微博上有不少迷妹。

江雨舟坐进车内系上安全带，手机忽然亮了一下。她看了一眼，好心情瞬间变了。

又是王院长……

"江雨舟，我再给你最后 24 小时的时间，明天中午十二点。"

江雨舟的手紧紧攥着手机，几乎要将手机捏碎。

"怎么了？"顾之游将车驶出地下车库，敏感地察觉到江雨舟情绪不对，"是身体不舒服？"

"没有。"江雨舟已经平复了面上的情绪。

她心底焦虑，不知道怎么办才好。

这一次，看来对方是要玩真的。

无论如何，视频是不能够传出去的。网上没人认识她，但丢的是楼觐和楼家的脸面。她一个女人，如果真的被公布了这样的视频，以后还怎么出门。楼家又会怎么想？今晚……可能还是要跟楼觐商量一下。就算她再怎么不想跟他提当初这件事，看来还是要提。

一路上江雨舟都心神不宁，此时手机又响了一下，她警觉地连忙拿起，生怕是王院长打来的。

然而，手机屏幕上却显示是"楼觐"。

她按下了接听键。

"喂。"

"结束了吗？"

江雨舟一怔，他竟然还记着她看病的时间。

"嗯。"

"你的米球打电话过来，说已经恢复了，可以接回家了。"

江雨舟听着那边一本正经的口气忍不住笑了，"你的米球"这样的称呼从楼觐口中说出，怪可爱的。

"米球怎么会打电话？"她也开着玩笑。

那边的人停顿了一下，或许是有些尴尬："我先去接你的狗，再顺路去接你。再回家，喝中药。"

后面三个字，满满的怨恨。

"不用了。你把米球接回家先把药喝了，我跟我朋友吃午饭。"江雨舟说得随意，想着楼觐也从未约束过她。

"朋友？"

"嗯。"

"不带我见见？"楼觐似乎很热衷于见她的朋友，这也让江雨舟觉得怪稀奇的。

"是一直给我看病的医生。"江雨舟这句话算是拒绝了。既然是看病的医生，想必楼觐应该也觉得没什么好见的吧。

"男的？"没想到楼觐忽然问了一句。

江雨舟一下子竟然不知道怎么回答，但她想了想还是如实说："嗯。"

楼觐停顿了几秒没说话，忽然挂断了电话。

江雨舟心想，他应该不会是生气了吧？她说明了原因，也告诉了他是跟主治医生一起吃饭，凭着他平日里对她的不在意，应该不会有事。

她不甚在意，更在意的是王院长那边的事。

车子停靠在一家装潢精致的日料店门口。

这家日料店在上城很有名，需要提前很久预约位置。

江雨舟觉得有点奇怪，难不成顾之游很早之前就订好了位置，知道她会答应一起吃饭？

侍者将两人引到了包厢。点完餐之后，顾之游替江雨舟倒了一杯热茶："之前来过这家吗？"

"没有。我之前一直生活在徽城，是近段时间才来的上城。"江雨舟喝了一口热茶，身体也暖了一些，"之前我来找你看诊，都是从徽城赶过来的，每次都要坐一大早的高铁过来，还挺赶的。"

"你在徽城？"顾之游倒是不知道这层，"那怎么又忽然来上城了？"

"我先生在上城，我嫁到上城来了。"江雨舟顺着这个话题说出了自己已婚的事实。

顾之游一愣，没想到她已经结婚了。

"我以为你还没结婚。"顾之游有些局促地讪笑，"我没记错的话，你二十三岁？"

"嗯。我结婚比较早。"江雨舟倒并不局促，她就把顾之游当作医生和朋友而已。

"恭喜，算起来还是新婚吧？"顾之游很快调整了情绪，对江雨舟笑着说道。

"嗯，才三个月。"江雨舟说出口的时候忽然一愣。

她和楼觐竟然才在一起生活了三个月。然而，这三个月对于她来说，又是那么漫长。或许是每天面对着家里四堵墙的痛苦，让她觉得度日如年。

"顾医生呢？单身吗？"江雨舟吃了一口刚刚送上来的拉面。

"嗯。年纪不小了，家里一直催着。"顾之游推了推眼镜。他戴着眼镜斯斯文文的样子，让人觉得特别舒服。

他拿公筷夹了一块三文鱼放到江雨舟面前的盘子里，问道："不吃三文鱼吗？"

江雨舟想起来之前医生的叮嘱，这段时间不要吃生冷的食物，因此才点了一碗热拉面。

她摇了摇头："最近吃不了生冷的东西。你吃吧。"

"你其实不用骗我，我是医生。"顾之游吃了一块三文鱼，看向江雨舟一脸愣神的样子，"你刚刚动过手术，所以脸色这么差，也不能吃生冷的食物。"

至于什么手术，江雨舟觉得这个人精应该也猜到了……只是没好意思说出口而已。

她笑着摸了摸头发，觉得有些不好意思："果然骗不了医生啊。"

"好好调理身体。"

"嗯。"

这一顿午餐吃得很快，下午顾之游不看诊，将江雨舟送回了家。

车子停靠在家门口的时候，吕妈正在院子里打理花草，看到江雨舟从一辆陌生车子上下来时愣了一下，放下了手中的剪刀。

接着，车子驾驶座上又下来了一个男人。

吕妈警惕地走了出来。

"太太，这是谁啊？"吕妈对这个突然出现的异性保持着非常警惕的态度。

"哦，这是我的朋友。"江雨舟随口介绍了一句，转身对顾之游说，

"顾医生，谢谢你送我回来。之后看诊见了。"

"嗯。"顾之游微笑着向吕妈点了点头，但吕妈那边态度却是很不好，冷眼看着顾之游，像是看着敌人一般。

等到顾之游的车子离开之后，吕妈上前悄悄对江雨舟说："刚才先生回来过了，把米球从宠物医院带回来了，但是看上去心情特别不好的样子。这不，又出去了。"

"他哪天看上去心情是好的？"江雨舟笑着反问，楼甄永远都是那张冰山脸。

"先生知不知道你今天跟别的男人在一块啊？"吕妈心思非常细腻，总感觉有点奇怪。

江雨舟一顿，难不成真的生气了？

"知道的。"

"那就难怪了，我猜先生是吃醋了哎。"吕妈的口气又担心又八卦。

江雨舟没多想，走进客厅就去找米球玩了。

晚上十点，楼甄还没回家。

江雨舟抱着米球在房间里看剧。她有些心不在焉，几次想要拿起手机打电话给楼甄都放弃了，担心他会觉得自己在查岗。

只是今天，她是真的有事情要同他商量。

就在江雨舟有些按捺不住的时候，楼下传来动静，应该是楼甄回来了。

江雨舟抱着米球下楼，刚走到楼梯口，就看到司机扶着楼甄走过来。

"太太，楼先生醉得很厉害，麻烦待会儿让人倒杯热水给先生。"

江雨舟见状，连忙想要去扶楼甄，但在她靠近时却被楼甄轻推开，他这个举动让她一愣。

她没多想，对司机说："你先把先生扶到房间，我去给他热牛奶。"

江雨舟匆匆下楼，热了一杯牛奶之后回到了房间。

　　司机站在门口等她。

　　她皱眉看着司机："怎么喝了这么多酒？"她不记得今天楼觐有什么应酬。

　　司机有些尴尬："先生……和曾小姐一起去参加了一个酒会，其实是一个很普通的酒会，结束后又一起去了酒吧。也不知道为什么先生忽然喝了这么多，大概是心情不好……"

　　江雨舟在听到"曾小姐"三个字时，心底还是没忍住抽痛了一下。

　　"麻烦你了。"江雨舟也不再多问什么。

　　"不麻烦，那我先走了。"司机下楼。

　　江雨舟轻推开门，房间内灯光昏黄，只开了盏床头灯。

　　她将热牛奶放到床头柜上，看到楼觐静静躺在床上，衣服也没有换下。

　　江雨舟俯身先将米球放在地上，低声对米球说："嘘，不要发出声音哦。"

　　米球乖乖地蹲在地上，歪着脑袋看着楼觐。

　　江雨舟附身过去，轻轻推了推楼觐的肩膀："楼先生，醒一醒。"

　　这样烂醉后的楼觐她是头一次见，在她的印象当中，楼觐一直以来都是一个有分寸和能够清醒自持的人。

　　楼觐没有任何反应，江雨舟又推了推他："醒来先把热牛奶喝了再睡好不好？"

　　她这句话刚落地，楼觐终于睁开了眼睛。他的双眼皮原本就深，此时醉酒之后更是变成了三眼皮，给这张平日里过分冷淡的脸添了几分趣味。

　　江雨舟猝不及防跟他对视了几秒，这几秒当中，楼觐的眼神不同以往那般有侵略性，甚至有点温柔。

"醒了？先把牛奶喝了，明早起来胃会舒服一些。"江雨舟也温柔开口。

下一秒，楼觐忽然伸出长臂将她揽入了怀中，她没站稳一下子跌落到了他的怀抱里。

他身上浓烈的酒气扑面而来，还夹杂着浓重的烟草味。也不知道这个人是抽了多少烟喝了多少酒……

"你不要命了吗？"江雨舟皱眉，她此时的姿势很奇怪，像是被楼觐禁锢在怀中一般，双腿弯曲着，很不舒服，"你先松开我好不好？"

她的口气像是在哄小孩。

然而楼觐就这样搂着她也不说话，也不松开。

"再不喝牛奶都要冷了。"她推了推他。或许这个动作幅度有点大，被米球看到了，护主的米球立刻行动了。

它胖胖的身体忽然跳到床上，虎视眈眈地盯着楼觐，将醉酒的楼觐惊了一下，更加紧搂了一些江雨舟，仿佛江雨舟是救命稻草一样。

江雨舟瞬间被逗笑了，连忙对着正怒气冲冲的米球皱了皱眉。米球见状就趴在了床上，一动不动了。

如果平时楼觐酒醒，是绝对不会允许米球上床来的，今天对着米球他都一动不动，看来是真的烂醉如泥了。

"米球，下床去。"

"呜呜……"米球还是不动。

江雨舟没办法，只能对楼觐开口："楼先生，松松手。"

"……"她发现此时跟楼觐说话的效果，与米球说话无异。这两个都是听不懂的。

实在是没办法，她只能用力扯开楼觐，起身帮他脱掉西装换上了睡衣。

其间楼觐并不是很配合，手脚几乎一动不动。

好不容易把楼觐收拾妥当，盖上被子，又要忙米球这边。

米球不肯下床，死乞白赖地趴在那儿，只要江雨舟想要把它放下床就开始乱叫。

江雨舟担心米球的叫唤会把楼觐吵醒，也就不敢去动它了。

安置好一切后，她小心翼翼地钻进了被窝。或许是太累了，她一闭上眼就睡着了，迷迷糊糊中，记起自己好像忘记跟楼觐商量事情了，然而还未来得及深想就睡过去了……

翌日清晨，江雨舟是被米球踩醒的。

米球肥硕的身体踩在身上力道不轻，她疼得轻唤了一声，反应过来立刻睁开眼时，发现已经来不及了！

米球正懒洋洋地踩到了楼觐的身上，而楼觐很显然也已经醒了！

江雨舟倒吸了一口凉气，连忙坐起身将米球从楼觐的被子上"拿"走，放到了地上。

米球一脸不高兴地耷拉着脸，江雨舟指了指米球低声说道："一会儿再收拾你。"

她转过头，对上了楼觐一双冷若寒潭的眸子。

完了……江雨舟此时此刻心底只能跳出来这两个字。

她倒吸了一口凉气。

"我不是故意把米球带到房间来的，昨晚你喝醉了，米球又不肯走……我太累了迷迷糊糊中睡着了，也不知道米球会……"

楼觐看着江雨舟语无伦次的样子，发现她是真的很怕他。

怕他不悦，怕他情绪波动，怕他的一切。

"几点了？"楼觐伸手捏了捏眉心。宿醉之后整个人都很疲惫，头像是裂开了一般。

江雨舟连忙看了一眼床头的闹钟:"才七点。"

"你的狗醒得挺早。"

"……"江雨舟对于楼觐这样讽刺的话也不能反驳,毕竟的确是米球这个坏家伙做错了事情。

"以后不会了。"江雨舟抿了抿嘴唇,"你要不要喝杯热牛奶?我下去给你热?"

"不用。"楼觐拒绝了,"我再睡会儿。"

"嗯。"江雨舟掀开被子起身,从地上把米球这个罪魁祸首单手捞了起来,轻轻出了房间。

她下楼,正寻思着去给楼觐做一碗醒酒汤暖暖胃,还盘算着家里冰箱内不知道有没有豆芽菜。

忽然,客厅里传来了一道女人温柔的声音,着实将江雨舟吓了一跳。

她是真的被吓到了,恍惚间还以为自己在做梦。

"江小姐。"

单是三个字,江雨舟便听出来了这是谁,她甚至都不用抬头看。

是曾淇渝。

江雨舟怎么也没想到,曾淇渝会直接到楼宅来。

以前曾淇渝有没有这样随意出入这里,她不知道,但起码结婚这三个多月以来,曾淇渝从来都没有出现在楼宅。

"曾小姐?"江雨舟一大早的心情被曾淇渝的出现瞬间搞差了,她冷了脸色,抱着狗走下楼梯。

她的脊背不自觉地挺了挺,像是这样,她面对曾淇渝时的底气就能够足一些。

但她自己清楚,她在曾淇渝面前,毫无底气。

曾淇渝是楼觐名正言顺的未婚妻,而她不过是个半路杀出来的第三者。

"你怎么会出现在这里?"江雨舟用女主人的口气说道。虽然她也不知道自己这个女主人,还能做多久。

曾淇渝甚至没有从沙发上起来,仍叠腿坐着,淡定地瞥了一眼江雨舟:"昨晚阿觐喝多了,我来看看他有没有事。"

"你理解错了,我想问的是,曾小姐为什么会自由出入我家?"江雨舟之前草草见过曾淇渝几面,每次在她面前也说不上几句话,口气也都不是很强势。

然而这次,曾淇渝大清早出现在楼宅,让她觉得特别不爽。

曾淇渝淡定地喝了一口咖啡,笑了笑:"你不在这儿的时候,我就经常来。"

"但是我现在在这儿了。曾小姐是不是需要注意一下影响?如果你想来做客,麻烦请先跟管家说,等我们夫妻有空了,管家帮你排上时间了,你再来?"江雨舟实在是不想用这种口气跟人说话,但曾淇渝此时这种趾高气扬的态度太让她难以忍受了。

"江雨舟,你一个徽城乡下小门小户出来的,是真的觉得自己飞上枝头变凤凰了?"曾淇渝见只有江雨舟一个人在,口气也更强势了一些。

说完,她起身,从江雨舟身边走过。

"你去哪里?"江雨舟脸色冷了下来。

"我去看看阿觐醒了没。"曾淇渝把话说得很自然,仿佛是一件再平常不过的事情。

江雨舟伸手捏住曾淇渝的手臂:"楼觐是我的先生,我们是合法夫妻。你当着我的面要去我和他的房间,不觉得羞耻吗?"

曾淇渝没想到江雨舟的力道这么大,将她的手臂捏得有些疼。

曾淇渝忍着手臂上的不适,咬了咬牙讽刺道:"江小姐在阿觐有未婚妻的情况下爬上他的床，怎么就不觉得自己羞耻了？"

江雨舟其实是站不稳脚跟的那个，她自知反驳无力，但也不会允许曾淇渝堂而皇之地登堂入室。

只要她还在楼家一天，她便是女主人。

"过程不重要，重要的是结果，不是吗？"江雨舟觉得自己说这句话特别"绿茶"。然而，对付像曾淇渝这样的"绿茶"，还是得比她更加"绿茶"才可以。

"结个婚就是结果了，江雨舟你未免太天真了吧。你不会忘了，你母亲跟阿觐母亲的渊源了吧？你觉得付姨，会让你在楼家待多久？而以老太太的身子骨，又能护你多久？"

曾淇渝的一段话提醒了江雨舟。

她母亲跟付曼文之间的纠葛，付曼文或许会记一辈子。毕竟，如果不是她母亲，付曼文的亲妹妹也不会变成现在疯疯癫癫的样子。换作谁估计都接受不了。

然而还没等江雨舟回过神，楼梯上忽然传来楼觐的声音，将她和曾淇渝都震了一下。

"老太太身体硬朗得很，而且，也轮不到你说三道四。"楼觐的声音是前所未有的冰冷。

江雨舟原来以为他对着她时的态度已经是最差，也以为只是对她这样，谁曾想他今天对曾淇渝的态度更甚。

怎么会……

曾淇渝脸色大变，估计也是被楼觐的突然出现惊到了。她低头先看了一眼自己被江雨舟捏住的手臂，江雨舟像是触电一般立刻松开，将手紧紧攥住，像是为了遮掩自己刚才的行径一般。

"阿觐，你醒了？"曾淇渝就当刚才的事情没有发生过一般，也不理会楼觐刚才带着锋芒的话。

江雨舟挺佩服曾淇渝这份淡定的，换作她，早就唯唯诺诺一句话都不敢说了。

在楼觐面前，她总是表现得很恭顺。

曾淇渝是不怕楼觐的，她见楼觐面色不好，淡淡说道："昨晚你替我挡了那么多酒，我担心你，而且你也不让我送你回家，所以我只能今天一大早就过来看你。阿觐，你怎么能给我脸色看？"

江雨舟站在一旁倒像是个局外人了。她倒吸了一口凉气，果然啊，撒娇女人最好命。

江雨舟是真的学不会撒娇，起码在楼觐面前是不会的。

她见到他，就跟老鼠见到猫一样，一切软糯好听的话，都变得战战兢兢的了。

"以后那种话，别让我听到。"楼觐下楼。他对老太太一直都是最尊重的。

"哦。"曾淇渝抿了抿嘴唇点点头，跟上了楼觐，"阿觐……"

"还有什么事？"楼觐被曾淇渝刚才的话惹得很不开心，开口像是要赶曾淇渝走一样。

他的反应让江雨舟觉得很奇怪。这毕竟是在她面前，楼觐难道不应该表现出对曾淇渝的维护吗？

曾淇渝仰头，拿出手机："你还没看手机吧？"

江雨舟蓦地一愣，难道是王院长把视频放网上了？现在才早上，她还没来得及跟楼觐商量这件事情……

不过，如果真的是他们的桃色视频被放到了网上，曾淇渝的心情怎么这么平静？除了他们两个当事人之外，最难以接受的难道不应该是曾淇渝吗？

江雨舟愣神在那里，一动不动，整个人像是一个木偶一样。

"什么？"昨天喝了太多酒，楼觐现在头痛欲裂，走到餐桌前倒了一杯热水，又拿起餐桌上放着的烟和打火机。他喝了一口水之后想点一根烟清醒一下，忽地想到了什么，拿着烟的手停顿了一下，终是又放下了烟。

江雨舟的一颗心都提了起来，从醒来到现在她还没有打开手机。

她慌张的样子，落入曾淇渝的眼中，曾淇渝嘴角露出了一丝轻蔑的笑意，然而转向楼觐时又立刻恢复，像是变了一张脸。

"昨晚我们在一起的事又被八卦记者拍了。现在上了微博热搜，热搜词好难听，说我是小三。阿觐，我还没嫁人，我们曾家也是清白人家，我一直顶着这个头衔你让我以后怎么办？"曾淇渝口气娇嗔，仍是大小姐的架子，温柔端庄。

听到这里，江雨舟一颗悬着的心忽地落地，她忍不住松了一口气。

幸好……幸好不是视频。

她这副样子尽数落在楼觐的眼中，她表现出的释然和放松，像是并不在乎这件事情。

江雨舟嘴上说着喜欢他，但是他和别的女人真的发生什么事情时，又仿佛全然不在乎。

想到此，楼觐有些不悦。

楼觐没理会曾淇渝，拉开餐桌椅子坐了下来，开始喝保姆准备好的粥。

"你不饿？"楼觐开口问杵在那儿失魂落魄的江雨舟，将江雨舟小惊了一下。

"哦……"江雨舟机械地拉开了楼觐对面的椅子坐下，木讷地也给自己盛了一碗粥。

她惊魂未定,哪里有什么胃口。

"阿覴,你为什么不理我了?"这段时间,曾淇渝的危机感越来越强,她能够明显地感觉到,自从江雨舟嫁到楼家,楼覴虽对江雨舟表现得很冷淡,但对她的态度也明显冷淡了许多。

"一大早到别人家,说着诋毁人家长辈的话,你想让我说什么?"

楼覴一副"我不把你赶出去就是对你不错了"的态度,让曾淇渝心底"咯噔"一下。

听着这些话,江雨舟心底觉得挺解气的,但她也不敢在楼覴面前表现出来,低下头给楼覴夹了一块腐乳。

她动作乖巧,像是一只听话的小猫,和此时聒噪的曾淇渝形成了鲜明的对比。

楼覴沉默了几秒:"管家,送客。"

管家从客厅门外进来,走到了曾淇渝面前,笑着说:"曾小姐,请吧。您的车已经帮您停在门口了。"

江雨舟听着管家的话更觉得解气了。

唔,是不是她没了孩子,楼覴觉得她可怜对她好一些了?就连带着对曾淇渝的态度也差劲了一些?

总之,于江雨舟来说,是天大的好事。

曾淇渝的面色瞬间涨得通红,她没想到自己有一天竟然会被楼覴从楼家"赶"出去。他虽然一动未动,什么难听的话都没说,但是越是这样,她越是觉得胆寒。

而且,还是在江雨舟这个贱人面前!

曾淇渝深吸了一口气,知道自己在楼覴面前要有分寸。

"那阿覴,我先回家。再过几天我们要和王先生一起打高尔夫,别忘了。"曾淇渝故意说这么一句,是给江雨舟听的。

江雨舟自然也听得懂，曾淇渝是在告诫自己，她对楼觐的一举一动，以及所有的行程都了如指掌。

　　不是女主人，胜似女主人。

　　楼觐没有回复曾淇渝，而曾淇渝也很识趣地没有等回复就转身离开了。

第五章　他是喜欢上她了

"他刚才当着我的面，叫你江小姐。"

偌大的客厅里只剩下两个人。

江雨舟放下筷子，松了一口气："楼先生这位前未婚妻，脾气真不小，'面具'也真不少。"

她故意开玩笑地讽刺。她敢这么放肆，也全是看楼觐刚才对曾淇渝的脸色行事。

她脑袋里莫名冒出几个字：狗仗人势……

"楼太太脾气也不小。"

楼觐这句话让江雨舟的脸莫名红了红。

她心想以后在楼觐面前到底还是需要收敛一点脾气，不能让他觉得她脾气太差了。

"但只是虚张声势，连个人都拦不住。"楼觐又莫名其妙地添了一句，让江雨舟愣神了半晌。

这是在说，她以后可以肆意拦着曾淇渝的意思吗？

楼觐仿佛是给了她这个权利。江雨舟心底暖了暖。

楼觐放下筷子，拿过纸巾擦了擦嘴："外人来楼宅，楼太太都拦不住?"这句话像是一块金牌一样,仿佛是在告诉江雨舟:以后曾淇渝来,你都有权拦着。

这话莫名地给了江雨舟特别大的勇气,她浅浅地倒吸了一口气:"我这不是怕拦错了人,到时候被说的还是我。"

楼觐那头不说话了,伸手捏了捏眉心。

江雨舟识趣地站起身去厨房给楼觐做醒酒汤。

十几分钟的时间,她就搞定了。煮汤的时候,她一直在想该怎么开口跟楼觐提视频的事。

她担心……楼觐会对她的误会更深。

但是该来的终究还是要来,江雨舟端着醒酒汤出去,看到楼觐半躺在沙发上正在看财经新闻。

她把汤水放到面前的茶几上,坐到了楼觐对面:"趁热喝吧,胃会好受一些。"

楼觐坐了起来,面色苍白。江雨舟都弄不明白,这个人昨晚到底是喝了多少……

"对了,有件事情我昨晚就想和你说,没来得及。"江雨舟刚刚想开口,楼觐的手机响了。

她无奈,怎么想说明白这件事情这么难。

而且,距离十二点越来越近了。

楼觐那边似乎是有了重要的事情,打了电话之后立刻放下了还没喝多少的醒酒汤,起身准备上楼换衣服。

"你要出门吗?"江雨舟皱眉,心底焦灼。

"公司。"楼觐阔步上楼,看上去很着急。

江雨舟连忙跟了上去,一直跟到了衣帽间。

"你要看我换衣服?"楼觐见江雨舟几乎是跟着他脚后跟上来的,

回过头问了一句。

江雨舟这才意识到自己的失态,低声咳嗽了一声:"没。那个……能借我三百万吗?"

江雨舟脱口而出,她觉得以现在的情形说清楚这件事情是不可能了。楼觐那么着急去公司,一定是有很重要的事,他肯定无暇听她说话。

"做什么?"楼觐停顿了一下,没有进衣帽间。

江雨舟张了张嘴,她意识到自己用"借"这个词好像有点奇怪。

三百万啊,她要多久才能够还得清,但是"给"这个字,又太理所当然了,她凭什么。

"有用。"江雨舟心想干脆长话短说得了,"是……"

话音刚落,楼觐就有些焦急地扔下一句话:"半小时后会让助理打到你账上。"

江雨舟有些蒙,楼觐竟然这样轻松就答应了?

她一时之间竟不知道楼觐是因为太有钱所以答应得爽快,还是对她放心?她更相信是前者……

但是她明白,这一下子她爱慕虚荣喜欢攀高枝的形象,在楼觐心目中估计是根深蒂固了。

江雨舟将三百万打给王院长,不想再因为这个人而横生事端。

她在楼觐身边,日子如履薄冰,容不得半分差池。

这三百万的债忽然压在身上,江雨舟觉得快喘不过气来了。

三百万于楼觐来说只不过是挥挥手的数字,但对于江雨舟来说,却是天文数字,她该怎么还?

哪怕他们现在是夫妻关系,但这段关系能走多远,江雨舟自己心底清楚。到时候婚姻结束,这三百万总是要还清的。

她在家里做了点心当下午茶准备给楼觐送到公司。

为的是这三百万，以及她欠楼觐一个解释。

楼氏集团。

江雨舟没有直接联系楼觐，而是联系了他的助理顾北。

她在公司楼下大堂等了顾北半个小时。从她到楼觐身边开始，顾北基本上就没有给过她好脸色。

江雨舟明白，顾北和其他人是一个想法，认为她是居心叵测靠近楼觐，为的是名，图的是利。

她看到顾北从电梯口出来，一身西装，行色匆匆。

楼觐身边的人还真跟他是一个模子里刻出来的，永远冰山脸，好像谁都欠他们几百万似的。

嘶……她的确欠楼觐几百万。

"太太。"

"顾助，请问楼先生有空了吗？"江雨舟从沙发上起身问，"我给他准备了下午茶，想送上去。"

"先生在楼上开会，暂时没时间。我帮太太拿上去吧。"

江雨舟看着顾北这张冷冰冰的脸，也不知道他是不是不想卖给她面子。

"不了，我有话跟他说。"

顾北被拒绝，愣了一下，但也没有再多说什么，带着江雨舟上了楼。

"先生今天心情不好。"顾北这算是很善意地提醒了江雨舟一句。

江雨舟微愣，楼觐心情不好，她这样没打招呼直接来，会不会撞他枪口上了？

顾北将心思沉重的江雨舟带到了楼觐的办公室。

"先生开完会会过来。"顾北恭敬地说了一句，给江雨舟倒了一杯热水，带上门后转身离开了办公室。

江雨舟走到沙发前坐下，环视了一眼四周。

果然是楼觐的办公室，装修风格清冷干净，桌面上没有半点不该有的东西。

她等得有些无聊，打开手机看了一会儿又觉得昏昏沉沉，心底想着楼觐这个时候应该还不会散会，索性枕在沙发上睡一会儿。

昏昏沉沉中，江雨舟听到了一阵脚步声，接着是门把手被按下的声音。

她立马站了起来。她刚刚睡得太沉，嘴角黏糊糊的，眼睛也因为瞌睡有些浮肿。

"你来了。"江雨舟迷迷糊糊地起身，话语也懒洋洋的。

楼觐看了她一眼，附身从桌上拿起一张纸巾递到她面前："擦擦。"

江雨舟一愣，回过神来才知道是在说她嘴角的口水。

她有些难为情地接过纸巾擦了擦，舔了舔嘴唇，开口："我做了点心，你当下午茶吃吧。我不知道你喜欢吃什么，随便做了一些。"

江雨舟说出这些话的时候其实心底是有些不好意思的，她有一种心虚的感觉。

好像是上赶着讨好一样。

不过转念一想，她对他原本就是上赶着，原本就应该是讨好。又有什么关系？

"谢谢。放下吧。"楼觐倒是知礼懂礼。

他从她身侧走过，走到办公桌前坐下，打开电脑开始看股市。

江雨舟站在原地有些尴尬和不知所措，只能将点心放到了他的办公桌上："你趁热吃吧，我新鲜做出来的。"

"现在不饿。"楼觐不咸不淡地回应了一句。

江雨舟尴尬地扯了扯嘴角:"你现在有空吗?打扰你十分钟可以吗?"

三百万的事情,她无论如何都要跟他解释清楚。

"什么事?"楼觐抬头,但也只是抬头瞥了她一眼,随即就低下头继续看股市。

江雨舟一面觉得说不出口,一面又觉得楼觐此时是没有心思听她说话的,深吸了一口气:"那三百万……"

她刚开口,手机忽然响了。

她的心思被弄得有些烦乱,拿起手机看了一眼,是宠物医院打来的。

"喂。"

"江小姐你好,米球复查结束了,请问有时间来接吗?"

江雨舟稍微松了一口气,小家伙总算是痊愈了。

"嗯,可以。我晚点就过去接米球。"挂断电话,江雨舟看向楼觐,正准备继续解释三百万的时候,却听到楼觐说:"我去接米球吧。我待会儿去那一带见卓越,顺便把你的狗接了。"

你的狗……这三个字从楼觐口中说出真的是格外奇怪。

特别傲娇。

"你是在关心米球吗?"江雨舟也不知道自己哪儿来的勇气,竟然敢这么跟楼觐说话了。

但她就是想打趣他一下。

楼觐脸色微僵,似乎是在为自己刚才说出的话后悔。

"只是顺路。"

哦,继续傲娇。

江雨舟觉得这样傲娇的楼觐莫名有几分可爱。

江雨舟挑了挑眉,看到楼觐低头看了一眼手表。

"时间差不多了,我要过去了。回家你就能看到你的狗了。"

"哎……"江雨舟皱眉,她都还来不及解释钱的事情,楼觐就要走了。

这一顿点心算是白做了……

楼觐起身,一边系袖扣一边瞥了一眼若有所思的江雨舟:"钱你收着,不用还。"

这句话要是换作旁人听到,一定会觉得男友力爆棚,但是落入江雨舟耳中,却是心烦意乱。

在楼觐眼里,她一直是一个为了钱接近他的女人,如今才结婚数月,她又主动要了三百万,她已经不敢想象楼觐心中是怎么想她的了。

"我会还的,只是需要一些时间。"江雨舟说出这句话的时候,觉得自己就像是穷要骨气的人。

自卑的情绪包裹着她,让她根本无法冲出束缚。

楼觐根本没有回应她这句话,当作没有听见。

"谢谢你的点心。"楼觐避开话题,拿起了江雨舟的点心盒,走到门口,"我让顾北送你回家。"

"不用了,我去一趟隔壁超市,自己会打车回去。"江雨舟打算去超市买点鸡胸肉和苹果,回去给米球做烤鸡胸肉和苹果沙拉吃。

"嗯。"楼觐没有勉强,离开了办公室。

江雨舟从楼氏集团大门出来,去了隔壁的进口超市。

来到上城这些日子,江雨舟在外闲逛的时间其实非常少,她就像是楼觐的一个陪衬,楼觐走到哪儿,她便走到哪儿。她在上城也没有朋友,孤单是常态。

她漫无目地走在超市内,买了鸡胸肉和苹果之后又想看看有没有合适的果酒。

因为要保护嗓子,她一直都不敢喝酒,但这段时间心烦意乱的事情太多，她想要喝点酒，寻思着，果酒应该没事吧。

江雨舟在酒水柜台前徘徊，仔细查看着果酒的种类，刚往推车里面放了一瓶，忽然，一双修长的手握住了酒瓶，将酒瓶重新放到了酒架上。

江雨舟微微一愣，抬起头对视上了身旁人的眼睛。

"顾医生？"

顾之游从旁边的架子上拿下一瓶水果味的饮料，放到她的推车里，笑容明朗："你的嗓子还不能碰酒精，现在不能，未来也不能。如果想要喝点不一样的，可以喝水果味的饮料。"

江雨舟有些蒙，竟然在超市偷偷买酒，被自己的主治医生抓包了……好丢人哦。

她脸色微红，讪笑："被抓了。"说完，吐了吐舌头。

"你这叫作偷腥被抓了。"顾之游开着玩笑。

他脱下白大褂后真的阳光又干净，江雨舟不得不承认，这个顾医生的的确确长得好。

"'偷腥'这个词……好像不是这么用的。"江雨舟笑了，两人的气氛总算不那么尴尬了，"顾医生您从小生活在国外，可能不知道中文这么博大精深。"

她开着玩笑，顾之游也不介意，他点了点头："的确。一个人逛超市？我记得你家离这边不近。"

"嗯。"江雨舟点了点头，想起他上次送她回家，"我先生的公司在附近，刚去给他送了点心，就顺便过来逛逛。"

江雨舟没有刻意要提起楼觐的意思，只是顺便提及。

"我先生"这样的词语，从她口中说出来时，她自己都觉得有点不大真实。

"嗯。"顾之游点头，"待会儿要不要送你回去？我顺路。"

江雨舟本想拒绝，但又听到男人继续说："我上次就说过，我住在你家附近。"

好嘛，完全没有给她拒绝的机会。

"那就麻烦你了。"江雨舟笑了笑。

一善宠物医院。

楼觐看着在他脚边转来转去恨不得扑上来的米球，不为所动地站在原地。

他对于猫猫狗狗是没有半点兴趣的，觉得很臭，也很吵。

米球知道他是来接自己回家的，格外热情。

"您是江小姐的男朋友吧？米球恢复得很不错，瞧它多想让您抱啊。"女店员笑着俯身拍了拍米球的背，这句话也是在暗示楼觐抱抱米球。

楼觐有洁癖，是不可能去抱这只狗的。

"有笼子吗？"楼觐单手抄兜，面无表情。

"不好意思，米球送来的时候就是没笼子的，但是牵了绳。我们这边宠物狗的小笼子也都卖完了，看来您只能牵绳回去了。"

楼觐有些无奈，也有些不悦。早知道，他就不提出来接它了。

"它会不会在我的车上上厕所？"楼觐冷着声音问，从店员手中接过牵引绳。

"一般来说是不会的。米球训练有素，大小便都能够忍住的。"

"嗯。"

楼觐牵着狗绳，将米球带到了车子边。

他打开副驾驶座的车门，朝里面指了指："上去。"

米球抬头眼巴巴地看着楼觐，一脸无辜，脸上写满了听不懂。

"这都不会？"楼觐对这只狗的智商表示很大的怀疑，与此同时，也开始怀疑狗的主人的智商,"你妈平时都教你什么了?"

米球哼唧了一声,忽然四爪悬空,被一双长臂捞起,放到了副驾驶座的下面。

这个时候,手机响了。

楼觐打开,是江雨舟发来的微信:

"米球接到了吗?"

楼觐拍了一张米球蹲在车内憨憨的照片回复了她,顺便发了一句话:"你的狗有点蠢。"

他上车,将车子驶到附近某公司门口,卓越刚下班,拿着一沓文件匆匆忙忙从办公楼出来。

他跑到楼觐的车旁,一边气喘吁吁地打开副驾驶座的车门,一边念叨:"这段时间真累,我感觉我被老板在当畜生使。我跟你说我们这种金融民工我们……我去,哪儿来的丑狗?"

米球这一次好像听懂了一般,朝着卓越龇了龇牙。

卓绝瞪大了眼睛,像是看外星人一样看着楼觐:"你转性了?"

"要么上来,要么关门。"

卓越一听,立刻上车,勉勉强强地跟胖胖的米球挤在了副驾驶座上。

"这狗也太肥了,我的长腿都没地方放了,能放到后座去吗?"卓越有点震惊,楼觐从小不喜欢猫猫狗狗,他是最清楚的。

"不行。"楼觐回答得干脆利落。

"为什么?"

"怕它晕车。"

卓越很无语:"谁的狗啊?"

"你嫂子。"

楼觐这一声"你嫂子"的确是将卓越吓到了。

"好家伙，我可没承认过江雨舟是我嫂子。像她这种为了名利靠近你的女人，我是不会承认的。"卓越对江雨舟一直都心存偏见。

从知道江雨舟是怎么成为楼太太的那一秒起，卓越就觉得这个女人绝对不简单。

在这个笑贫不笑娼的年代，很多小门小户的女人为了钱和权是什么事都做得出来的。卓越在这个圈子里已经司空见惯了，他不相信楼觐会不清楚。

"她不需要被你承认吧？"楼觐反问了一句，听起来不算是维护，但带着一点点强势。

卓越一愣："话虽这么说，但你毕竟是我兄弟。我从一开始就提醒过你，江雨舟这个女人不是什么善人，你小心被她的纯情外表玩弄得团团转。"

楼觐一言不发地开着车。

卓越低头看了一眼米球，叹了一口气："一开始我觉得你接受江雨舟纯粹是为了孩子。但现在孩子没了，你还是这副不咸不淡的样子，你怕不是真喜欢上她了吧？我可警告你，别到时候被骗得只剩一条裤衩了，到哥们面前来哭。"

卓越也不是在危言耸听，圈内这样的女人真的多了去了，这样的事例也不在少数。

"你觉得我的家产，能被她骗完？"

一句强势的话，将卓越的嘴巴堵住了。

"您家大业大，我无话可说。"卓越挑眉，"怎么，马上就到我生日了，到时把你的小娇妻也带上？"

"小娇妻"三个字里蕴含着极大的讽刺。

"不带。"

"嘿，敢情还护着了。"卓越扯了扯嘴角，"不行，你必须带她来。我就见过她一次，上一次还一句话都没说上，这一次，我帮你探探底，看看她到底是个什么段位。"

楼飘没说话，卓越却清楚地感觉到，车速瞬间加快了很多。

晚高峰的上城堵得不成样子，江雨舟坐在顾之游车的副驾驶座上，百无聊赖地看着窗外。

晚霞和城市初起的华灯交相辉映，融合出彩色的光晕，漂亮又温柔。

江雨舟打开车窗，让窗外的空气吹了进来，整个人都神清气爽了。

"对了，过段时间，大概是21号的样子，我要去杭城参加一个业内会议，都是国内耳鼻喉的顶级专家，这些前辈比我优秀得多。你的嗓子需要更好的治疗，有没有兴趣一起过去看看？"

顾之游忽然开口，江雨舟微愣。

她原本还沉浸在温柔的风中，此时转过头看向顾之游。

道路很堵，属于前后左右夹击的状态，顾之游也索性停下了车，单手握着方向盘。

"啊？那不大好意思吧。都是你们业界的名医，我一个外人去算什么。"江雨舟讪笑。

"你是我的朋友，我希望你能接受更好的治疗。"顾之游微笑，笑容里没有半点杂质，让江雨舟感觉不到半点不妥。

是她以小人之心度君子之腹了。

她仔细想了想，如果她想尽快恢复嗓子的话，顾之游的建议的确是可以听取。顾之游也应该是真的为她好。

"当天来回吗？"江雨舟问。

"住一晚。"顾之游坦荡回答。

江雨舟一听要住一晚，又有些犹豫不决了。她垂首，想到了楼觑。

也不知道楼觑会不会答应她去杭城一晚，还是跟异性一起去。

即便是医生……

不过，仔细想想，楼觑好像也从未关心过她的行踪，哪怕她消失一周，他都不一定会发现。

"好。"江雨舟点头。

因为堵车太无聊，顾之游便跟她说起了自己学生时代的一些趣事。

顾之游这人的确幽默风趣，江雨舟听了之后一直在笑。

此时，旁边的车队忽然动了，后面的车子接了上来。

江雨舟正在笑话顾之游时，旁边车子的车窗忽然降了下来。

江雨舟是朝着顾之游的方向的，仍在笑。然而，顾之游却注意到了隔壁车投来的不善目光。

"你认识？"顾之游瞥了一眼隔壁的车，问江雨舟。

江雨舟愣了一下，回过头，当看到驾驶座上，男人冷若冰霜的双眸时，浑身紧绷了起来。

此时窗外的风似乎都变得冰冷，她咽了一口唾沫，只觉得浑身冒出鸡皮疙瘩。

怎么会这么巧……江雨舟屏住呼吸，莫名有一种被捉奸在床的感觉，虽然事实上她什么都没有做。

楼觑的脸部线条原本就硬朗冷峻，比常人要更加深刻分明，此时更是阴晴难测。

糟了……

"这不是你那小娇妻吗？"副驾驶座上的卓越看热闹不嫌事大，刚还在那边吐槽江雨舟心机深重，心思不单纯，这下刚好就撞见了。

卓越露出了得意的笑，这种笑就像是在看心机女如何接近男人一般。

"楼太太，巧啊。"卓越故意讽刺地开口。

这一声"楼太太"，让江雨舟的脸瞬间通红。

"朋友？"顾之游随口问了一句。他看出了异样，旁边驾驶座上的男人，绝对不可能只是江雨舟的朋友这么简单。

"我先生和他的朋友。"江雨舟实话实说，却仍旧觉得尴尬。

此时，米球似乎是听到了江雨舟的声音，忽然从副驾驶座下面扑腾起来，跳到了卓越的腿上，实打实地将卓越吓了一跳。

"这丑狗吓死我了。"

"米球。"江雨舟忍不住露出笑容，但是只要余光一瞥到楼觐，她脸上的温度又凉了下来。

楼觐真的好可怕……

"不是说去超市？"楼觐单手握着方向盘，脸色不善，口气也并不好。

"哦，在超市遇到了我的主治医生。"江雨舟尽量克制着自己的紧张，想要表现得很淡定，"顾医生家刚好跟我们家顺路，就顺便把我捎上了。"

江雨舟的手指已经紧紧绞在一起了，幸好楼觐看不见。

但是她这个局促的举动，完完全全落入了顾之游的眼中。

卓越冷笑了一声："是顺便，还是故意？"

江雨舟记得这个人，是楼觐的发小，也是楼觐最好的朋友。卓越对自己一直抱有成见，不过她也都能够接受这样的猜疑，毕竟，她上位的方式并不好看。

米球呜咽着想要跑到江雨舟那边，但现在在马路上，卓越只能够死死抱着米球肥硕的身体，嘴里不断地埋怨，但还是把米球保护得好好的。

江雨舟在外人在场的情况下并不想多解释，况且，看楼觐的样子好像也是不想听她解释的。

他们之间原本误会就多，在她看来，多这点误会和少这点误会，并无差别。

只是，两辆车子这样堵着，会非常尴尬。

"楼太太，马上就到我生日了，到时你一定要跟阿觐一块儿来参加。都是些老同学，大家也都见过你，一定赏脸啊。"卓越这边直接把"请柬"扔向江雨舟。

江雨舟一听到都是楼觐的老同学，立刻想起那晚她做噩梦醒来去宴会找楼觐时的情形。

狼狈不堪。

她实在是不想应下来，于是浅浅地笑了笑，礼貌地说道："如果有时间，一定去。"

这已经是非常客套的说法了，她是故意的。卓越的生日会她是绝对不会去参加的。

去，就是自讨没趣。

她说这句话时，看到楼觐脸色微变。她猜不透楼觐的想法，也不知道他是希望她去参加，还是不希望。

此时车流恰好动了，江雨舟立刻关上了车窗，也不管楼觐此时是什么脸色。

关上车窗之后，她长长舒了一口气，整个人都放松了下来，完全忘记了身旁的顾之游。

直到耳畔传来顾之游的询问："你好像很怕你先生。"

江雨舟心底"咯噔"了一下，她对楼觐的害怕已经表现得这么明显了吗？

"嗯，他性格比较阴沉，我时常猜不透他在想什么。"不知道为什么，江雨舟并没有向身边这个男人隐瞒。她觉得顾之游是一个好人，是一个不会伤害到她的好人。

"夫妻之间这样相处，不是很辛苦吗？"

顾之游的问话又一次让江雨舟沉默了。

她缄默了半晌，淡笑："还好。我很爱他。"

江雨舟有多爱楼觐？

可能全世界，只有她自己清楚。

半小时后，车子停靠在了楼宅门口。

江雨舟下车。

不一会儿，楼觐的车子也开了过来。

米球从车里蹿出来，扑向江雨舟。

江雨舟将米球抱起来，心疼地摸了摸它的小脑袋："是不是想妈妈了呀？"

米球呜咽了两声，安心地耷拉下脑袋，趴在江雨舟怀中懒洋洋的。

楼觐从驾驶室出来，脸色阴沉。卓越已经在半路上下车了，此时只有楼觐一人。

顾之游为表礼貌也下了车，楼觐径直朝他走过来。

江雨舟觉得这个情形不太好看，她很想抱着米球赶紧往家里钻。

"贵姓？"楼觐先开口，从西装口袋里掏出一包烟，熟稔地敲了敲烟盒，敲出了一根烟递到顾之游面前。

"顾。"

顾之游拒绝了递烟："多谢，我不抽烟。"

楼觐拿着烟的修长指节停顿在半空中，然后他收回烟，在手中把玩了片刻之后抬眼看着顾之游。

"不知道顾医生有没有同样的感觉，我觉得您有一点眼熟。"

这句话听起来挺奇怪的，就像是男生在跟女生搭讪一般。但是此时此刻，完全是不同的。

楼觐这样的人，如果说这样的话，那一定是真的觉得眼熟。

江雨舟觉得奇怪，难不成这两人之前还见过？

"是吗？我看楼先生倒是面生。"顾之游脸色坦荡，不像是在说谎。

楼觐拿出打火机，点燃了一根烟，烟头在暮色之中一明一灭。

"顾先生是哪里人？"楼觐颇有一副在调查户口的感觉。

江雨舟在一旁觉得尴尬。顾之游好心好意将她送回家，在这边却还要被她丈夫盘问。

"杭城人。"

"嗯。"楼觐忽然转身回到车子旁边，打开车门，俯身进去拿了东西又折回来。

他将一张烫金的黑色名片递到顾之游面前："谢谢您今天送我太太回来。既然是我太太的朋友，也就是我的朋友。"

江雨舟暗暗倒吸了一口凉气。

楼觐到底是要干什么？要知道，在上城，能够拿到楼觐名片的人屈指可数。

他明显对眼前的人充满了敌意，然而却给对方名片，意欲何为？

顾之游收下，低头看了几眼之后才开口："不好意思我没有名片。不如我们加个微信？"

"可以。"

加微信……这是什么操作？

江雨舟真的很想扶额。

她记得楼觐这个人，微信好友寥寥无几，里面也是一片空白。他是属于典型的商务精英男，有什么事情基本上都是通过电话解决的，很少用微信。

两个大男人交换了微信。

见顾之游准备离开了，江雨舟暗暗松了一口气。

终于……

"江小姐，下周不要忘记来复查。"顾之游临走之前，叮嘱了江雨舟一句。

这句话从一个医生口中说出原本是再正常不过的，但江雨舟此时却觉得坐立难安。

她尴尬又礼貌地扯了扯嘴角，点头："嗯。路上注意安全。"

楼宅。

江雨舟回到家就先去安置米球了。

米球一落地就开始撒欢儿卖萌打滚，一下子跳到了沙发上，江雨舟知道楼觐不喜欢米球上沙发，连忙去捉米球。

但是米球逃得太快，她根本追不上。

"米球！别跑了。"

江雨舟刚要扑过去，手臂忽然被楼觐一把捏住。

他力道不轻，将江雨舟吓得连忙转过身去，对上他一双阴鸷的眸。

"你跟那位顾医生，到底是什么关系？"楼觐语气冰冷，似是二月春风，和剪子一样犀利。

江雨舟就知道，事情不会这样结束。

楼觐这个人虽然不喜欢她，但对她的控制欲和占有欲却格外强。

"我说了，我们就是医患关系。你如果不相信，自己可以去查。我相信楼先生一定能够查得水落石出，不是吗？"

失去孩子之后，江雨舟在楼觐面前不再像之前一样百依百顺。

"他刚才当着我的面，叫你江小姐。"

楼觐说的话让江雨舟心底"咯噔"了一下。

她丝毫没有在意的事情，楼觐却是听到心里去了。

她抿了抿嘴唇，解释："平时他都是这么称呼我，一时之间难以转换。还有，你弄疼我了。"

江雨舟的手臂被捏得太紧，勒出了红痕。

楼觐却没有松开禁锢着江雨舟的手，而是默默地看着她。

江雨舟极度害怕楼觐的这种凝视，她微微别开眼睛，不想跟他对视。

"楼先生，你是在吃醋吗？"

江雨舟是带着一点点怒意问出的这句话，楼觐这样近乎霸道的相处方式是她不喜欢的。

但话语落入楼觐耳中，却显得有些娇嗔。

"吃醋？"楼觐反问了一句，"如果我吃醋，又如何？"

"楼先生愿意吃醋，是你的事。"江雨舟被捏得生疼，口气也难听了一些。

她原本是温顺的脾气，只是最近一连串的事情让她此时无法温顺了。

她双眸泛红，眼眶里蓄满了泪，微颤着嘴唇看着楼觐："娶我原本就是丢人现眼，楼先生从一开始不就知道吗？还有楼家，从一开始不就觉得我丢人吗？"

江雨舟挥开楼觐的手，从沙发上将呆若木鸡的米球抱了起来，米球也被吓坏了。

她抱着米球上了楼，将自己反锁在房间里，一点都不想跟楼觐接触。

刚才在马路上，卓越作为楼觐的朋友这样欺辱她，他没有帮她说一句话，回到家还对她百般怀疑。

她也是人，无论如何都是接受不了这般对待的。

深夜。

江雨舟仍是毫无睡意。她躺在客房的床上翻来覆去，就连米球都已经在打呼噜了。

她无聊地拿起手机，准备刷一下朋友圈。不知怎的，她鬼使神差地点开了楼觑的头像。

下一秒，她惊了一下。

楼觑的朋友圈封面，什么时候变成了他们两个人的婚纱照了？

江雨舟还以为是自己熬夜老眼昏花了，用手背擦了擦眼睛，确认自己没有看错之后更加蒙了。

她前几天还看过楼觑的朋友圈封面，是一片空白的，就像是老年人的微信一样。

也就是说，婚纱照是刚刚换的？

江雨舟皱眉，从床上腾地坐了起来。

楼觑要做什么？

她百思不得其解。

这时，顾之游发来了一条微信消息：

"这段时间天气不好，湿气比较重。你可以在家煮一些冰糖雪梨润润肺和嗓子。对你嗓子的恢复会有帮助。"

非常官方又客套的一句话，江雨舟却陷入了沉思。

倒不是因为顾之游，而是因为楼觑。

楼觑今天刚刚加了顾之游的微信，加上他刚才对顾之游那副忌惮的样子……

江雨舟突然就想明白了。

楼觑一定是在宣示主权，只不过，用的手段相当幼稚。

江雨舟甚至都难以将这个幼稚的男人，和平日里在商场上雷厉风行的男人联系起来。

难道……他是喜欢上自己了？

江雨舟立刻拼命摇了摇头，甩掉了这个恐怖的想法。

第六章 他定护着她

"那就以后都听话点,我帮你挡。"

江雨舟醒来时才六点多。

或许是心底积压着太多的心事,江雨舟总觉得睡不安稳,即使睡着的时候也是浅眠状态。

她抱着米球下楼去吃早餐,才走到楼梯口就闻到饭菜的香味了。

"吕妈,今天做了什么早餐?"江雨舟迷迷糊糊的走下楼。

忽然,一个中年女人严肃又带着一点不悦的声音响起:

"江雨舟,你每天就在家闲着,也不知道帮帮吕妈做做早餐。你说你现在这戏也不能唱了,在家也不做点别的,真当我们楼家养你这个闲人呢?"

付曼文的声音让原本意识迷蒙的江雨舟瞬间清醒了过来。

她倒吸一口气。

付曼文怎么会一大清早就过来?

"妈。"江雨舟拢了拢睡袍的领口,想让自己看上去尽量端庄一些。

付曼文坐在餐桌旁正在喝粥,见她下来,上下打量了她一眼,慢悠悠地说:"你别叫我妈,我说过多少次了,我不认你。我只认阿渝。"

江雨舟也懒得跟她争,将米球放到地上。米球乖乖地走到角落里它的小饭盆旁,开始吃狗粮。

付曼文听到米球发出"呼噜呼噜"的进食声,脸上立刻露出厌恶的神色:"哎哟,这只狗是真的脏。我之前就说过让你把这只狗送掉送掉,你怎么不听的?还把狗盆放在这里,这人跟狗是要一起吃饭吗?哼,低贱的人跟狗差不多,同吃同住的。"

付曼文的话说得特别难听,江雨舟咬了咬牙,忍着周身的不适走到了餐桌前坐下。

吕妈从厨房出来,给江雨舟盛了一碗粥,又端了一碗中药在她面前。

"太太,喝完粥记得把中药也喝了。这是酸梅,压压苦。"吕妈是老太太那边的人,对付曼文这些行为一直是不满的,因此故意岔开话题。

"嗯。"

付曼文看着这碗乌漆麻黑的中药,皱眉,放下勺子:"你在喝这种乱七八糟的东西?你不会有什么病吧?"

江雨舟也不是软柿子,她虽然寄人篱下,但也是有自己底线的。

她吃了一口煎蛋,抬头:"这是奶奶给我和阿觐准备的中药,如果有什么疑问,可以去问奶奶。"

"你……你还搬出老太太来压我?"付曼文一副哭笑不得的样子。

江雨舟不理,低头乖乖喝粥。

"阿觐,你来得正好。看你娶的好媳妇,整天跟我对着干。"付曼文的一句话,让江雨舟僵住了。

她心底"咯噔"了一下。

楼觐是不喜欢别人叫他"阿觐"的,也不知道刚才她这么称呼他,他有没有听见……

楼觐晨跑结束后刚刚冲了澡下来吃早餐,在楼梯上就看到江雨舟瘦削的背影背对着他。

他脸色清冷地走到江雨舟身旁,拉开椅子坐下。

"妈,这么早你过来,有事?"楼甄的声音里带着刚刚晨跑过后的沙哑,更添了几分性感的味道。

江雨舟暗自叹息,幸好没有责备自己。

付曼文见到儿子之后,心情总算是好了一点,只是口气还是阴阳怪气的。

"这不是你表妹表弟过来了,在我们家住一段时间。你说你这个做哥哥的,怎么也得一起回去吃个饭聚一聚吧?"

付曼文这句话落地,江雨舟脑中的神经瞬间紧绷了一下。

她顿时胃口全无。

楼甄的表妹表弟,是付曼文妹妹付曼清的一对龙凤胎。

而付曼清……对于江雨舟来说是最可怕的噩梦。

楼甄的余光注意到了江雨舟脸色的变化,他喝了一口粥,平静地回复付曼文:"我这几天很忙。"

"再忙也要吃饭吧?只不过是让你去见一下你弟弟妹妹,你却在这里给我摆架子?还是有些人不希望你去?"付曼文将矛头直接指向了江雨舟。

江雨舟低着头微微闭了闭眼。

她只要一想到付曼清,就会想到年幼时身上的累累伤痕,和那个像无底洞一般的漆黑阁楼。

"几点?"楼甄打断了付曼文。

"就中午,十二点。吃完之后跟你弟弟妹妹聊聊天,相处相处。别过几年都生疏了。"付曼文一直以来都很亲自己的娘家人,自从妹妹付曼清去世之后,这一对龙凤胎也一直都是她在资助。

"江雨舟,你也一起吧,免得说我苛待你。"付曼文冷冷地扔下一句话给江雨舟,更像是命令。

江雨舟并不想参与这样的家庭聚会,尤其是跟付曼清有关联的。她知道付曼文是故意的。

"我今天有事。"江雨舟直接拒绝。

"怎么,我都请不动你了?这年头,做婆婆的想要请自己的儿媳妇去吃一顿饭都这么难了?"付曼文这个时候开始摆婆婆的架子了,刚才还说自己不承认这个儿媳妇。

"一起去吧。"这次是楼觐开口。

江雨舟深吸了一口气,只要楼觐开口她便无法拒绝。于情于理,她在这个家都是依靠着楼觐的,他都开口了,她不可能不去。

"嗯。"

他明知道自己厌恶跟付曼清有关系的一切,也明知道自己不会拒绝他,他还是开口了。

付曼文离开后,江雨舟上楼去洗澡化妆。

楼觐因为要回家吃午饭的缘故没有去公司,而是在家办公。

两个人一上午一句交流都没有。

临近中午,江雨舟下楼,上了楼觐的车,车内二人两相无言。

"昨天的点心很好吃。谢谢。"楼觐率先打破了沉默,让原本昏昏欲睡的江雨舟稍微精神了一些。

"你喜欢就好。"只不过是为了三百万的答礼。

后半句话江雨舟是不敢说的。

江雨舟这边气压低沉,楼觐能够感觉出来。

"昨晚的事情我向你道歉。"楼觐道歉倒是稀奇事,江雨舟还没来得及多想，就听到身旁驾驶座上的男人继续，"昨晚我帮你联系过了，我有一个同学是宾夕法尼亚大学医学院毕业的，回到上城之后自己开了一家私立的耳鼻喉医院。你换主治医生吧。"

江雨舟听到楼靓这番话的时候先是愣了一下，震惊和恼怒纠缠在脑中，随即她又清醒过来。

也是，像楼靓控制欲这么强的人，是希望万事都能够在他的掌控之中的，包括她。

"我不换。顾医生医术高明，我的嗓子也在慢慢恢复，这个时候换主治医生对我的治疗没有好处。"

她很倔。

只要楼靓一跟她杠上，她就会更倔。

"听话。"

楼靓这两个字，霸道中又带了一点点的温柔，让江雨舟浑身上下每一个细胞都酥软了下来。

她浅浅地吸了一口气，努力镇定下来，希望自己不要被楼靓的温柔假象所蒙蔽。

"楼先生，你好好开车吧。"江雨舟扔下一句话给他，看向了窗外，算是结束了这个话题。

楼靓第一次在江雨舟这边吃瘪，握着方向盘的手都僵了三分，手指指节用力得有些泛白。

半小时后，车子停靠在别墅门口。

江雨舟下车，静静等着楼靓走到她身边。

她对这里是害怕的，这里虽然也是楼家，但和楼宅还有老太太的老宅是截然不同的。

这里有可怕的楼家人，还有付曼清的家人……

楼觐绕过车头走到江雨舟身旁，看到她的嘴唇微微泛白的样子，知道她的所思所想。

"这个时候知道听话了？"

楼觐的话里带着揶揄，让江雨舟的心跳加速了几分。

她很想瞪这个男人一眼，但是不敢，只能暗自想着，这个男人报复心理怎么这么重。

"不听话，妖魔鬼怪都往我身上扑。我怕。"江雨舟也不忌惮在楼觐面前这样说他的家人。

"那就以后都听话点，我帮你挡。"楼觐说完这句话，忽然牵住了她的手。

十指相扣，江雨舟的心跳都漏了一拍。

他这句话有些强势又有些温柔，像是要将她保护在身后。

她与楼觐牵手的次数寥寥无几，在她仅存的印象中，这一次是最让她紧张的。

楼觐的手捏得很紧，加上他刚才说的那句话，不知情的外人听见了，还以为这个男人对自己的太太有多么深情。

一个诡异的想法从江雨舟的脑海中萌生，她真的觉得很奇怪，楼觐最近的举动跟之前比起来要温和很多。

江雨舟被楼觐牵着走进别墅，客厅里面正热闹着，付曼清的那对龙凤胎陆可心和陆可盛坐在沙发上和付曼文说笑。

这一对龙凤胎只比江雨舟小两岁，却是江雨舟年少时的噩梦。

她只要一见到陆可心那张跟付曼清几乎长得一模一样的脸，恐惧情绪就瞬间爆棚。

她咬紧了牙关走着，手心里渗出了涔涔冷汗。

楼觐感受到了她掌心的汗水，低头看了她一眼，低声安抚："别怕。"

这两个字简单干脆，却让江雨舟安心不少。她承认，这一声温柔的安抚，对她很有效。

"阿觐来啦。"付曼文放下剥到一半的橘子，"你弟弟妹妹都等你好久了。"

"阿觐哥哥。"陆可心笑着起身小跑到楼觐身边，挽住楼觐的手臂，"你都好久没来苏城看我们了。你是不是忘记我跟哥哥了？"

"怎么会，工作忙。"楼觐仍是公事公办的口吻。对于这一对龙凤胎，他没有太多感情，只记得小时候，付曼文经常带他去苏城姨妈家玩，一待就是一个暑假。

陆可心从进来开始就注意到了江雨舟，此时和付曼清一模一样的眼睛死死地盯着她。

江雨舟此时就像是一只受惊的小猫一样，站在楼觐身旁，努力地想要往楼觐的身后钻。

楼觐感觉到身旁的女人微微发颤的身体，刻意将她往后护了护。

"阿觐哥哥，你跟这个女人还没离婚呢？贱人生的女儿，也一样贱，迟早有一天她会背叛你的。"陆可心肆无忌惮地往江雨舟身上泼脏水。

江雨舟只要一听到这些话，身体就忍不住抖。

她咬了咬牙，被楼觐捏着的手反过来紧紧捏住了楼觐。

"她是我的太太。可心，放尊重点。"楼觐的口气还算平和，他松开江雨舟，腾出手，揽住了江雨舟的肩膀。

这个动作对于江雨舟来说像是一场及时雨，让她备感安全。

"她跟她那个妈一样，只知道勾引男人。当初她爬上你的床怀孕的时候我就知道，有其母必有其女，她这是继承了她妈妈的衣钵啊。"陆可心的话越来越难听，而付曼文没有半点要阻止的意思。

看着付曼文坐在沙发上继续慢悠悠地剥橘子，江雨舟瞬间就明白了。付曼文叫她来，就是为了让她出丑，让她被陆家这对龙凤胎侮辱。

江雨舟想要扭头就走，但是她的肩膀被楼觐紧紧禁锢着，根本动弹不得。

"我想走了。"江雨舟的眼睛里含着泪，她呢喃着开口，尽量让自己看起来不那么狼狈。

"有我在。"楼觐没有要放她走的意思。

但他的话此时已经起不到任何作用了，江雨舟非常害怕，只要触及她的母亲，她的伤疤，她就无法淡定。

"哟，怎么，你还学你妈妈一样装得楚楚可怜啊？在男人面前演戏演得那叫一个绝，我们小的时候，你妈还妄图让我们叫她一声妈呢。我想起来就恶心。"陆可心满眼恶毒，"小时候我妈就应该把你打死。贱种就该死！"

江雨舟听到这些话，已经溃不成军。

"陆可心。"楼觐低声呵斥，将陆可心吓了一跳。

付曼文吃了一口橘子，挑眉看着江雨舟这副噤若寒蝉的样子，讥诮地笑："阿觐，你护着她又有什么用，她骨子里就是那股贱血。别忘了，是她妈妈把你姨妈逼成了疯疯癫癫的样子。如果不是她妈妈做小三，你姨妈家也不至于支离破碎。"

"妈，如果你让江雨舟来是为了羞辱她，我现在就带她走。"楼觐态度强硬，"她还是楼太太一天，就不能受到任何屈辱。"

江雨舟看着楼觐坚毅的侧脸，心中原本缺失的安全感一点点被填满。

"别……阿觐。"付曼文没想到楼觐会这么护着这个女人，连忙起身。

"妈，如果这顿饭还想继续吃下去，就别再为难江雨舟。"楼觐捏着江雨舟肩膀的手又紧了三分。

"好好。"付曼文虽然嘴上说着好,脸色却是铁青的。

楼父身体不好,直到吃午饭的时间才下来,席间一直同楼觊在说生意上的事情。

一顿饭下来,江雨舟如坐针毡,她只吃了几口就没了胃口,于是去了后花园散步。

走到后花园,江雨舟才觉得自己的呼吸顺畅了一些。她深吸一口气,排遣心底的烦乱。

忽然,手机响了,她点开看了一眼,又是王院长……

她紧紧捏着手机,鼓足勇气之后才点开内容。

"江雨舟,我女儿出国念书需要两百万,你把钱打给我。"

命令的口吻,态度强硬。

江雨舟看着这简短的一行字,脑袋像是充血一般。

这个人是贪得无厌贪疯了吗?

她立刻回复了一句:"我才给你打了三百万,你还想怎么样?你再敲诈我,我会报警处理。"

那边似乎是知道她会立刻回复,也秒回:"你可以报警试试。那我们大不了鱼死网破。你报警,我在警察查到我之前,把你和楼觊的视频发到网上。我光脚的不怕穿鞋的。"

江雨舟额上瞬间渗出了涔涔的汗珠,她急火攻心,如果不是在室外呼吸着新鲜空气,她觉得自己都快喘不过气来了。

就在她愤怒难忍时,肩膀忽然被人轻轻推了一下。

她一阵恍惚,差点跌倒。

然而她的手臂却被人抓住,是陆可盛。

她下意识地往后退了几步。

她害怕陆家人。

"你干什么？"江雨舟警惕地开口。

年少时，这个陆可盛偷偷跑到关她的小黑屋里，企图骚扰她，不过十几岁的年纪，就那么龌龊不堪。

陆可盛长着一张极其油腻的脸，嘴角带笑也是色眯眯的，让江雨舟看着都觉得恶心。

"干什么？几年前在我家，我就想对你干点什么了。你说我现在想干什么？只不过你现在是我表哥的女人，我也不能真对你干吗，就让我摸摸，如何？"

陆可盛笑起来时脸上的横肉堆积在一起，油腻恶心。

真让人恶心，竟然能够说得出这样的话。

"你也知道我是你的嫂子，你对我说这样的话，就不怕我去告诉楼觐？"江雨舟咬牙切齿。

楼家别墅很大，后花园距离主楼还有一段距离。以她跟陆可盛的力量对比，如果陆可盛想要捂住她的嘴巴，对她进行骚扰的话，她可能防不胜防。

江雨舟有些害怕，想要拿起手机打电话给楼觐，下一秒就被陆可盛发现了。

"怎么，还想求救？"陆可盛一把抓住她的手。

江雨舟想要扯开他的手，但是力量悬殊，她根本推不开。

"你妈是我爸的小三，你做我的女人，这叫'继承衣钵'懂吗？让我亲亲摸摸，你不亏吧？你妈伺候我爸，你伺候我，不是理所应当的事吗？"

陆可盛贼心大起，想要去亲江雨舟。江雨舟胡乱挥动的手被他紧紧攥住，根本动弹不得。

"救命，救……"

她刚开口，嘴巴便被陆可盛捂住了。

"呜……"她面目狰狞，整张脸都被捂得通红。

陆可盛俯身亲上江雨舟的脖子，江雨舟起了一身鸡皮疙瘩，那种恶心感从脖子蔓延到全身，她觉得胃里一阵反酸。

"来，让我亲亲。"陆可盛油腻的声音在她耳边响起，让她觉得黏糊糊的，浑身上下每一个细胞都在排斥。

江雨舟用尽全力一脚踩在了陆可盛的脚背上，陆可盛痛得几乎剁脚，立刻松开了江雨舟。

江雨舟趁机跑向别墅主楼。

"可恶！"陆可盛痛得抱起脚，根本追不上江雨舟。

江雨舟一边跑一边回头看，一个踉跄跌入了一个怀抱。

她抬起头，看到了楼觐。

"楼先生，救我。"江雨舟胡乱地抓住了楼觐的肩膀，头发已经凌乱不堪。

楼觐抬头看了一眼不远处抱着脚痛呼的陆可盛，立刻明白了一切。

他眼底有盛怒，是江雨舟从未见过的盛怒。

楼觐一把将江雨舟拦腰抱起，根本没有再看陆可盛一眼，阔步走向别墅门口。

付曼文和陆可心此时也刚好从别墅里出来。看到楼觐抱着江雨舟走向车子时，付曼文连忙小跑到车子旁边。

"怎么回事？"

"去问问陆可盛。"楼觐的声音极度冰冷，就连此时躺在他怀中的江雨舟都听得浑身发凉。之前楼觐面对她时表现出来的冰冷，不及此时的万分之一。

管家上前帮楼觐打开车门，他俯身将江雨舟放在副驾驶座。

关上车门，楼觐一边系上袖扣，一边看向陆可心："去告诉你哥，今晚 24 点前离开上城，否则，我会让他在任何一个地方都无法立足。"

楼觐很冷静，江雨舟在车内也听得到他说的话。

她心底一紧，她没有想到楼觐会为了她与陆可盛闹掰，那毕竟是他的表弟。

"阿觐哥哥，我哥他怎么了？"陆可心一头雾水，着急地看向楼觐，随即又看向了车内的江雨舟，立刻明白了什么。当初江雨舟在陆家时，陆可盛就对江雨舟虎视眈眈，如今……

"阿觐哥哥，我哥只是一时犯糊涂。这个女人跟她妈是一路货色，你怎么知道不是她勾引我哥呢？"陆可心连忙解释。她现在和陆可盛完全是靠着楼家活着的，外人一直都嘲笑他们兄妹是寄生虫。要是没有了楼家，她跟陆可盛又没有学历又没有工作，怎么可能活得下去。

付曼文一听也明白了，挑了挑眉，冷哼一声："我相信阿盛不是这样的人，一定是这个女人跟她妈学的狐媚手段勾引阿盛。阿觐，你不如趁这个机会离婚。"

江雨舟听到这些话，浑身发冷。

"我的话不说第二遍。"楼觐上车，用力摔上车门。

车子扬长而去。

江雨舟在车内瑟瑟发抖，楼觐对视上她噤若寒蝉一般的双眸。

"他有没有伤到你？"楼觐的声音变得温柔许多，像是棱角被磨平了。

"没有。"江雨舟开口，声音是发颤的。

"需不需要去医院？"楼觐还是不放心。他看着江雨舟疲惫的样子，面色凝滞。

江雨舟惊魂未定，摇头："不用。我没事。"

她此时说不出心里是什么滋味，楼觐对于这件事情的处理让她有些迷惑又很感激。

"今天是我的错，不该让你过来。"楼觐终于意识到了这一点。

楼觐竟然会主动承认错误。

然而他说得没错，今天的确是他的错。

江雨舟紧抿着嘴唇没有说话。

下一秒，楼觐忽然伸出长臂将她揽入怀中。

江雨舟猛地一惊，没想到此时楼觐会抱她。

他的怀抱很温暖，尽是他的味道，好闻又稳重，为江雨舟驱散了大半的阴霾和恐惧。

"我以为，克服恐惧最好的方式就是面对它。抱歉，我没有设身处地为你想。"楼觐也只是想帮江雨舟克服对这件事情的恐惧。毕竟江雨舟如今和他是一体的，而不是分散的。

江雨舟原本在心底有些埋怨楼觐，然而在听到这个解释的时候心头忽然颤了颤。

没想到他的出发点竟然是好的……

回到楼宅，楼觐直接将江雨舟从车子内抱了出来。

江雨舟趴在楼觐怀里，双臂紧紧环着楼觐的脖子，只觉得自己浑身上下的力量都是从楼觐身上汲取的，如果离开了他，就像是失去了阳光又回归到黑暗中。

楼觐将她放到主卧的床上，拉上遮光帘和窗帘，房间内一片黑暗。

江雨舟瑟缩进被子，整个人蜷缩成了一团侧躺着。

"好好睡一觉。你中午吃得不多，我让吕妈给你熬粥。"楼觐耐心对她说着，声音比往日要温和很多。

"嗯。"江雨舟满脑子乱七八糟的东西，现在也只想先睡一会儿。

楼觐走到阳台，打电话。

他的声音其实不大，但江雨舟此时心思敏感，一点点的声音都能够把她吵醒。

"陆可盛走了吗？"楼觐态度强硬，"派人盯着他，我不允许他再出现在上城。"

江雨舟躺在床上，心里说不出是什么滋味。

"我妈那边联系不到我，可能会联系你，你就当作不知道。"楼觐要切断陆可盛所有的后路，他知道付曼文宠着这一对龙凤胎，"不愿意走？无论你用什么方法都要赶走他，还要我教你？"楼觐的口气十分不耐烦，"他动了我的人，还想留下？"

江雨舟听到"我的人"三个字时，内心起了波澜。楼觐竟然已经把她当作是他身边的人了吗？

这是她想都不敢想的事情。

"就这样，今晚，他必须从上城消失。"楼觐放了狠话。

良久，他点燃一根烟，抽完才从阳台回到房间。

江雨舟从床上起身，双腿屈着坐在那里，抬起头看着楼觐。

房间里没有光亮，然而江雨舟一头乌黑的头发散落在肩上的样子仍是隐约可见。

江雨舟是典型的江南美女，加上她又唱戏，很有气质，整个人温柔又耐看。

她一双秋水一般的眸子看着楼觐，神色楚楚。

"怎么没睡？"

楼觐走到床头，单手抄兜站在她面前，扑面而来一股烟味。

江雨舟不喜欢烟草的味道，但是这种味道夹杂着楼觐身上的味道时，她又觉得并不是那么难闻。

"你会不会也这么看我？"江雨舟颤着嘴唇说出这句话的时候，眼泪没有忍住，扑簌簌落下。

江雨舟终于明白，自己刚才一直心烦意乱的根本，不仅仅是因为被人触及了心底的伤口，更是因为害怕楼觐也听进了这些话，觉得她就是别人口中说的那种女人。

"不会。"楼觐的话很笃定，他坐在床沿，凝视着江雨舟的双眸，"你是你。"

楼觐并不了解江雨舟母亲的事情，只知道一个大概。

他只是听说，江雨舟和她母亲当初被姨夫收留在家里，最终她母亲和他姨夫在一起了，他姨夫婚内出轨，导致付曼清变得疯疯癫癫……

"我妈妈不是那样的人。"江雨舟极力解释，她想要在楼觐面前留下最后一点点尊严，"当年的事情是有隐情的。"

江雨舟嘴唇发抖，哽咽出声，这段时间好不容易恢复了一些的嗓子也变得喑哑。

"我知道。"楼觐伸手捏住江雨舟的肩膀，希望她能够镇定下来，"放宽心，在这里没人会对你说三道四。"

楼觐一脸真挚，江雨舟忍不住扑向楼觐，双臂紧紧抱住了楼觐的上半身，往楼觐的怀里钻。

她的脸紧紧地贴着楼觐的胸口，好像这样就能够汲取到一星半点的温暖一般。

"谢谢。"江雨舟温温柔柔地吐出两个字。

"跟我说什么谢。"楼觐的声音要比往日里温柔低沉很多，像是冬日暖风，温柔地裹紧了江雨舟的心肝脾肺，让她原本战栗的心脏终于平和了下来。

江雨舟沉默着。因为她不觉得自己跟楼翦之间是不需要说谢谢的关系。他们之间只不过比普通人多了一张结婚证而已。

但她不想多想,而是窝在楼翦的怀中低声说了一句:"可以陪我睡一会儿吗?"

江雨舟从未提出过这样的请求,她畏惧楼翦,何曾用这么温柔缱绻又带着一点央求的口气跟他说话。

说出口,她其实有些后悔,显得过分亲密了。

然而楼翦没有拒绝,他轻轻推开江雨舟,掀开被子,示意她躺下。

江雨舟钻进被子,看到楼翦脱掉西装外套,又慢条斯理地解开衬衫的纽扣。

在衬衫扣子解到第四颗时,江雨舟别开了目光,但余光还是瞥到了。他的身材很好,人鱼线一直绵延到腹部以下,腹肌形状也很好看。之前在徽城,他们唯一的那一次,她看到过……

楼翦躺进被子,整个被窝都暖了起来。江雨舟原本平躺着,此时忍不住深吸了一口气,侧过身去钻入了楼翦怀中,紧紧地抱住了他。

江雨舟很瘦,整个人在楼翦怀中也不过只是一小团。

"怎么这么瘦?"此时她穿着睡裙,他能够分明地感受到她的重量。

"哪有戏剧演员胖的。"江雨舟低声嘀咕了一句,只觉得在楼翦怀中特别有安全感,也特别温暖。

楼翦低头看了一眼怀中的女人,她像是一只小猫依偎着自己。

"我记得第一次见你时没这么瘦。"楼翦说出这句话的时候有些迟疑,这句话将他对她的不关心体现得淋漓尽致……

江雨舟埋在他怀中,表情也不被他瞧见,嘴角略微扯了扯。

难为他还记得第一次见到她时候的模样。

她没说话，他继续开口："流产后你也没有好好休息，我听说，小月子很重要。"

"楼先生现在说这些话，是不是有点晚了？"江雨舟的话里带着一点点的讽刺和埋怨。

之前也不见他关心过她。

"我让吕妈这几天做些滋补的药膳，给你调理一下。"楼觐倒是有心了，让江雨舟有些无话可说。

她的睡意忽然上来了，不一会儿便睡着了。

楼觐看着怀中女人没了声响，觉得手臂有些酸涩，想了想，还是没有将手臂抽走。

忽然，手机振动了几下，楼觐拿起，看到是卓越打来的电话，立刻摁掉，没有接听。

江雨舟不知道自己睡了多久，昏沉醒来的时候，一抬头便对视上了楼觐的双眼。

"我睡了多久？"江雨舟刚醒，嗓子有些喑哑，黑暗之中只能隐约看到楼觐漆黑眼眸里的点点星光。

"三个小时。外面应该天黑了。"

"你没睡吗？"江雨舟越睡越困，开口的时候，声音像是小猫一样慵懒。

"嗯。"

江雨舟准备从床上起来时，忽然发现了身体的一点不对劲……

她掀开被子看了一眼，发现自己的一条腿趴在了楼觐的腰上。

她瞬间蒙了，瞪大了眼睛看着楼觐。

楼觐目无波澜地看着她，好像是在看戏，又像是在无声地嘲笑着她。

江雨舟尴尬至极。她对楼觐从未做出过这种举动,显得逾矩又过于亲密。

她反应过来之后,连忙将放在他腰上的腿抽开,还刻意后退了一些与楼觐保持距离。

幸好是晚上,也没开灯,否则楼觐一定能看到她通红的耳根。

"抱歉。我睡相太差了。"

"又不是一天两天了。"楼觐的"落落大方"倒是显得江雨舟小家子气了。

江雨舟深吸了一口气,掀开被子从另一边下床:"我去洗漱一下。"

"饿不饿?吕妈应该做好饭了。"楼觐今天格外温柔。

这样温柔的楼觐让江雨舟很不适应,总觉得他好像是因为陆家兄妹的事情愧对于她才这样。

这种温柔于江雨舟来说并不受用。

"我待会儿自己下去吃。"江雨舟不咸不淡地说了一句,转身进了洗手间。

江雨舟冲了个澡,清醒了很多,不适感也消失了不少。

她出来时,楼觐不在房间里了,或许是已经下楼吃饭了。

江雨舟随便披了一件睡袍,懒懒散散地下楼,肚子咕噜咕噜叫,现在她只想好好吃点饭垫垫肚子。

然而,下楼后却并没有看到楼觐,只看到吕妈在摆盘。

"吕妈,先生呢?"

大晚上的,楼觐难道还有事出去吗?

"先生带米球去上厕所了。米球就黏你和先生,每次我想带它去上厕所它都不肯,憋着一天就等你和先生。"吕妈也是很无奈,每次只要靠近米球，米球都是抗拒的。

说来也真的是奇怪，楼觑明明每天都是一张冷脸，米球却喜欢他喜欢得不得了。

"我今天竟然把米球给忘了。这个小家伙记仇得很，待会儿回来肯定不往我身上跳了。"江雨舟今天浑浑噩噩地过着，都把这件事情给忘记了。

吕妈笑着给江雨舟盛了饭，顺便把中药和蜜饯也都放了上来。

江雨舟瞥了一眼中药，忍不住在心底叹了一口气。

"对了太太，刚才陆家那女儿在门口等着。先生一走，她就来了，但我没让她进来。看着她的面相，我就不喜欢，总觉得不是什么好人。要不待会儿，等先生回来了，再让她进来？"吕妈一向是护着江雨舟的。

江雨舟愣了一下。

陆可心？她来干什么？

不是几小时前才闹了不愉快吗？

"没事，来者是客。你让她先进来坐着吧。不然传出去说，我们楼家没有待客之道，让人家一个女孩子在门口站着吃风。"江雨舟没想太多，吃了一口饭咽下之后，对吕妈说道。

吕妈一听觉得也有道理："还是太太想得周到。"于是她去门口叫了陆可心进来。

陆可心进来时，江雨舟正在吃饭，她略微抬头看了一眼陆可心。

原本今天就是不欢而散的，江雨舟对陆可心也没什么好脸色，只是淡淡地说了一句："你哥哥去遛狗了。你现在去客厅坐会儿吧。"

然而陆可心却走到了她面前，站在那儿颇有一种居高临下的味道。

江雨舟放下筷子，抬头对视上陆可心一张怒意很盛的脸。

她心底微微一紧。

"江雨舟，非要这么咄咄逼人吗？"陆可心咬紧牙关，"当初你跟你妈来到我家。你妈勾引我爸连这个家都不要了。我妈被你妈逼得自杀，最后疯疯癫癫，只留下我和我哥两个人。到了今天这个地步，为什么你还要逼死我哥？"

陆可心这张脸跟付曼清几乎一模一样，江雨舟看着原本就觉得心里堵，再听到这样的话，更是无法自持。

吕妈在一旁看着江雨舟脸色已变，连忙上去拉扯了一下陆可心的手臂："这里是楼家，你要清楚你是在跟楼太太说话！你再这样，我打电话给老太太。"

"打电话给那个老太婆？她早晚得死，到时候楼家还是我姨妈做主。江雨舟，到那一天，你觉得你还能好好坐稳你楼太太的位置？"陆可心脸上的表情让人心惊，仿佛下一秒就会爆发。

江雨舟后悔将陆可心放进来了，她没有考虑到一件事：光脚的不怕穿鞋的。

她推开椅子站了起来，镇定了神色看着陆可心："第一，当初你爸爸把我们母女接到你家，是因为我父亲去世。你我的父亲是朋友，你父亲想照顾我们母女。第二，当初你妈妈本身就有精神疾病，在我妈妈出现之前，你父母就要离婚，是你母亲每次都以自杀相要挟才作罢。第三，你哥试图欺辱我，我没有把他送进警局已经是我宽容了。你凭什么在我面前趾高气扬？"

江雨舟眼眶湿润通红，每次只要提到母亲的事情，她的情绪就会克制不住，像是马上就要冲出牢笼的困兽。

"这就是你和你母亲一样的地方。勾引男人，还不自知。"陆可心冷哼一声，"江雨舟，还记得吗？你妈从高楼一跃而下的样子？她倒在一摊血水里，那勾引人的模样都没了，让人恶心。"

陆可心面目可憎，每一个字都说得很重，几乎要将牙齿咬碎，像是时时刻刻在提醒江雨舟：一切都是你母亲咎由自取。

江雨舟觉得心口的巨石越来越重，压得她喘不上气来，几乎要窒息。

"陆可心，请你自重！"江雨舟平时是好脾气，但此时此刻再怎么都克制不住了。

她没想到世界上竟然会有如此恶毒的人。

下一秒，陆可心忽然从身上掏出了一把短匕首，在江雨舟毫无防备的情况下，直接刺向江雨舟。

江雨舟想躲开已经是来不及，只是下意识地抬手抓住了陆可心的手腕。

陆可心没想到江雨舟看上去柔柔弱弱，力道却这么大，不过她是铁了心要跟江雨舟鱼死网破。

年少的恨加上现在的恨，一起爆发出来，陆可心恨不得将江雨舟碎尸万段。

江雨舟是拼尽了全身的力气在支撑着，她平时唱戏的确是会练一些功夫，但是她毕竟瘦弱，力道终究是比不上旁人。

陆可心铆足了力气，江雨舟根本招架不住，手因为绷紧变得很疼很疼，在她快要扛不住想要松开的时候，一只长臂将陆可心握着匕首的手往外一拽，陆可心整个人被推开，差点跌倒在地。

江雨舟惊魂未定，抬头看到了楼觐，他的面色是前所未有的阴沉。

楼觐的每一次出现都能让江雨舟心安，尤其是现在。如果不是楼觐出现的话，她可能已经被刺伤了……

这一次，陆可心完全是将所有的一切都赌上了，她并不在乎事情的善后，因为她知道如果陆可盛真的被这样处置了，日后她跟哥哥的处境将会非常艰难。

哪怕付曼文想要帮他们，但楼家的一切毕竟掌控在楼觐手中。楼觐作为实权派，有的是办法让他们兄妹两个活不下去。

与其如此，不如将新仇旧恨都清算了。

"吕妈，报警。"楼觐面色暴怒。陆家兄妹对江雨舟做的事情已经超出了楼觐的忍耐范围。

吕妈点了点头，连忙跑去报警，生怕陆可心追上去拦住她。

"阿觐哥哥，你非要把我们兄妹往死里逼吗？你这样做，不是让我哥哥饿死吗？"陆可心的面目并没有和善起来，她在楼觐面前也不想收敛了。

楼觐刻意将江雨舟往身后护了三分，像是试图用身体隔离开她与陆可心。

"江雨舟和她妈一样都不要脸，我今天就要刮花她的脸。"陆可心今天是抱着一定要江雨舟付出代价的心态来的，她也不管楼觐是不是在这里要护着江雨舟，发疯了一样，冲向了楼觐身后的江雨舟。

楼觐一把拽住陆可心的手臂，力量悬殊，陆可心根本动弹不得，然而陆可心忽然俯身，一口咬住了楼觐的手腕，力道很大，几乎要将楼觐的手腕咬断。

楼觐吃痛之下，松开了攥着陆可心手腕的手，疼得皱紧了眉心。

陆可心趁此机会整个人扑向了江雨舟，江雨舟拼命后退，直到后背贴在了墙壁上。

陆可心冲过来，她根本无路可逃。

江雨舟害怕地闭上了眼，然而就当她以为自己肯定逃不掉时，身前忽然一重，楼觐猛地撞上了她，疼得她呜咽了一声。

然而，身前的楼觑也发出了一声痛呼……

"楼觑！"江雨舟这才意识到发生了什么，陆可心原本要划在她脸上的匕首，此时插进了楼觑的肩膀。

江雨舟头一次没有忍住直接叫了楼觑的名字。

她一下子没有办法接受眼前的现实，因为楼觑此时正趴在她的肩膀上，疼痛让他脸上的青筋赫然凸起。

他面色狰狞，饶是像他这样平日里喜怒不形于色的人，此时面对突如其来的剧痛也是无法忍受的。

"先生！"吕妈报警完回到客厅，看到了眼前的一幕，惊得尖叫，"要命啊！"

江雨舟慌乱之中扶住了楼觑，一边大口喘着气一边扶他坐在了地上："吕妈……叫救护车，快叫救护车！"

她紧张得有些无法呼吸，看着楼觑的黑色T恤上浸染了暗红色的血液，那一片布料黑得发紫，范围也越来越大……

她不知所措，手不知道该碰他哪里，只能够在空中胡乱挥舞。

"很疼吧？"江雨舟的眼泪像是决堤一样，一下子全部倾泻而出，"吧嗒吧嗒"地掉落。

楼觑的眉心紧紧皱着，他抬头看了一眼此时正站在不远处局促不堪的陆可心，面色痛苦又阴鸷，就像是一头被激怒的野兽。

"阿觑哥哥……"陆可心这下也是慌了，她从来没有想要伤害楼觑。

且不说楼觑是他们兄妹两个人的摇钱树，她的恨意也只是针对江雨舟而已。

她不知道楼觑对眼前这个女人这么在意，竟然到了能够舍弃自己保全对方的地步……

她是低估了江雨舟在楼甄心目中的地位。

"对不起阿甄哥哥,我不是故意的,我只是……"陆可心慌乱辩解,又突然发现,此时如果再继续留在这里,她可能就真的完了。

陆可心面如土色,吓得将手中的匕首扔到了地上,转身跑了出去。

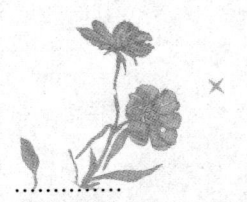

第七章 两颗心渐渐回暖

"我没有想算计你,但是嫁给你,我很开心。"

深夜。

月光如泻,从窗外照进病房内,落在白色的被单上。

江雨舟坐在病床前,掌心贴在楼觐的手背上。她从将楼觐送上救护车开始就一直哭,直到哭到没力气了还在低声啜泣。

这种感觉就像是回到了之前她母亲从高楼纵身跃下,她恐惧又无助的时候。

她知道楼觐伤的不是要害部位,但仍是害怕他会离开她。

或许是这些年她一个人的日子过得久了,终于来到了楼觐身边,终于不再是一个人。她的孤独和恐惧,是旁人无法理解的。

楼觐因为失血过多昏迷了,好在伤口并不算深,进行了缝合。

没过多久,他就醒了。

当江雨舟感觉到楼觐的手动弹了一下的时候,整个人瞬间精神了。

"你醒了!"江雨舟恨不得直接站起来,眼泪再一次不争气地拼命掉落,原本悬着的一颗心也踏踏实实地落地了。

她深吸了一口气,颤着嘴唇说道:"是不是很疼?不过醒了就好,医生说伤口不深的。"

江雨舟像是在安慰楼觐，又像是在安慰自己，一直喃喃自语。楼觐的麻药劲儿刚刚过去，还没什么力气，平静地看着江雨舟，看她慌乱无措的样子。

"你想不想喝水？饿不饿？"江雨舟不管再怎么无措，都没有松开抓着楼觐手腕的手，好像松开他就会离她而去一样。

"你捏得我手疼。"楼觐忽然开口。

他的脸色虽然惨白，但仍是有股不怒自威的感觉，吓得江雨舟连忙松开了他的手腕。

她舔了舔嘴唇，双手放到自己的腿上，一时之间不知道该说什么。

"对不起，楼先生。"江雨舟毕恭毕敬地叫了一声楼先生，生疏又礼貌。

楼觐的神思恢复了一些，精神也好了很多。

因为疲惫，他的双眼皮都厚了很多，整张脸的锐气都削减了不少，平添了一些温和感。

"我受伤的时候，你喊我的名字不是喊得很顺？怎么，现在就改口了？"楼觐随口说了一句，将江雨舟说得脸色通红。

当时情急之下她的确是直接喊了楼觐的名字，但她没想到楼觐还会记得。

江雨舟从骨子里是惧怕楼觐的，一听到楼觐这样调侃的话，忍不住想要找个地洞钻进去。

"那个时候太着急了。"江雨舟为自己辩解。

楼觐看着她，她整个人很憔悴，也很焦虑。

她应该是真的担心他。

他倒是没想到眼前这个女人，对他还有几分真心。

原以为只是钱色交易，她也只是为了钱和地位才嫁给他，但是这一次，倒是看出了一点别样。

"我没事。"楼觐原本还想调侃她几句,但看到她脸色局促,忽然心一软,话到了嘴边改了口。

"那就好。对了,妈妈那边……我没有通知。"江雨舟的神色很为难。

她想,楼觐这么聪明一定能够体会到她的难处,就是不知道他愿不愿意这么做。

楼觐闻言,知道她应该是怕付曼文为难她,毕竟事情因她而起。

"嗯。"楼觐点头,看到她紧张的样子,原本不想说的话又到了嘴边,"你不用这么紧张,你是楼太太,哪怕是我妈,也不能把你怎么样。"

楼觐的话带着安抚的意味,江雨舟心头一动,浅浅吸了一口气:"谢谢。"

"你回家休息吧,很晚了。"楼觐看她脸色难看,最近发生的事情太多,她的脸都瘦了。

"我今晚留在这里陪你。"江雨舟立刻回他,"你因我受伤,我怎么可能这个时候还回去睡觉。"

幸好这是 VIP 病房,除了病床,还有一张不小的家属床。

楼觐觉得肩膀上传来阵阵刺痛,想到今天在楼宅惊险的一幕,又看到江雨舟此时担心的样子,心更加柔软了几分。

他不是一个容易心软的人,但是此时看到江雨舟这样,忍不住开口:"有没有人说过你很善良?"

江雨舟一愣,忽然被夸,她的耳根又红了。

楼觐算是发现了,她极易脸红。

"没有。"江雨舟走到一旁给楼觐倒热水,回答,"怎么突然这么说?"

楼觐接过水,没有喝,而是继续看着她:"陆可心是我这边的人,你因为我差点受到伤害,却在这里跟我道歉。江雨舟,你不用这么卑微。"

楼颙原不想说后半句话,但他还是开口提醒了江雨舟。

江雨舟一愣,楼颙很少这么连名带姓叫她。

而这句话,也让江雨舟品出了一点意味不明的味道。

"原本我就是靠不正当的手段嫁给你的,从一开始就是我的错。不是卑微,是自责。"江雨舟云淡风轻地说出这几句话,心底却似有千斤重。

她很不喜欢在楼颙面前提起这件事,然而这件事却是他们之间无法避开的话题。

楼颙沉默了。

江雨舟抿了抿嘴唇,开口打破了僵局。

"怎么不喝水?"

"喝不到。"

江雨舟这才反应过来,楼颙这样子怎么可能喝得到水……他是平躺着的,因为肩部受伤,他也不可能自己支撑起来。

"那怎么办?我去问问护士有没有吸管?"江雨舟正准备出去,楼颙忽然伸手捏住了她的手腕,动作之大,不小心扯到了伤口,他低低"嘶"了一声。

江雨舟回过头,只见楼颙皱紧了眉心。

"怎么了?疼不疼?"江雨舟平日里就温柔,许是因为唱戏的缘故,整个人身上的气质都是温柔婉转的,此时比平常还要更加温柔一些。楼颙以前倒是没有发现她这一点,只觉得她唯唯诺诺,在他面前拘谨守礼。

"没事。你扶着我的上半身,我可以起来喝。"楼颙提醒她。

"好。"她按照楼颙说的做,起身去扶他。

她低下头时,发丝从耳朵后掉落下来,碰到了楼颙的脸颊。

江雨舟身上温柔好闻的味道扑面而来,楼颙忍不住微微别开了脸。

她让楼颙靠在她的肩上,身前的柔软触碰到楼颙的后背,她不自觉地想要后退一些,但是她不可能和楼觐离得太远……

江雨舟深吸了一口气,想着让他赶紧喝完就好了。

但是楼觐抬起头看了她一眼,并没有喝水。

"你躲什么?"楼觐的嗓音一如既往的低沉。

两人靠得那么近,江雨舟觉得,他的声音似乎更加性感了一些……

尴尬又添了几分,她深吸了一口气,舔了舔嘴唇说道:"喝吧。"

她总不能直接说,她是不习惯跟他接触吧……他们之间的确是没有什么亲近的时候,尤其是这种肢体接触。

楼觐就着江雨舟的手喝了水,因为半躺着,水从下巴流淌下来,钻入了病号服里。

江雨舟连忙放下水杯,拿过一旁的纸巾,顺着水探入楼觐的病号服里,动作做到一半,她忽然意识到这个动作好像有点不合适。

"我帮你擦水。"江雨舟刻意解释了一下,脸颊滚烫。

"不然呢?"楼觐反问了一句,显得江雨舟说的话很可笑。

江雨舟咽了咽口水,楼觐这句话好像是在"嘲笑"她。

她扶着楼觐躺好,然后走到一旁的废纸篓去扔垃圾。

忽然,身后的男人开口:"其实你在我面前不必这么拘束。"

江雨舟停顿了一下,她有很拘束吗?

"有吗?"

"你表现得好像我会吃了你。"楼觐直言不讳,"我是你丈夫,不是吃人的魔鬼。"

江雨舟忍不住嘀咕了一声:"你冷冰冰的,难道不像魔鬼吗?"

"你说什么?"楼觐忽然一问,江雨舟吓得差点跳起来。

"没……没什么。"

这个人耳朵怎么这么贼?

凌晨,江雨舟躺在家属床上辗转反侧。

她有认床的毛病,之前刚从徽城到上城的时候,她因为认床好几晚都睡不着,后来慢慢地才习惯了。

"怎么,失眠?"楼觐问了一句,将迷迷糊糊的江雨舟吓了一跳。

她以为这么晚了,他又经历了一场手术肯定睡着了,谁知道他还醒着。

"嗯。我认床。"江雨舟也没隐瞒。

那边的人沉默了很久,直到江雨舟都差点以为他睡着了的时候,又听见他说道:"过来。"

"嗯?"江雨舟蒙了半响。

"到我这边来睡。"楼觐似是有点无奈,叹了一口气。

江雨舟没想到楼觐会让她过去睡。虽然平时也在一张床上,但楼觐忽然说这么亲密的话,却着实少见。

江雨舟思考了一下,鉴于今天实在是太累却睡不着,她还是想要一个好的睡眠能休息一下。

没多想,她掀开被子起身,走到病床前钻了进去。

被子里暖烘烘的,楼觐身上的味道扑面而来。这种味道很熟悉,让江雨舟瞬间安定了下来。

楼觐还是很了解她的,知道只要他在身边,哪怕不是家里的床,她也能够睡着。

但是病床不够大,两个人只能挤在一起。

江雨舟朝楼觐靠了靠,但有些尴尬,于是侧过身去背对着楼觐。

"我很吓人吗,要背过去?"楼觐问,男人的嗓音在黑暗中格外富有磁性。

江雨舟想了想,还是转过身面对着楼觐。

她害怕与他对视，于是将脸埋进了楼觐的腋下，整个人缩成一团。

楼觐看着她这副样子忍不住想笑。

"江雨舟，你是不是很喜欢我？"

上方的问话让江雨舟一愣，她心跳忽然加速，不知道应不应该说实话。

而此时的楼觐则回想起刚才江雨舟去洗漱时，医生说的话。

"您太太真的很关心您，哪怕知道您不会有生命危险，还是一直哭。我们的护士怎么劝都劝不住。"

原本在他看来的虚情假意，此时多了这么多真心，让楼觐一下子有些震惊。

"喜欢啊。"江雨舟最终还是说了实话。

在黑夜里，有什么不敢说的。反正，他又看不到她此时通红的脸和局促的表情。

"为什么一开始要算计我？"楼觐又抛出一个问题。

她这一次变得坦荡很多："我说过我也是受害者。我没有想算计你，但是嫁给你，我很开心。"

江雨舟第一次觉得在楼觐面前坦诚是一件很轻松的事情。

她深吸了一口气，继续说道："或许你不相信，但是我从来没有算计过你。我只是喜欢你。"

"你这算是表白？"

糟糕……

江雨舟未曾想到楼觐会给她下套，她还自以为是觉得自己特别真诚。

"算就算。反正我们这场婚姻能走多远都是你决定的，我只是参与，没有决定权。"江雨舟继续说，"只是楼先生，我可不可以求你？"

"求我什么？"他饶有意味，觉得今晚的江雨舟像是卸掉了往日的铠甲，真诚又可爱。

她忽然抬头，对上了他的眼睛。

此时窗外映射过来的点点光芒将他黑色的眸子衬得分外好看。

江雨舟心动一瞬，她舔了舔樱唇："我求你，如果不要我了，提前告诉我。"

她想要有一个心理准备，不想被忽然抛弃，就像当年……母亲跳楼之前，一点迹象都没有。

她就这么一瞬间，失去了最亲的人。

她一想到那个瞬间，眼眶里忽然蓄满了泪。她想要低头去擦眼泪时，楼觐忽然附身，吻上了她的红唇。

这个吻过于突然，突然到江雨舟的大脑瞬间空白。

她瞪大了双眼看着楼觐，然而楼觐动情地闭上了双眼，他轻轻地撬开她的双唇，她被动地配合着，整个人也忽然放松下来。

她来不及思索楼觐为什么会忽然吻她，只是身体越来越本能地迎合他的吻。

楼觐的吻极其缠绵深长，是江雨舟从未得到过的渴望。

直到两个人都喘不上气来，楼觐才松开了她。

江雨舟满面赤红。

良久之后，他说了一句："睡吧。"

三天后。

上城大剧院。

剧院这几天要上新戏《孟丽君》，江雨舟被通知回来试戏。

经过上次楼觐打招呼之后，院长对江雨舟客气了不少，剧院内也换掉了总编导。

只是江雨舟这次回来，总觉得整个剧院里面的气氛很奇怪，她走到哪里,似乎都能感受到无数双眼睛盯着她一般。

今天她要去剧院的老师面前唱一段《孟丽君》,此时正在化妆。

化妆师一边帮江雨舟盘头发,一边笑着说道:"雨舟,你知道现在剧院里上上下下都在议论微博上你老公的事情吗?"

江雨舟原本正在刷朋友圈,听到之后一愣,抬头:"我老公?"

"对啊。那个叫曾淇渝的名媛,前几天被拍到跟你老公一起,后来她在微博上主动承认他们之前是情侣,现在还保持着联系!哇,网友都说没见过这么嚣张的小三。"化妆师帮江雨舟固定好了发型,开始帮她上唇妆。

江雨舟记起来这件事了,那天曾淇渝来楼宅有提过。

化妆师继续八卦:"现在剧院里面又在传,院长被你老公施压换掉了自己的老婆,换了别人做总编导,这都是资本运作。啧啧,这些人啊,就是眼馋你,老公宠老婆不是应该的吗?"

江雨舟没把别的话放在心里,只是听到最后一句,嘴角忍不住弯了弯"你觉得,这算是宠的表现吗?"

她问得小心翼翼,因为不确定。

楼觐宠她?不至于吧。

"当然算啊。这都为你一掷千金了好吗?我告诉你一个小道消息,剧院正传《孟丽君》这场戏是你老公投的,就是专门让你唱的。你在徽城剧院的时候,主打曲目是不是就是《孟丽君》?"

江雨舟思忖了一下,她从来没有听楼觐提起过这件事。但是,她在徽城的时候,主打曲目的确是《孟丽君》。

她讪笑:"上城剧院原本就是楼家投的,他投戏,也不为过吧?"

江雨舟不想让别人过分议论她是靠楼觐上位。

"楼家投的我们剧院没错,但是你何曾见过你家这位楼先生来过剧院？他很显然不是个票友啊，这个时候忽然投一部你擅长的戏，不是为了宠你是什么？当然，估计也有给你立威的意思。"

江雨舟听她这么说着，心生疑窦，或许是……真的？

今天一场戏下来已是傍晚，江雨舟换下戏服卸完妆就赶去了医院。

外面忽然下雨，她从出租车上下来跑进医院大门的时候淋了个半湿。她匆匆跑到病房，一边推开门一边说道："外面的雨也太大了，我……"见到病房里的人，她说到一半的话咽了下去。

气氛陡然之间冷了下来。

病房里，曾淇渝正坐在病床前，和楼觐说着什么，见到江雨舟的时候，她微微抬了抬头。

"是江小姐啊。这几天麻烦你照顾阿觐了。"曾淇渝这个人脸皮极厚，说出这样的话丝毫不觉得脸红。

江雨舟的头发湿漉漉的，她放下伞伸手捋了一下头发，走到病床的另一侧看向楼觐："还好吗？"

"嗯。医生刚来过，说明天可以出院。"楼觐嗓音低沉。

"嗯，那就好。"

两个人你一句我一句，似乎都没有把曾淇渝放在眼里。

曾淇渝自觉尴尬，笑着对楼觐说："阿觐，你现在受伤了也不能打高尔夫，但是礼拜天跟王先生的约你可不能不去。王先生那边我也是花费了好大劲儿才约到的，都惊动我爸爸了。这个项目据说会给你们楼氏增利很多，可别说我没尽力哦。"

江雨舟在一旁拿起一个苹果开始削皮。她连一眼都不想看这个曾淇渝。

"礼拜天我会去。"楼觐看来是真的很需要这个项目。

江雨舟深吸了一口气，曾淇渝是真的能帮到楼觐，不像她，不麻烦楼觐就已经不错了。

"嗯。你放心，你受伤不能打高尔夫，我陪王先生打就行了。你只管谈你的生意。"曾淇渝一笑，两个酒窝明艳动人。

江雨舟觉得越来越烦闷，曾淇渝的能力让她觉得自己在楼觐面前毫无用处。

她好像真的是什么都比不上曾淇渝。

"嗯。时间差不多了，你可以走了。"楼觐扔下一句话给曾淇渝，并不算很客气。

曾淇渝许是没料到楼觐会这么快赶她走，面子上有些挂不住。

她嘀咕了一句："你说你这么不小心，以后干脆身边多雇几个保镖。你在生意场上树敌不少，有一两个寻仇的也正常，但下一次万一刺的不是肩膀而是其他地方……岂不是要吓死人。"

江雨舟听着曾淇渝前言不搭后语的话，一愣。

嗯？楼觐竟然同外界说的是，他生意上的仇家寻仇……

"你可以走了。"楼觐没有理会曾淇渝，反而又催促了一遍。

这下让曾淇渝有些难堪，她扯了扯嘴角："是不早了，我还约了付阿姨吃饭。"她就是仗着有付曼文做靠山。

"对了。"在曾淇渝准备起身离开时，楼觐忽然叫住了她。这让一直默不作声，乖乖削苹果的江雨舟也抬起了头。

"怎么了？是还有什么事情要我去做吗？"曾淇渝显然对楼觐叫住她这件事情很得意。

楼觐的脸色此时却不是很好看，他阴沉着脸，冷声说道："把微博删干净，或者，我让人帮你删。"

曾淇渝没想到自己会等来这么一句话。

她的脸色瞬间变得铁青，好似吃了一个大瘪。

"哦。"她余光瞥到江雨舟似是在笑，心情变得更加糟糕了，一气之下转身离开，关门的时候声音很重，全然没了平日里那副端庄的名媛范儿。

等到曾淇渝离开之后，江雨舟实在是没忍住，笑出了声。

她放下苹果，伸手捂住嘴巴，抬头对视上楼觐仍旧冷冰冰的眸子："抱歉……"

"你还笑？网上现在把你骂得多难听你不知道？"楼觐冷哼了一声，像个孩子。

江雨舟一边把苹果递给他，一边笑着说道："不需要活在别人的评价里面吧？反正，我的名声从嫁给你开始就不怎么好，我也不介意别人多说几句。"

"你的意思是嫁给我给你招黑了？"楼觐反问了一句，又咬了一口苹果。

江雨舟这几天在楼觐面前明显调皮了许多，吐了吐舌头："我可没说。"

她准备也给自己削个苹果，拿起水果刀的时候忽然想到了今天在剧院里发生的事情。

"对了，我们剧院《孟丽君》这场戏，是你投的？"江雨舟试探着问。

楼觐吃着苹果，看着她圆溜溜的眼睛，就像是一只小鹿。

"怎么了？"

"问问。"

"是我投的，有问题？"楼觐的口气理所当然。

"你也喜欢听戏了？"江雨舟压根没往自己身上想，哪怕化妆师当时说楼觐是为了她，但她无论如何都是不敢随便猜测楼觐对她的感情。

有的时候想得越多，希望越多，失望越多。

"我投我太太的戏，有意见？"楼觐的火气也不知道是被她点着的还是被曾淇渝点着的，今天特别大。

江雨舟又吐了吐舌头："意见是没有，但是楼先生，你的太太……好像是我。"

"我投了不少钱，你好好唱。"

楼觐这算是直接承认了，让江雨舟心头忽然一暖。

唔，楼觐竟然为她投资了。

"好。那到时候我演出，你会来看吗？"江雨舟这一次问得更加小心翼翼，因为她真的不确定楼觐会不会来。

迄今为止，楼觐只看过她一场戏，就是在徽城剧院。

"看你的表现。"

"……"

江雨舟心想，这个人还真傲娇，自己花了这么多钱投的戏，她就不信他不会来看！

这一周江雨舟都基本在剧院度过，甚至有两个晚上直到凌晨两点才到家。

她一心只想将这场戏唱好，一方面是为了自己的事业，另一方面也是为了楼觐的投资有所回报。越卖座，投资才能够越挣钱。

楼觐这一次也是在剧目上花了大价钱。所有的戏服都是让师傅重新为演员量身定制的，包括头饰。

服、化、道都花了很多金钱和精力。现在唯一需要做的就是宣传到位。

今天剧院彩排完毕之后一起开了会，讨论宣传事宜。

一场会下来又到了凌晨，江雨舟出了剧院，原本准备打车回家，却在剧院门口，见到了楼觐的车。

"雨舟，你老公来接你了呀。"旁边的同事看到楼觐，忍不住说，"你老公真的是太帅了，真的，绝对比大明星还帅。"

江雨舟淡淡笑了笑。楼觐帅，她怎么可能不知道，但是，今晚楼先生又是在唱哪一出？

竟然亲自来接她？

"我先回家了。大家好好休息，明天我们还要彩排。"江雨舟跟众人道别，走向楼觐。

"你怎么来了？"

楼觐穿着休闲装，看上去平易近人。

"今天手可以开车了。"楼觐这句话既解释了今天自己为什么来，又解释了前几天晚上为什么没来，替自己开脱：我不是心血来潮。

江雨舟压了压眉头："其实不用这么麻烦，我自己打车回去就行了。"

意思是，你以后都不用来了。

江雨舟怕麻烦楼觐。

"嗯。"

江雨舟坐进副驾驶座，发现上面放着一个餐盒和一瓶牛奶。

她一碰，牛奶还是热的。

等到楼觐上了车，江雨舟问他："给我的？"

"给我的。"楼觐不冷不热地扔下一句话。

江雨舟忍不住弯了弯嘴角，楼觐最近真的是很温柔，也不知道是吃错什么药了……

江雨舟打开餐盒，一股香味扑鼻而来。

"是奶黄包。"江雨舟笑得眼睛都眯了起来。

她正好饿了，拿起一个奶黄包就塞进嘴里，腮帮子立刻鼓了起来。

"你像只仓鼠。"楼觐发动车子，瞥了她一眼之后扔给她一句话。

江雨舟才不管楼觐是怎么说呢，又吃了一个。

"对了，明天卓越过生日，一起去。"楼觐不是在征求江雨舟的意见，而是直接替她做了决定。

"我明天……彩排。"江雨舟一口奶黄包差点噎住，她想起卓越对她凶巴巴的样子就不想去。

况且，卓越肯定会邀请曾淇渝的。

卓越是站在曾淇渝那边的，她去凑什么热闹。

"作为楼太太，难道不应该跟我的朋友们多见见面？"楼觐这是在用激将法。

江雨舟的小脑袋迅速转了转，想着应该怎么拒绝他才比较好。

但是楼觐好像直接看穿了她的心思："别想了，曾淇渝不会去。"

"啊？她为什么不去？"

"看来你很想让她一起去。"楼觐可劲儿使坏。

江雨舟立刻摇头："不是，她不去我就去。"

"你的坏心思倒是直接说了出来。"楼觐笑了笑。

从江雨舟这个角度看过去，他笑起来的时候嘴角特别好看。

楼觐这个人平日里看起来是真的冷冰冰的，但是一笑，冰山融化，看上去特别温柔。

"卓越，他是真的希望我去吗？"还是要为难我？

江雨舟当然不会将后半句问出来。

"有我在你怕什么？"

楼觐这句话有些霸道，但是让江雨舟格外心安。

"哦。"

"对了，戏服喜欢吗？"

"啊？"江雨舟的眸光亮了一下，"难道戏服是你让人给我准备的？我今天还在剧院说呢，那戏服是我穿过的最好看的。"

江雨舟一提起戏就来了精神，整个人好像添了很多光彩。

"举手之劳。"

江雨舟看得出楼觐嘴角是有笑意的，但是他看上去好像刻意在隐藏自己的笑。

闷骚。

"哦，谢谢你。"江雨舟也不咸不淡地回应了一句，"这几天我还蛮头疼的，院长让我们想宣传策略，我能想到的也只有朋友圈微博公众号了。但是戏曲这东西本身小众，而且黄梅戏的受众就更小了，我想不出什么好的宣传方法，怕到时候戏票卖不掉多少。那就让你亏钱了。"

江雨舟一脸为难。

她是真的在为楼觐精打细算。

楼觐没有接她的话，她侧过头去看到楼觐若有所思的侧脸，不知道他在想什么，心底想着他可能对她工作上的事情并不感兴趣，自己还是别再提了。

在这块冰山面前就是多说多错。

到家后，江雨舟去了洗手间洗澡，洗去了一身的风尘之后，她一边吹头发一边打开了微博。

她寻思着能不能靠微博宣传一下，就是不知道宣传的力度能够达到什么水平。

她正想着应该怎么写宣传文案的时候，无意中点开了同城微博。

一条微博让她原本下滑的手停顿了。

"下周六上城大剧院黄梅戏《孟丽君》首演，转发抽10个观众送第三排票，抽三个观众送一万元现金。"

江雨舟又看了一眼 ID，"楼觐"这两个大字赫然映入眼帘。

她怔住。

不会吧？

她点开这位"楼觐"的头像，看到里面只有这一条内容。

然而，这位"楼觐"的头像，竟然是她……

刚才她还没仔细看，现在点开大图看到是自己的时候，她更震惊了。

这张穿着戏服的扮相是很多年以前在徽城剧院她第一次唱《孟丽君》的时候扮上的，她自己都找不到这张照片了，也不知道楼觐是在哪个角落里找出来的。

洗手间里面的水汽充沛，闷得她脸色通红，再加上看到楼觐发的照片，她更是整张脸都通红了。

再看这条微博，下面的转发和评论也不知道是买的还是真的，已经上万了。

她忽然想起了自己在车内同楼觐说的，自己不知道怎么宣传……

看来他是记下了，想办法帮她宣传。

江雨舟从洗手间出来已经是十几分钟后，楼觐正坐在床头看书。

他穿着深蓝色的睡衣，戴着金丝框的眼镜，手中拿着一本《天体物理》。

她一边把头发扎了个丸子头，一边坐在了床边，别过脑袋去看了一眼目不斜视的楼觐。

"楼先生，你刚上微博帮我宣传了吧？"

江雨舟觉得楼觐这个人也是蛮可爱的，宣传就宣传，还装作什么事情都没有发生的样子，又不是什么见不得人的事儿。

"怎么，不喜欢？"楼觐冷冰冰地反问了五个字。

江雨舟心头一震,这个男人呢,怪可怕的。

"喜欢的。谢谢你啊。"江雨舟笑着钻进了被窝。

楼觐的社会影响力到底是不小,微博上现在已经闹翻了,都来凑热闹。

江雨舟又打开微博,这件事情毕竟跟她的工作有关系,她要时时刻刻关注。

"楼先生,你知道现在网上怎么说你的吗?"江雨舟饶有意味地看向楼觐,笑着打趣。

"嗯。"

"微博上说你为太太一掷千金,说你铁汉柔情。"后面这个词,听上去虽然怪怪的,但是江雨舟还是觉得好玩,想分享给楼觐。

楼觐仍看着他那本晦涩难懂的书,目不转睛。

"还有人说你很宠我哎。"江雨舟本来有点不敢说出口,但是想了想,楼觐本身做的事情的确挺让她觉得开心的,又为什么不能说呢?

楼觐听到身旁人叽里咕噜地喋喋不休,忽然合上了书,侧过头来对上她含笑的眼睛。

江雨舟长着一张苦情脸,以前很多人说过,她活脱脱的就像是戏中人。但是没有人告诉她,她笑起来的时候眼睛弯弯的,特别好看。

楼觐也难得看到她笑,停顿了半晌开口:"你最近话有点多。"

"有吗?"江雨舟心情很好,"可能是最近觉得跟你挺亲近的。"

她有感觉到,她跟楼觐之间的距离在越来越近。

不管楼觐有没有表现得很明显,她都能够感觉到楼觐对她的一点点关心。

"你可能对亲近有什么误会。"

"嗯?"

江雨舟原本笑眯眯的眼睛瞪得圆圆的,看上去像一只小猫。

而此时楼觐忽然俯身过来，伸出长臂将她一揽，她整个人落入了楼觐的怀中。

他虽然穿着丝质睡衣，但她仍是清晰地感受到了他胸前结实的肌肉。

楼觐的力道很重，像是担心她会惊慌之下逃窜。

"这才叫亲近。"

话落，也不给江雨舟反应的时间，他俯身吻住了江雨舟的嘴角。

又一次深吻，上一次是在医院。

而这一次，楼觐的手臂没有再被伤口束缚，他的手可没有上一次那么安分了。

他的手探入江雨舟的睡裙里，让她惊得挺直了后背。

她紧张到脚趾都紧绷起来。

"唔……"

房间内的气氛暧昧异常，两个人的肌肤都裸露在空气当中，江雨舟觉得有些凉，呜咽了一声，楼觐却没有要松开她的意思。

过了几分钟，他将吻转移到她的脖颈上："怎么，第一次不见你怕。"

江雨舟的嘴唇微微红肿，她颤着嘴唇说道："很晚了……"

江雨舟都不知道自己为什么会冒出这么一句拒绝他的话来。哪怕是任何一句，都比这个借口要听起来更合理一点……

"不愿意？"楼觐总是用这种反问的口气问她，每一次都将她问到神经脆弱。

不愿意吗？

其实从内心深处来说，江雨舟是渴望和楼觐亲近的，哪怕第一次亲密关系并不和谐，哪怕因为第一次她有了很大的心理阴影。

但是……经过这段时间的相处，她已经没有那么害怕跟楼觐的肌肤之亲了。

她总觉得楼觐此时对她只不过是最纯粹的肉体需求。

他还没有到喜欢她的程度，这一点她很清楚。

"不是。"哪怕如此，江雨舟仍不想违背自己的内心。

眼前的男人，是她从十几岁开始就喜欢的，她怎么可能拒绝？

楼觐再一次吻上她的红唇，这一次，他直接褪去了她身上的睡裙。

翌日早晨。

江雨舟在迷迷糊糊中醒来，只觉得浑身一阵酸痛。

楼觐这个人，床上床下是一个性格，丝毫不会怜香惜玉。他强势得像一个暴君，恨不得将她整个人揉碎。

江雨舟翻了个身，忽然感觉到身后的男人也醒了。

她假寐。

昨晚的事情让她觉得有点害羞，她不想醒来面对楼觐。

"善意提醒，九点半了。"

楼觐的一句话，将假寐的江雨舟吓得直接从床上坐了起来。

楼觐这个家伙是真的清楚怎么样才能治住她。

"啊？"江雨舟坐起来的时候没有意识到自己身上的睡裙早就不知道去哪儿了，头发也是乱糟糟的，"十点半我们剧院要开大会。来不及了！"

她慌忙想要掀开被子，手臂却被楼觐抓住。

她回过头，这才意识到自己身上没有衣服的遮蔽。

她忙用另一只手遮住身前："怎么了？"

楼觐仍躺在床上，看上去很是慵懒。

"再提醒一下，今天穿高领。"

或许是昨晚运动太过于剧烈，他此时的声音还带了一点点沙哑。

江雨舟脑袋里闪过了一个很不合时宜的想法：楼觐这个家伙是真的上天赏饭吃。

她甩掉脑袋里乱七八糟的想法，撇开楼觐的手走到洗手间，对着镜子看了一眼自己的脖子和锁骨。

她倒吸了一口凉气。

"你怎么这么不知道轻重？"江雨舟扔下一句话给楼觐。

这句话明明是埋怨的口吻，却又显得有几分撒娇。

楼觐躺在床上听到这样一句软绵绵的话，忍不住压低了嘴角笑出声。

江雨舟以最快的速度洗漱完毕，选了一条丝巾遮住了脖子上的吻痕。她下楼胡乱吃了点早餐就准备出门打车。

"让司机送你去。"楼觐这是命令的口吻。

江雨舟一边穿鞋，一边心想，这个时候打车估计也的确不好打，让司机送也不是不可以。

但是，她忽然想要捉弄一下楼觐。

"那楼先生作为罪魁祸首，怎么不送我去？"江雨舟意识到，自己最近的胆子是真的越来越大了。

真的是什么话都敢说了。

楼觐慢条斯理地喝了一口牛奶，冷哼一声："昨晚太累。作为罪魁祸首，你还没道歉。"

"我道歉？"江雨舟觉得这是自己今年听到的最好笑的笑话了，"对不起，从今晚开始，我就住客房。以表诚意。"

江雨舟说完赶紧溜走了。

楼觐看到她这副明明想要怼自己，但胆子又很小的样子，忍不住笑弯了嘴角。

　　没想到她还挺有意思，就是胆子小了一些。

　　嗯，是真的小。

第八章　　因为是你惹我生气

"我求求你,我不想。"

江雨舟上午在剧院开完会,下午接到了顾之游的电话。

她这才想起之前答应了顾之游一起去杭城。顾之游要去开一个业内会议,刚好能够请国内业界专家帮她看看嗓子。

最近发生的事情太多,她将这件事情给忘记了。

经顾之游提醒之后,她立刻回家收拾了行李,毕竟要住一晚。

过几天就要公演,如果嗓子能够保持在一个良好的状态,对公演是有很大好处的。

顾之游来楼宅门口接江雨舟,她带了一个小行李箱。

出门的时候,吕妈觉得奇怪就问了几句,江雨舟随口搪塞了。

"不好意思,让你等我这么久。"江雨舟坐进车内。

顾之游今天穿着干净的白衬衫,看上去十分清爽。

"没事。去杭城要两个多小时,你在路上可以睡一觉。"

顾之游关掉了车内的音乐,专心开车。

江雨舟点了点头,她正好也累了。

睡之前,她拿出手机发了一条微信给楼甄:"我要去杭城一趟。"

发送之前她又想了想，觉得这么发好像不大好。毕竟她是跟异性一起出去的。

虽然他们两个人坦坦荡荡，但楼觐可能会觉得不舒服。

为了照顾楼觐的情绪，江雨舟删掉了之前的一行字，撒了个善意的谎言："我今晚要在剧院整宿排练，就睡在剧院的宿舍了。"

楼觐那边是秒回，依旧高冷："嗯。"

车子在高速上平稳行驶了近三个小时，终于停靠在杭城四季酒店门口。

她迷迷糊糊地下车，看到顾之游将车钥匙递给了服务员，推着她的行李箱走进了酒店。

"进去吧，晚上和前辈们一起吃饭。今晚的饭只是简单寒暄，所以我可以让我的前辈帮你看诊。"

江雨舟听了点了点头："麻烦你了。我还真的觉得挺不好意思的。"

"没事，朋友之间应该的。"

顾之游办完入住手续之后和江雨舟一同去了电梯口，酒店的电梯很慢，江雨舟等得有些百无聊赖时，抬头瞥了眼顾之游。

"你衬衫领口好像有脏东西。"江雨舟指了指他的领口。

顾之游低头看了一眼，笑："是糖渍，我有点低血糖，开长途之前会吃糖。"

江雨舟一边点头一边从包里面拿了湿纸巾："我帮你擦吧，领口这边你低头看不到。"

江雨舟走近了顾之游一些，踮起脚擦了擦他的领口。

顾之游也没有拒绝，领口那边他也的确是看不到。

这个动作显得有些亲昵，但在江雨舟看来只不过是朋友之间很寻常的动作。

"好了。"她走到一旁扔了湿纸巾，恰好这个时候电梯下来了，两人一起走进了电梯。

然而，江雨舟不知道，刚才她和顾之游的一系列举动，都被拍了下来……

晚饭时，顾之游带江雨舟见了业界的几个知名的耳鼻喉科医生，因为她用嗓子的时间比较多，这些医生也给了不少有用的建议。在之前顾之游开的药方的基础上又添了一些。

从餐厅出来的时候已经是晚上十点，江雨舟有些困了，而顾之游明天早上还要开会，两个人早早地回到酒店休息。

上城这边，楼觐正躺在床上看书，看了半晌之后，总觉得有心事看不进去。

楼觐是一个很能够沉得下心的人，睡前阅读是一直以来的习惯。但是今天不知道为什么，一个字都看不进去。

思忖片刻，楼觐下楼倒了一杯热牛奶，等回到房间看到空落落的床时，忽然想起来一丝不对劲。

今天江雨舟不在家。

所以，他才会觉得有些奇怪……

半杯牛奶下肚，楼觐从床头柜上拿起手机，拨了江雨舟的号码。

那边江雨舟因为路途劳累早就睡着了，还担心被吵醒，把手机调成了静音模式。

楼觐这边吃了"闭门羹"，微微皱眉，又拿起牛奶喝掉了剩下的半杯。

他的心情有些烦躁，自从上次"离家出走"之后，江雨舟就没有在外面过夜过。

这个时候，门忽然被打开，从门下面钻出来一颗圆乎乎的脑袋。

原本心情极差的楼觐，在看到米球的时候，心情忽然明朗了一些。

"过来。"楼觐朝米球招了招手。

这段时间，米球很是黏楼觐。以前米球黏着江雨舟，现在巴不得天天都跟着楼觐。

米球摇着胖乎乎的身体屁颠屁颠地跑过来，在楼觐的腿边躺下来。

楼觐单手将米球捞了起来。

"你要减肥了。"楼觐对米球开口。

米球像是听懂了一样，耷拉着脑袋。

楼觐抱着米球走到一旁的沙发上坐下，将米球放到自己腿上。

米球舒舒服服地伸了一个懒腰，乖乖趴在楼觐腿上，没过一会儿就开始打呼噜了。

楼觐皱眉，拿出手机拍了一个视频，想了想，发到了江雨舟的微信上。

"你的狗睡觉还打呼噜。"

发送五分钟后，那边还是没有回应。

楼觐的面子有些挂不住，但撤回已经来不及了。

现在电话已经打了，微信也发了，丢人。

他低头看了一眼睡得正香的米球："你妈不要你了。"

他伸手，因为烦躁下意识地想要扯一下领带，完全忘记了现在是晚上，自己穿着睡衣，根本没有领带可以扯。

正当楼觐心烦意乱的时候，手机响了。

是付曼文打来的。

"喂，阿觐，我发了一些照片到你的邮箱。你自己看看这些是什么东西。别人匿名发给我的，看后我现在气得根本睡不着！"付曼文口气很差。

自陆可盛姐弟俩的事情之后，付曼文就一直失眠，脾气暴躁。

"什么事情？"楼觐不喜欢深夜被打扰，哪怕是付曼文也不可以。

"还不是你的好太太，她跟别的男人在酒店幽会你知不知道？"付曼文像是急火攻心了，"还有，可心这丫头到底怎么你了，你说你把可盛赶走也就算了，可心做错什么了？这阵子我都联系不上她了，她到底怎么了？"

楼觐在听到前半句话的时候，脸色已然阴沉下来，额上的青筋暴起。

"她在上城派出所。她做了什么事情，你自己去问她。"楼觐挂断电话，打开邮箱。

付曼文发过来的是一个文件夹。文件夹里是江雨舟和那个男医生的照片。

按照时间排列，从今天下午的楼宅门口，再到杭城四季酒店，再到晚上两人一起去餐厅吃饭，再到两人回到酒店。

其中，有一张在酒店电梯口，江雨舟帮顾之游整理领口的照片，刺痛了楼觐的双眼。

楼觐咬了咬牙，面色越发难看。

他转身进了衣帽间，换上衣服，又回到房间将沉睡的米球抱起来，拴上狗绳和一小袋狗粮，下楼到院子开了车，朝杭城的方向驶去。

江雨舟是被门铃声吵醒的，她看了一眼床头的闹钟，深夜一点。

她迷迷糊糊地披了浴袍去开门。

在看到门口站着的是顾之游时，她一脸匪夷所思："这么晚了，顾医生有事吗？"

江雨舟说话的时候眼睛都是眯着的，她今天这一天下来实在是太困了。

顾之游看到江雨舟困倦的样子也一样匪夷所思："抱歉，我没想到你睡了。我还在想年轻人一般都熬夜。"

"今天太累了。"江雨舟讪笑，顾之游看上去神采奕奕，两个人好像是两个时区的存在。

顾之游举了举手中的纸袋，示意了一下江雨舟："不好意思，我看你晚上没吃多少东西，只顾着听医生说话了。我在想你可能是没吃饱，去打包了一点热粥给你送过来。"

江雨舟一愣，没想到顾之游竟然会大半夜出去给她打包粥。这一瞬间，困意都没有了，只剩下了一丝愧疚。

"这真是麻烦你了。今天晚上能够得到这么好的建议多亏了你，没想到你大晚上还给我去买粥。"江雨舟一脸尴尬，"那快进来吧。"

人家都把粥买到你门口了，怎么可能不邀请人家进来坐坐。

坐不是关键，关键是要让顾之游看到她喝粥了，这样才算是表达感谢。

见顾之游提着纸袋走进来，江雨舟暗暗叹气。

真的要命，她现在真的是一点胃口都没有……

她关上门，拢了拢睡袍走到了餐桌前。

顾之游细心地已经将粥和小菜都拿出来摆好，递了筷子和勺子给她。

江雨舟尴尬地看了一眼，觉得特别不舒服，很奇怪。

顾之游对她的照顾有点超出普通朋友的界限了。

但是……她也不能直接说他的不是。

她打算等明天回上城后，同顾之游好好聊聊。

出于礼貌，江雨舟拿过勺子喝了一口粥。

"这个海鲜粥味道很好。"江雨舟这句夸赞是发自内心的。这个粥的味道的确很好，她原本沉睡的味蕾也瞬间被唤醒了。

"喜欢就好。这家砂锅粥是杭城的老字号。以前我念初中的时候特别喜欢喝,后来高中跟家人去了国外就没喝到过。我今天也是随便过去看看,没想到还开着。"顾之游的笑容总是很平和温暖,让人觉得他毫无攻击性。

顾之游长得很好看,但是他的好看和楼觐的好看完全是两种类型。

楼觐的好看,带着霸道的攻击性。

江雨舟莫名其妙地又想起了楼觐,她低头看了一眼粥,心底莫名想的是,下次如果有机会和楼觐一起来杭城,可以跟他推荐这家粥店。

"对了,这家粥店叫什么?"

"王记粥铺。"顾之游见江雨舟吃得很开心,打趣道,"怎么,是太喜欢了?下次还想吃?"

江雨舟吃了一口虾仁:"好吃,我想下次带我先生一起来吃。他的饮食很清淡,粥类是他最喜欢的。"

顾之游点了点头:"你先生很幸福。"

江雨舟的脑海中又闪出楼觐那张脸,想到了昨晚的画面……

真的是少儿不宜。

忽然,顾之游的目光落在了她的脖颈上:"你脖子怎么了?"

房间里的灯没有全开,顾之游的视线也是模模糊糊的,并不是特别清晰,只能够隐约看到江雨舟的脖子上好像有一些斑驳的阴影。

江雨舟反应过来,立刻放下手中的勺子捂住了脖子,将睡袍的领子拢了拢,以防被顾之游看清楚。

"没什么。"她做贼心虚一般,眼神忽闪。

这个时候,顾之游才后知后觉地反应过来。

"咳!"顾之游也觉得尴尬。

都怪楼觐……

昨晚他是真的不知轻重，也不知道他是怎么了，难不成是憋坏了？

不应该啊，在她眼里，像楼觐这种男人是绝对不会缺女人的。在解决生理需求这件事情上面，无论如何都轮不到她啊。

江雨舟不敢细想，一口粥刚刚送到嘴边，门铃响了。

"嗯？这么晚了是谁啊？"她放下勺子。

"可能是服务员有事。我去开门。"顾之游起身，示意江雨舟继续喝粥。

江雨舟点了点头，乖乖地继续喝粥。

顾之游走到门口，按下门把手，打开门时，门外男人冰冷如霜的脸映入眼帘。

门口除了这个男人，地上还有一只狗。

这只狗气势汹汹盯着顾之游，好像憋着一股气。

楼觐脸色难看，看着顾之游，原本因为开夜路而赤红的双眸，略微沉了沉。

楼觐从小就做不到在人前很自如地进行表情管理，大概是因为他从来不需要看别人的脸色行事。此时此刻，他的脸上更是直接写着——给老子滚。

"顾医生。没记错的话，是这么称呼？"楼觐的口气很不善。

"楼先生。"顾之游脸色仍很平静。

江雨舟在听到楼觐声音的瞬间，手中的粥忽然就不香了。

她立刻放下勺子起身，然而此时楼觐已经推开顾之游走了进来。

米球更是直接挣脱楼觐手中的绳子奔向江雨舟。

"米球。"

江雨舟蒙了。

楼觐怎么来了？

米球怎么也来了？

楼翩身上带着一股深重的寒意,他面色清寒,身上只穿着一件单薄的 T 恤,在这种天气里是有些凉的。

"你怎么来了?"江雨舟像是一个做错了事情的小孩。她觉得心脏快跳到嗓子眼了,是真的害怕。

"我不能来?"楼翩反问。因为顾之游还在这里,他的话还算是好听。

江雨舟听到楼翩这个口气就知道自己这一次要完蛋了。

她现在都不敢去想,楼翩为什么会知道她在杭城,为什么知道她在这个房间。

但是就他大晚上从上城赶到杭城这件事情上来说,她就觉得自己完蛋了。

无处可逃。

"顾医生,我先生来了。"江雨舟这个时候不能够控制楼翩的情绪,但是她起码可以做到给楼翩灭灭火。

这个时候提示顾之游离开,就是在给楼翩灭火。

顾之游点了点头:"你们慢聊。晚安。"

说完,他离开,并带上了房间的门。

门关上了,房间里一片死寂。

江雨舟站在原地不知道该说点什么,甚至不知道应该把眼睛放在哪里比较好。

这个时候还是米球主动出击打破了僵局,它发出呜呜的声音想要江雨舟抱。

江雨舟弯腰将米球抱了起来,但是下一秒,楼翩从她手中将米球"拿"走了。

"它太胖了,抱久了手臂会酸。"

"……"

米球一脸无辜。

江雨舟舔了舔嘴唇,心底想的竟然是,还行,还会稍微关心她一下。

看来她还没到罪不可恕的地步?

"那个,你怎么知道我在这里?"江雨舟知道,有些事情总是要面对的。

尤其是,自己撒谎的事情。

楼觐抱着米球,走到了刚才顾之游坐着的位置坐下,瞥了一眼放在餐桌上的粥,抬头看向穿着浴袍的江雨舟。

"深更半夜,你穿成这样和异性在一起吃夜宵,还是在别的城市,却骗我你在剧院。你不觉得,我需要问你的问题,比你要问我的更重要吗?"

楼觐一套逻辑下来,让江雨舟哑口无言,她的问句都有些问不出口了。

她现在甚至都不敢坐下来。

她就这样杵在楼觐面前,整个人小小的一团,恨不得这个时候拔腿就跑。

楼觐看到她噤若寒蝉的样子,知道她是被吓到了。虽然有些不忍,但今天的事情她必须解释清楚。

"不打算解释一下?"他给了她机会。

江雨舟开口,声音里带着一点哭腔。她是真的很害怕,害怕楼觐因此误会她,因此给她贴上标签。

之前楼觐在她身上贴的标签就是,为名为利的女人。

"顾之游让我来跟他参加一个会议,有很多耳鼻喉科的专家……之前我就答应他了。因为担心你不让我来,就撒谎骗了你。至于刚才,是他见我晚上没吃什么东西,给我打包了粥。"江雨舟小心翼翼地说。

"你觉得我会信?"楼觐反问。

江雨舟眼眶微微湿润:"是真的,我跟他之间什么事情都没有。"

"如果凌晨一点多,我和曾淇渝在一个房间喝粥,身处异地。你敲门进来看到曾淇渝穿着睡袍的样子,你会怎么想?"楼觐的口吻一点点冷了下来,一点点地降至冰点。

江雨舟的哭腔更重了一些,因为她感觉到楼觐的不快了。

今晚,她是真的惹恼了他。

"对不起,是我没有将心比心,但是我和顾之游真的没什么。"

"你能保证你对他没什么心思,但你能够保证,他对你没有任何企图吗?"楼觐冷声回应,这一句话,更像是斥责。

江雨舟听着心头一跳。

她就像是被教导主任训斥的顽劣孩子,一声都不敢吭。

她深吸了一口气:"我相信顾医生是正人君子。"

江雨舟知道顾之游可能真的对她存有什么想法,但肯定还不至于到"企图"这个地步。

这个词未免太重了一些。

楼觐冷哼了一声:"你这是在为他说话?"

"我没有。"江雨舟心里也有些不舒服,"你不信我。"

"你凭什么让我信你?"楼觐这一声,口气越发重了,没有给江雨舟半点面子。

江雨舟被这一句话惊得浑身震颤了一下,眼泪不争气地掉落下来。

"也是,你从一开始就不信我。"江雨舟深吸一口气,"从一开始你就觉得我是为了钱,为了名利,为了权势接近你,从一开始你就觉得我是个心机叵测的女人。像我这样的女人,凭什么让你信任?"江雨舟咬紧牙关,这一阵子的温暖仿佛一瞬间消失,剩下的,只有冰冷。

"你觉得你现在做的事情,很对?"楼觐反问。

他对于江雨舟此时的反应并不能够理解,他想要的是她更多的解释,而不是强词夺理和无理取闹。

这件事情和最开始他们相遇的事情毫无关系,她却非要混为一谈。

在楼觐看来,这就是无理取闹。

"我没有觉得我做对了,但是我解释了你不信。"

"你原本应该是在剧院里,但是你现在和陌生男人在酒店。你这样的解释,不足以说服我。"

对于楼觐来说,江雨舟的解释在逻辑上不堪一击。

江雨舟抓了抓头发,不知道该怎么解释。

"我打了你很多个电话。"楼觐这次开口,语气里莫名有一点点委屈。

江雨舟脑袋里乱七八糟的,根本想不了太多。

"我刚才睡着了。"

"睡着?是自己睡着,还是跟顾之游?"

楼觐这句话很伤人,让江雨舟一下子惊呆了。

她张了张嘴,眼泪不断地掉落:"楼觐,在你眼里我有这么不堪吗?"

江雨舟连名带姓叫了楼觐的名字,和上一次他受伤时不同,这一次是带着怒意。

楼觐忽然起身,见状,米球吓得躲到了角落里。

他逼近江雨舟,站到她面前俯视着她。忽然,他伸手一把拽开了她的浴袍衣领。

她脖子上的斑斑点点已经从昨天的红痕变成了瘀青,她有些羞耻地别开了脸。

"昨晚还在我身下,怎么,今天就等不及找别的男人了?"

楼觐的话很难听,江雨舟的眼泪扑簌簌掉落。这对于她来说是耻辱,但此时此刻她被楼翾逼得连话都不想说了。

"顾之游没看到你脖子上的吻痕?"楼翾压眉。

江雨舟闭上了眼,深吸了一口气:"我和他什么都没发生。"

她觉得自己现在解释什么都是枉然。

"是不是等我晚点到,就发生什么了?"楼翾对江雨舟这段时间建立起来的信任,忽然在这一瞬间像是崩塌了一样。

他不愿意承认自己看到的,但是刚才江雨舟和顾之游就是切切实实站在他面前。

哪怕什么都没发生,但江雨舟还是撒了谎,还是背着他见了顾之游。

内心的占有欲在这一刻疯狂作祟。

"没有。不会的……"江雨舟摇头,身体随着哭泣摇摇晃晃。

下一秒,楼翾直接将她抱起,阔步走到床前将她扔到床上。

江雨舟整个人陷入被褥里,她知道接下来要面临什么。

那种最初的恐惧感再一次席卷而来,将她整个人包裹起来。这种感觉就像是回到了第一次见面时,楼翾在床上居高临下,而她,则是鱼肉,任他宰割。

哪怕她知道接下来要经历和昨天晚上一样的事情,但是,她明白,体验是绝对不一样的。

"我求求你,我不想。"江雨舟这一次提出了拒绝。

她是用尽了浑身所有的勇气。

她要拒绝楼翾!

"你不是楼太太?你不是很想做楼太太?"楼翾反问,已经脱掉了身上的 T 恤。

江雨舟想要逃,但在这个房间她又能够逃去哪里,所以她只能够蜷缩在床上不断哭泣,直到哭到毫无力气。

楼甄俯身下来的时候，江雨舟死死地闭上了眼睛。

这一段时间的温柔和美好，在这一瞬间消失殆尽。

江雨舟一夜没有合眼。

楼甄像是疯了一样不让她休息，直到他自己累到沉沉睡去。

江雨舟背过身去，一边哭一边拿过手机。这个时候，她才看到楼甄打给她的电话和发给她的视频。

她的心一阵绞痛，虽然厌恶楼甄那样强势的行为，但在看到这些的时候，她忽然意识到自己是真的做错了。

不过，在这件事情上，她和楼甄都是有错的。

她不应该瞒着楼甄，楼甄也不应该这样对她。

江雨舟浑身酸痛，就连翻身都觉得身体像是要散架一样，刚才在楼甄泄愤的时候，她满脑子都是和楼甄在徽城的那一晚。

她捏着被子忍不住又低声抽泣起来。

楼甄是被江雨舟的哭声吵醒的，黑夜之中，江雨舟的身体一抽一抽的，床虽然大，但是他能够感觉到她哭得很伤心，整个床都有些摇动。

他心底有些五味杂陈。

楼甄原本是一个很冷情的人，之前也有过女人，但他对那些女人远比对江雨舟要清冷得多。哪怕是女人在他面前泣不成声，他都不会心软半分。

但此时，身后的女人哭得痛苦，他的心像是被生了锈的匕首扎了一下，有些不适，又不想吭声。

他自认为对江雨舟已经足够宽容，如果是别的女人在他面前这样，就不是这样的下场了。

而且,江雨舟也没有服软。

刚才在床上哪怕她再不适,心底再痛苦,她也没有吭声。

这一点让楼觐极其不快。

他还是头一次知道江雨舟这么倔。

如果这个时候江雨舟服软一下,他的气或许就消了。

江雨舟攥着被子哭了很久,她不知道楼觐也一直醒着。

早上醒来的时候,两个人就像是陌生人一样,连一声招呼都没有打。江雨舟起身去洗漱化妆,在看到镜子里自己红肿的双眼时,真的是快崩溃了。

江雨舟简单化了妆,从化妆包里拿出墨镜戴上,准备去隔壁同顾之游道别。

顾之游毕竟帮了她不少,她总不可能连一声招呼都不打就一走了之。

她从洗手间出来的时候,楼觐已经不见了。

难道这就走了?都没有打算把她一道带回上城吗?

江雨舟心底是真的一凉,不过仔细想想,这也像是楼觐能够做出来的事情。

她彻底激怒了他,他又何必送她回家?

她深吸一口气,正准备出门的时候忽然想起来什么,环视了一眼房间,发现米球也不见了。

好家伙,楼觐真的是来也不忘记带上米球,走也不忘记带上米球。

怎么好像米球变成了他的狗似的。

江雨舟扶了一下墨镜,敲了敲隔壁顾之游的房门。

顾之游过了一会儿才开门,看到戴着墨镜的江雨舟时,惊了一下。

"你怎么了？楼道里黑乎乎的，你还戴墨镜？"顾之游皱眉，哭笑不得。

但是他大概也能猜到，估计是她昨晚和楼觐吵架了。

江雨舟迅速扯开这个话题，哭得眼睛都肿了不是什么光彩的事。

"不好意思，顾医生，我昨天晚上麻烦你了，还让你看了笑话。今天我也没办法和你一起回去了，你先去开会，我自己回去。"江雨舟扯了扯嘴角，她很想对顾之游露出一个微笑，但挤了半天实在是挤不出来。

最后变成了这副皮笑肉不笑的样子。

"你还是别笑了。"顾之游咳嗽了一声，"我这个会要开到下午，你和你先生先回去也是好的。回去之后别忘了按时来复诊。"

江雨舟点了点头，低头的时候墨镜顺着鼻梁滑下来，她又连忙推了上去，动作莽莽撞撞、迷迷糊糊，落入顾之游眼里显得有些可爱。

江雨舟回到自己的房间，收拾了一会儿东西，正准备打开手机软件买高铁票回上城的时候，房门忽然被打开了。

米球一边流着哈喇子一边狂奔进来，扑到江雨舟身上。

"米球，脏。"楼觐呵斥了一声，看到米球的哈喇子差点沾到江雨舟的身上，他的口气就重了一些。

米球呜咽了一声，乖乖地后退。

江雨舟看着走进来的楼觐，脑袋里蹦出来的第一个想法就是，他不是带着米球回去了吗？

怎么又回来了？

两人皆沉默。

江雨舟低头继续收拾东西，楼觐招呼了一声米球，将昨天晚上随身携带的狗粮倒在了手上,让米球来吃。

米球一见有吃的就屁颠屁颠地跑过去。

江雨舟瞥到楼觐随身带的狗粮,想着他对米球还怪上心的。昨晚连夜赶来竟然还不忘记给米球带狗粮。

半小时后,江雨舟收拾完毕,楼觐也没有同她说话,抱着米球走出了房间,仿佛是在告诉江雨舟:可以走了。

江雨舟立刻提着行李箱乖乖地跟上。

以楼觐平日的性格,虽然对她很冷漠但起码的绅士风度还是有的,是绝对不会让她提行李箱的。但是今天,他都没有回头看一眼。

江雨舟心底烦闷异常,在回去的路上,她一直坐在副驾驶座上和米球玩,两人之间还是一句话都没有说。

米球也比往日乖巧很多,好像是知道他们两个人在吵架,不敢发出声音。

江雨舟没想到这场冷战竟然持续到了周末。

两个人之间好像紧绷着一根皮筋,两人还自顾自地往两边走,谁都不愿意松开一些。

直到周末卓越生日,楼觐才发了一条微信给江雨舟。

"中午十二点,我去剧院接你。卓越生日。"

简单的一条微信,算是打破了两人之间这段时间的僵局。

但是江雨舟不知道,这件事情在楼觐那边是不是真的算是过去了。还是只是因为卓越生日,他单纯为了带她去而找的她?

明天要公演,如果不是为了楼觐,江雨舟是怎么都不愿意在这个时候去参加什么生日会的。

而且也不知道卓越要举办什么样的生日会,在冷战之前,她听楼觐提起过，要耗时一下午，再加上晚饭的时间。

　　再心不甘情不愿，江雨舟还是乖乖地在剧院门口等楼觐的车来。

　　十二点的时候，楼觐准时到了。

　　香槟色的添越和楼觐一样沉稳，缓缓驶来时，江雨舟透过挡风玻璃看见了楼觐。

　　他还是那张冰山脸，看来，僵局还是没有打破。

　　江雨舟乖乖上车，坐到副驾驶座的时候，瞥了楼觐一眼，心想今天倒是稀奇，他穿了一身休闲装。

　　早上不是去楼氏上班了吗？怎么穿的是休闲装？

　　要是换作往常，江雨舟肯定直接问了，但现在她就是硬生生憋着，连一个字都不肯多说。

　　楼觐不开口，她也不开口。

　　虽然这种把戏有点像两个小孩在闹别扭，但楼觐都熬得住，她怎么就不能熬住？

　　一路上两人还是僵持着。

　　一小时后，车子停在了郊区的游乐园。

　　"怎么来游乐园了？"这一次，江雨舟是脱口而出的，她自己都没有意识到。

　　等到反应过来的时候，为时晚矣，话都已经先说出口了，她输了。

　　江雨舟在说完之后还下意识地捂了一下嘴巴，这个举动很滑稽，落入一旁正在停车的楼觐眼里。楼觐压了压嘴角，像是在嘲讽她。

　　江雨舟尴尬地咬了咬牙，别过脸去看向窗外。

　　真是丢人现眼啊，怎么可以先憋不住说话了？

　　"卓越玩心重，想约朋友在游乐场庆祝。"礼尚往来，楼觐也回复了江雨舟一句。

但是此时此刻意义已经不同了，无论如何，这都算是江雨舟先开口说的话。

江雨舟真的是对自己恨铁不成钢，现在唯一能够补救的就是接下来继续端着架子，不跟楼觐说话。或许，还能够将场面挽救回来一些……

太阳很毒，晒得江雨舟拿手遮了一下，她眯了眯眼，心想卓越真的是一个稀奇古怪的人，这么一个大男人竟然选择游乐园为自己庆祝生日。

而且，他玩心重，他这一帮朋友也一样玩心重？怎么同意的？

尤其是眼前这位，平日里永远一副商务精英的样子，怎么这个时候也愿意来游乐园了。

"跟上。"楼觐自从江雨舟先说话之后，心情好像忽然变得特别好了一般，开始主动跟江雨舟说话了。

江雨舟一边迈开腿跟上了楼觐的步子，一边在心底想，楼觐这个人也是个大男孩，怎么这好胜心这么重呢？

她默默地跟在他身后，依旧不发一言。

"你是不是对游乐园没兴趣？"

江雨舟闷声不吭，哪怕听到了楼觐的话也不想回答。

他之前怎么不问问她对游乐园感不感兴趣？怎么，都已经把人送到这边了才问？

江雨舟心底生着闷气，楼觐忽然停下脚步回头看了她一眼："最近胆子很大？"

游乐园里到处是歌声和尖叫声，江雨舟觉得很刺耳。

她并不喜欢这种特别热闹的地方，也不喜欢暴晒。她心情烦闷，微微皱眉："楼先生，你是觉得我有问题吗？如果觉得我有问题，你可以提出来。"

江雨舟丝毫没有意识到，自己和刚来到上城时的样子差别有多大。

楼觐单手抄兜，他也觉得有些热，于是将身子故意往右边挪了挪，站在了能够帮江雨舟将太阳遮住的地方。

江雨舟注意到了这个细节，只觉得浑身都凉快了一些，但面上仍是倔强，不肯说一句谢谢。

"我现在有点怀念你在我面前那副唯唯诺诺的样子了。"楼觐深吸一口气，像是在叹气。

江雨舟抬起头，目光委屈："是你自己先不跟我说话的。"

她说出这句话，真的觉得自己孩子气极了。

心想，自己平日里也算是冷冷清清脾气的人，楼觐也是一个成熟稳重的人。他们两个人凑到一起，怎么变成三岁小孩了？

哦，不对，是两个人加起来三岁都不到的那种幼稚。

楼觐听到她这句话果然笑了。

烈日从他头上照射下来，落在他原本就深邃好看的脸庞上，衬得他轮廓更加分明。

"因为是你惹我生气。"楼觐的回答也很像小孩子。

谁能想到，平日里在商场上叱咤风云的楼大总裁，私下和夫人吵架是这副小孩模样。

"楼先生，我虽然怕你，但我也是有原则的。我解释过那件事情之后你是怎么对我的？那天晚上你对我……"江雨舟忽然意识到有点不对，有些话说出口那就是虎狼之词了。

江雨舟微微闭了闭眼，听到上方传来男人讥诮的笑。

"我对你怎么了？你说说，帮我回忆一下。"

看着眼前江雨舟憋红了一张脸的样子，楼觐觉得有趣，还是这样的江雨舟比较有意思。

唯唯诺诺怕他，冷如冰霜冷他，他都不喜欢。

哪怕是现在这样暴跳如雷怼他,他都觉得比前面的两种要好。

看来小姑娘还有好几张面孔。

"丢人。"江雨舟扔下两个字给他,气呼呼走到前面的队伍排队去了。

第九章　你以前很怕我

"你能不能也答应我一件事？和我试着谈恋爱。"

今天是周末，来游乐园的人特别多，检票入园都要排队，江雨舟排队排得有些烦躁了。

天气又晒又热，她连防晒霜都没涂就被带过来了，现在心里是一万个懊悔。

"你不会笑吗，今天是人家生日。"楼觐看着江雨舟愁眉苦脸的样子，提醒了她一下。

江雨舟嘀嘀咕咕："又还没碰头，提早笑，笑给谁看？"

"就不能笑给我看？"楼觐是一点都不生气。

江雨舟在心里翻白眼。

"不想笑给你看。"

"为什么？"

"因为你讨厌。"

这句话落地，身后忽然传来了"扑哧"一声笑。

江雨舟回头一看，是一群排在他们身后的高中生。

"现在的叔叔阿姨都是这么谈恋爱的吗？怎么这么幼稚？"

"就是啊，我们都不会说这么幼稚没营养的话，哈哈哈！"

江雨舟整张脸瞬间变得通红。

她跟楼觐两个加起来都五十多岁了，竟然被一帮小屁孩嘲笑？

"这叫情趣，你们不懂。"忽然，楼觐伸手圈住了江雨舟的肩膀。

他这一碰，将江雨舟惊到了。

她想要走开，但楼觐好像是有未卜先知的能力一般，知道她要逃，早早地就捏紧了她的肩膀。

这一群学生笑得更欢了。

江雨舟抬头看了楼觐一眼："好了，又被嘲笑了。"

楼觐低头，俯身下来的时候让江雨舟险些以为他要亲自己，连忙往后躲了躲。

"你以前很怕我，不知道你还记不记得。"楼觐这句话里含着讥讽。

江雨舟心头一跳，别开眼神："楼先生是觉得我逾矩了吗？"

"没有什么逾矩。只是江雨舟，过了。"

楼觐最后的两个字，让江雨舟心惊肉跳。

她慌乱地整理一番思绪，仔细想了想最近这段时间可能是真的对楼觐太过分了。她从对他唯唯诺诺到现在，的确是改变太多。

她深吸了一口气："反正你本来就讨厌我。"

她破罐子破摔。

"我说的不是这个。我是说这段时间你一句话不肯同我说这件事。我不喜欢你对我唯唯诺诺，每天怕我吃了你的样子。我只是希望，有什么话直接说。"

两人之间的气氛缓和了一些。

这时，他们可以入园了。

僵持的气氛被打破，楼觐便没再多说什么，带着江雨舟进了游乐园。

在一个过山车前，江雨舟见到了卓越和楼觐的一群朋友。

七八个人，看上去都兴致昂扬的，只有江雨舟，一脸平静，完全不像是一个女孩子来到游乐园该有的样子。

"你好啊，楼太太。又见面了。"卓越见到江雨舟的时候还是往日那副嘲讽的口气。

他不待见江雨舟，就连楼觐都知道。

"卓先生，祝你生日快乐。"江雨舟淡淡笑了笑。对于喜欢欺负她的人，江雨舟也实在是再说不出什么好听的话。

"楼太太看上去，不大高兴？"卓越也是个人精，一下子就看出来江雨舟的不对劲儿。

"没有，天气太热了。"江雨舟随口搪塞，不过这个天气真的是让她够烦躁的。

卓越挑眉："也是，楼太太平日里搭台唱戏都是在室内，哪里受过什么风吹日晒。今天辛苦您了。"

又是讽刺的口吻，让江雨舟很下不来台。

但是再下不来台，江雨舟仍要保持淡定，今天她是陪着楼觐过来的，哪怕跟楼觐再怎么闹别扭，也不能够失了分寸。

"卓越，你在当众欺负我太太？"楼觐忽然开口替她说话，并且揽住了她的肩膀。

江雨舟心底微微一酸。

"哪敢。"卓越挑了挑眉，"你这都护她到什么地步了，我怎么敢欺负她。你护得都不让淇渝来玩了，我还能怎么样？"

卓越这句话是说给江雨舟听的，不过江雨舟倒是真的挺震惊。

楼觐为什么非要让她来参加卓越的生日会？还刻意不让曾淇渝来？

难不成真的只是为了介绍她给他的朋友们认识？

"好了好了,我们快点去玩过山车吧。"一旁一个女性朋友有些看不下去了,连忙打圆场。

"走走走,不是让你们来游乐园聊天的。"朋友们都算识趣,也没有帮着卓越欺负江雨舟。

但是此时江雨舟根本迈不开腿。

"过山车?"江雨舟抬头看向楼觐。

"怎么,不喜欢?"回答她的是卓越,"今天我生日,来的都是玩得起的。怎么楼太太连个过山车都不敢玩?"他冷哼一声,"你这么娇气,当初是怎么攀上楼觐的?"

这句话带有很浓的侮辱意味,无非是在说她这么娇气,当初是怎么舍得把自己送到楼觐床上去的。

江雨舟听出了这层意思,她闭了闭眼,忍住怒气。

"你就在下面等我们,或者去旁边的餐厅休息。"楼觐对江雨舟是维护的态度。

他看了一眼卓越:"少说两句会死?"

楼觐和卓越是从小穿一条开裆裤长大的关系,无论说什么对方都不会往心里去。

卓越并不理会,仍是一副嘲讽的样子。

"你再逼她,我就带她走。"楼觐见卓越这副样子,直接扔下狠话。

卓越一听有些急了,他可不想楼觐真的走了。楼觐是什么性子他也很清楚,说一不二。

"我没事。"江雨舟故作镇定地扯了扯嘴角。

"不要硬撑,只是娱乐而已,不要给自己找不痛快。"楼觐在这件事上显得很耐心,也很维护她。

然而江雨舟此时也有一些执拗,她摇了摇头,跟上了卓越他们,一起上了过山车。

当工作人员将江雨舟身上的安全带系紧了以后,她才意识到自己做了什么。

她是恐高的。

她的恐高症严重到连坐手扶电梯都会腿软,更别说是这种过山车了。

她的手紧紧地攥着把手,此时此刻还没开始她的眼睛就已经紧紧地闭上了,恨不得睁开眼一切就已经结束。

身旁忽然传来男人充满磁性的声音:"如果真的害怕就下去吧。没事。"

楼甄看出来她很害怕。

江雨舟的左边坐着卓越,卓越晃悠着两条大长腿,嬉皮笑脸地嘲讽道:"哎,真没劲。这要是淇渝在,肯定和我们一起玩过山车。这种程度的过山车就是小意思。哎,真扫兴。"

江雨舟的求胜欲在这一瞬间爆棚,她紧紧闭着眼睛,摇了摇头。

楼甄看着她倔强的侧脸,隐隐有些担心:"你别听他瞎说,下去。"

"不用。"江雨舟性子也是真的倔得可以。

此时,警报声已经响起,过山车缓缓启动。

江雨舟的心提到了嗓子眼,悬空的两条腿开始发抖。

她试图用深呼吸缓解自己的恐惧,但此时哪怕是呼吸都足够让她感到紧张了。

过山车开始向上移动。

江雨舟眼睛开始泛酸,这种悬空的感觉,让她想起了那晚在高楼,她从楼顶往下看的场景。

那一晚,母亲从那里跳了下去,她只记得母亲站在楼顶,楼下是救护车和警车鸣笛的声音。

当时她很想也这样跳下去,跟母亲一样。这样,这世间的一切痛苦都与她毫无关系了,她又能和母亲在一起了。

就在她站到楼顶的边沿,双腿打战时,她的手臂忽然被人重重一拉,然后整个人跌入一个少年的怀中。

她至今都能够回忆得起当时他身上的味道。

少年抱着她,像是担心她会挣脱一般,他的力道非常重,重到她甚至都无法呼吸。

"你不要做傻事。你如果跳下去了,就什么都没了。这么高的楼,你跳下去不害怕吗?"

少年的声音在她耳边萦绕。

"很高的……你千万不能跳,有什么想不开的,慢慢去解决好不好?"

少年的话很温暖,声音也很干净,让她有一种自己被保护着的感觉。

江雨舟有些记不清楚当时的情景了,但时至今日,她仍旧记得那个少年温暖的怀抱,还有他那张好看的脸。

以及,他最后告诉她,他的名字。

在过山车到达最高点的时候,江雨舟的眼泪开始疯狂掉落,她满脑子是母亲跳楼的场景。她还想起那个冬日夜晚自己哭得有多伤心,有多撕心裂肺。

一旁的卓越看到江雨舟这副样子都惊呆了。

他以为她是娇气,是矫情,没有想到她会真的这么害怕。

"不会吧?"卓越也是蒙了,"有这么怕吗?你睁开眼看看啊,又没有特别高。"

卓越还是无法理解江雨舟为什么哭得这么伤心。

忽然，一只温暖的手握住了江雨舟紧紧攥着把手的手，江雨舟原本紧绷的心弦在这一刻忽然放松了些许。

在过山车急剧下降的时候，江雨舟整个人都是蒙蒙的状态，像是神游在外太空，除了失重感，就是痛苦。

"卓越，我们再去玩那个三百六十度旋转的云霄飞车啊。据说那个更刺激。"

卓越的一群朋友在下了过山车之后兴奋不已，想要挑战更刺激的。

他让朋友们先过去，自己则走到楼觐身旁，瞥了一眼楼觐扶着的江雨舟。

"哎？她没事吧？"

江雨舟脸色惨白，用毫无血色来形容都不过分。

她的腿也是软的，从过山车上下来的时候，因为害怕，差点整个人跌倒。

幸好楼觐扶住了她，直到现在，她仍是站不稳。

她不发一言，眼神空洞。

卓越被她这样子吓到了："她被吓坏了不说话，你怎么也不说话啊？"

"你也知道她被吓坏了？"楼觐冷声回怼了一句。

卓越挠了挠后脑勺，有些不好意思："我又不知道你老婆这么虚。"

楼觐皱眉。

这时，工作人员在一旁指责道："像过山车这种激烈项目，我们都有提醒过的。有心脏病史、精神病史或者处在孕期，接受程度不高的人，是不能够上去的。你女朋友这个样子明显不能够上去，你这做男朋友的怎么也不拦下？"

楼觐沉了沉脸色，并不是因为被人指责了不高兴，而是因为被说中了，有些愧疚。

"你先去和他们继续玩,我带她去休息。"楼甄扔下一句话给卓越,俯身将江雨舟抱了起来。

"行。不过真的没事吗?"卓越还是有点不放心。他原本是想捉弄捉弄江雨舟,但没想真让她出什么事。

这江雨舟再怎么说也是楼甄的太太,户口本上写着的那种。哪怕是用那种不光彩的手段得来的,那也是楼太太。他不敢把事情闹太大。

"现在知道害怕了?以后还敢吗?"楼甄反问,口气很重。

"不敢了不敢了,以后您太太往东走,我绝对往西走。"卓越这是怕了,"怎么就这么弱不禁风。"

他看着楼甄抱着江雨舟走向了一家咖啡店,才安心地跟上了大部队。

江雨舟被楼甄放在了咖啡店角落里的一张沙发上,他点了一杯柠檬气泡水给她解暑。

"喝点东西,压压惊。"

楼甄将柠檬气泡水递到江雨舟面前,江雨舟僵着手接过,喝了一口之后,眼眶又红了。

"对不起,扫你们的兴了。"江雨舟的脸色仍是煞白,嘴唇也有些脱皮。

"没事。"楼甄伸手摸了摸江雨舟的脑袋,此时的江雨舟在楼甄眼中特别需要被保护,"应该道歉的是我们。"

江雨舟鼻尖一酸:"我是真的恐高。之前我妈,就是从顶楼跳下去没的。"

江雨舟双手捧着柠檬气泡水的杯子,杯子上面的冷气浸湿了掌心,才让她整个人都凉快一些,不至于那么烦躁难受。

"抱歉，是我没考虑周全。"

楼觐是忘记了这件事情。如果他想到了，他是绝对不会让江雨舟上过山车的。

"卓越会不会不高兴？"江雨舟忽然惊醒，抬头看向楼觐，一双眼睛红彤彤的。

楼觐被她这副紧张的样子逗乐了。

"你是不是太善良了？"楼觐没想到她会这么问，忽然笑了，"他在欺负你，你还反过来担心他高不高兴？"

江雨舟皱眉："今天毕竟是他生日。"

"你放心，他高兴得不得了，去玩更刺激的云霄飞车了。如果你想让他高兴高兴，你可以继续跟上。他保准乐开花。"

楼觐这个人经常板着一张脸，但开起冷笑话来的样子，真的很欠揍。

"我才不去。"江雨舟嘟哝了一句。

"别动。"楼觐忽然开口。

江雨舟吓得放下手中的柠檬气泡水。

"怎么了？"

楼觐忽然伸手捂住了江雨舟的鼻子。这时，江雨舟才感觉到一股血腥气从鼻子里冲出来。

"你流鼻血了。"

"呜……"江雨舟难受地仰头，一股腥甜味弥漫开来，好不舒服。

江雨舟没想到过山车能够把她刺激到流鼻血。

楼觐从一旁的桌子上扯了纸巾捂住了江雨舟的鼻子，过了好一会儿鼻血才止住。

江雨舟一边捂着鼻子，一边无辜地看着楼觐："我晚上不想去吃饭了。"

她的脾气上来了。

这是身心都遭受了伤害，她不想再去受气了。

"嗯，不去了。"

江雨舟没想到楼觐这么好说话，这就同意了。

"那你怎么办？"

"我也不去了。"楼觐的白T恤上，现在全是江雨舟星星点点的鼻血。

"你不去，卓越不会生气吗？"

"他把我太太折磨成这样，我不会生气吗？"楼觐反问。

这句话让江雨舟觉得特别顺耳，这几天的消极情绪也一点点消失了。

果然女人都很好哄。

"你的T恤脏了。"江雨舟觉得很不好意思。

"你帮我洗吧。你弄脏的。"楼觐倒是很不客气。

江雨舟吐了吐舌头，深吸了一口气看着楼觐："楼先生，这件事情我们就这么过去了好不好。"

"哪件？"

"就是，在杭城那晚的事情。"

江雨舟主动求和。

她不想再因为那件事跟楼觐冷战了，在她看来这是一件很没有意义的事情，最终只会两败俱伤。

"嗯。"楼觐点头，坐在了她身旁。

"你要相信我，我很喜欢你，我不会对别的男人动心。"江雨舟鼓起勇气才说出这样的话。

楼觐一顿，扯了扯嘴角，略带一点邪邪的味道："好，我信你。"

"那能不能请你以后，不要再像那晚一样对我了。我很害怕。"

"楼太太，大庭广众之下说这样的话，你不觉得害羞吗？"楼觐反问了一句。

江雨舟经这一提醒,环顾四周才意识到这是在咖啡店。

"咳,我又没说什么。"江雨舟咬唇。

"可以。"楼觑点头,"那能不能,你也答应我一件事?"

"嗯?"

江雨舟抬眸,眸光清澈干净。

"试着和我谈恋爱。"

上城大剧院。

江雨舟已经扮上了孟丽君,正坐在后台默戏。

她默戏的时候不喜欢有人打扰,所以整个化妆间里就只有她一个人。

往日里默戏的时候,她都能很快地进入状态,今天却一直分神。

准确地说,是从昨天开始,她的思绪就已经乱套了。

游乐园里,江雨舟在听到楼觑说的那句"试着和我谈恋爱"之后,她惊呆了,忘记了反应。之后,两个人还是和往常一样,没有任何差别。

好像是两人之间忽然多了一层屏障,气氛陡然间尴尬了不少。

而昨晚,两人躺在床上也是安安静静,一动不动。

直到早上江雨舟出门去剧院,她才期待地问了一句他今天会不会来看戏。

楼觑点了点头。

然而,现在戏都快开场了,楼觑却是一条消息都没有,这让她怎么能够静下心来。

就在她心烦意乱胡思乱想的时候,后台的门忽然被推开了,是老太太。

"奶奶？您怎么来后台了？"江雨舟有些日子没有见到老太太了，她以为老太太今天是不会来的，没想到对方是真的一场都不会落下。

"你这丫头，开了新戏都没让阿觐通知我。怎么，是不想唱给奶奶听了？"

老太太身上穿了一身红，显得整个人的精气神很好。

江雨舟连忙请老太太坐下，给她倒了一杯水："不是这个意思。因为第一场嘛，我想着万一有哪些不好的地方还可以改，所以就先没有通知奶奶。想着等到第二场第三场的时候，改进得更好一些了再让奶奶来听。"

江雨舟说的都是实话。楼奶奶在江雨舟心目中的地位很高，是在上城唯一对她好的人。

哦，不对，现在好像多了一个？

"你啊。"老太太点了点江雨舟的鼻子，"让奶奶好好看看你，有一阵子没见了。"

江雨舟穿着戏服，在原地转了一圈。

老太太微微皱了皱眉："雨舟，奶奶看你怎么好像胖了？"

"有吗？"江雨舟因为职业的缘故这些年对身材的管理一直都很注意。这些日子她觉得自己也挺疲劳的，难道是过劳肥？

"上过秤了吗？"老太太还是皱着眉。

"没有哎，等我今天唱完回家看看。"江雨舟对自己这点胖瘦倒是没有特别在意。

"等等。"老太太总觉得有点不对劲，"你是不是怀孕了？"

这句话将江雨舟吓到了。

怀孕？

"怎么可能呢,我跟楼……"江雨舟这句话刚出口,立刻刹车了。

她意识到一点不对劲。

她和楼觐,的确是有过两次关系。

但时间都很近啊,哪怕第二次没有做措施,也就过了不到十天。怎么可能?

"你要不要去医院检查一下?如果真的怀孕了,可不能再像上次一样劳累了。"

江雨舟听得一愣一愣的,虽然她没有怎么把老太太的话当回事,毕竟她觉得这是不可能的事情。但无论如何老太太也是关心她,她觉得心里暖暖的,笑着点了点头。

"嗯,谢谢奶奶。我回头去检查一下。"

演出是晚上八点开始,江雨舟在幕后偷偷瞥了一眼第一排,在看到楼觐坐在正中间的时候,悬着的一颗心总算落下了。

原来她所有的忐忑不安都是来自于担心楼觐会不会来看她演出。

她偷偷拿了手机发了微信给楼觐:"楼先生,我看到你了。"

不过,他怎么就不知道主动发一条消息让她安心一点呢?这个男人真的好傲娇。

那边秒回,不过回复只有清清冷冷的一个字。

"嗯。"

"你好冷漠。"

"你以前可不敢这么跟我说话。"又是秒回。

江雨舟暗自吐了吐舌头:"对了,刚才奶奶来后台看我了。她说我胖了。"

江雨舟压根没往怀孕那边想,就跟楼觐说了奶奶说她胖了的事情。

"我看你也胖了。"

这个男人怎么能够这么直男?

江雨舟忍不住闭了闭眼,又看到他发了一条消息过来,这一次更加直男:"你们戏曲演员上台之前还玩手机?"

讽刺,直接。

江雨舟快被他气吐血了。

她没有回复,因为编导催她上场了。

音乐声响起,帷幕拉开,江雨舟和搭档一起上台。

江雨舟扮演的孟丽君是元代才女,为了救被权贵所陷害的未婚夫,女扮男装离家出走。后来中了榜,官至丞相。元帝识破了孟丽君的女儿身,试图纳孟丽君为妃,孟丽君抵死不从。最后在太后的帮助下,孟丽君救出未婚夫,和未婚夫有情人终成眷属。

这场戏是江雨舟接触黄梅戏的第一场戏,也是她第一次担纲主角的戏。前前后后唱了几百次,登了几十次台了,然而这一次对她的意义是不同的,因为,楼颤在台下。

江雨舟穿着男装,显得干净又有味道,而这套戏服又是楼颤专门让苏州的老师傅为她定做的,更可谓是锦上添花。

台上胡琴婉转,江雨舟的身段曼妙又英气,唱腔有味又清晰,一颦一笑之间,气质卓然。

江雨舟只要一上台,满心满眼便都是戏,不会再看台下观众半分。

楼颤看着台上的江雨舟,微微眯着双眸,嘴角有着若有若无的笑。

老太太坐在楼颤身旁,看到他看入迷的样子,忍不住暗暗笑了。

楼颤交叠着双腿,跟着节奏轻轻拍打着。他之前没有认真接触过戏剧,哪怕是去徽城找寻黄梅戏演员,也只是为了帮老太太找优质的戏曲演员。

今天也不知是怎的,或许是戏曲本身的韵味独特,又或许在台上咿咿呀呀的是江雨舟,这一出戏入他耳中显得格外有味道。

台上这一出《孟丽君》,演出了精髓,江雨舟一怒一嗔,韵味十足。

她一个小小的身板,在台上穿着男装竟然显得格外精神。

楼觐第一次发现,江雨舟身上的戏曲韵味竟然这么足。她温柔婉转,又英气逼人,这两种气质在她身上并不违和,反倒融合得恰到好处,似有一点点破壁的冲击感。

楼觐不懂戏,此时却也被眼前的戏深深地吸引住,他的眼睛没有办法从江雨舟的身上挪开,耳边的音乐仿佛在此刻也显得多余。

一场戏毕,台下掌声雷动。

江雨舟和搭档下场去休息准备第二幕。

"结束了?"楼觐忽然问身旁的老太太。

老太太嗤笑一声:"你这小子真的是一点都不懂戏。我跟你爷爷身上这些戏曲的基因,怎么一点都没有遗传到你身上?这是中场休息,准备第二幕了。"

楼觐讪笑:"爷爷当年肯定也不懂戏,这不是为了追奶奶,盘下的这个上城剧院,这才算是勉勉强强懂了点这一行吗?"

楼觐讨好着老太太,说得老太太心底暖暖的。

老太太笑着长叹了一口气:"哎,那个时候啊,我才十五岁。也就是坐在这个位置,看着台上咿咿呀呀地唱戏,你爷爷呢,坐在我身后,也不敢跟我打招呼。"

"爷爷胆子这么小?"楼觐开着玩笑,"看到奶奶这样的大美人,竟然都不敢打招呼?"

"你爷爷是北边来的,当时还是个穷小子。后来据他自己所说,他是在戏院门口看见了我，花光了身上所有的钱跟着我来听了一场戏。当时听的是越剧，也是这出《孟丽君》。后来啊，你爷爷打听到我是俞家二小姐，知道自己如果不闯荡出什么名堂，肯定接近不了我。"

楼觐看着老太太望着戏台时那出神的样子，忽觉这个剧院真的承载了老太太太多的回忆和美好。

人都有年轻的时候，而老太太的青春里，承载了无数戏曲的神韵。

"后来你爷爷的确在上城闯出了点名堂，但是呢，那是十五年后的事情了。我已经三十了，这在那个年代可是名副其实的老姑娘了。家里一直愁我的婚事，外面的人都嘲笑我觉得我丢人。但是呢，我一直在等你爷爷。"老太太笑得眉眼都弯了，"你爷爷来家里提亲的那一天，盘下了这家剧院。哎，可惜你爷爷比我大了七岁，不然啊，他的身子骨撑一撑，现在也能够跟我坐在这里一起听戏了。"

楼觐第一次听到老太太提起这么多关于爷爷的事情。

他早年在国外留学，爷爷在他高中的时候已经离开了。所以他对爷爷的印象并不是很清晰。

"我以前听别人说过，您跟我爷爷的爱情当年可是震惊了整个上城。不过这种细节，还是头一次听说。奶奶，您这是让人羡慕了一辈子啊。"楼觐笑着拍了拍老太太的手背。

老太太笑着点了点头："你爷爷的确是宠了我大半辈子。以后你啊，也要对雨舟这么好，听到了吗？"

楼觐停顿了一下，没想到老太太会忽然将话题扯到江雨舟身上。

他沉默了片刻，点了点头："我会的。"

一场戏罢，看客散尽。

老太太由司机送回了楼家老宅，楼觐去了后台，推开门看到江雨舟刚刚换掉戏服摘掉发饰，正在卸妆。

"你怎么来后台了？"江雨舟此时脸上还挂着浓妆，乍一见到楼觐还有些不习惯。

"前台已经没人了，难不成你想让我坐在空落落的前台等你？"楼觐一边解着袖扣一边走到江雨舟身旁，拉过一把椅子坐下。

江雨舟别过脸，继续对着镜子卸妆。

"奶奶回去了吗？"

"嗯。"

"我刚才唱得怎么样？"江雨舟小心翼翼地问，像是一个迫切想要得到答案的小孩子。

"不错。"楼觐客观评价。

"那你刚才进来的时候怎么不夸我？"江雨舟倒了一些卸妆水浸湿化妆棉，按压在了眼睛上，等眼妆卸干净。

戏曲的妆很浓，化妆需要很久，卸妆耗费的时间也不少。

"我才进来不到两分钟。你也没有给我夸你的时间。"楼觐有点哭笑不得，"况且我也不懂戏。这些年我认认真真听过的，也就今天这么一场。"

江雨舟一听这句话觉得有点不对劲。

她睁着一只眼，另一只眼上仍敷着化妆棉，瞪了一眼楼觐："也就是说之前在徽城，你没有认真听我唱戏？"

楼觐莫名有一种被抓住了把柄的感觉。

"话不能这么说，当初我是为老太太去找人的。这不是找到了你？"

江雨舟扯了扯嘴角，皮笑肉不笑："那我真的还得谢谢楼先生，盲听找到了我。"

楼觐有些无奈，忍不住问她："你生理期是不是快到了？脾气怎么这么大？"

这句话倒是提醒了江雨舟，她微微皱眉："本来是前天应该来的。我一向很准的。可能是这几天太累了，推迟了吧。但是我生理期前几天，确实脾气会特别暴躁。"

楼觐顿了一下，笑了："你这是在提醒我小心一点的意思吗？"

江雨舟压了压眉，放下化妆棉："我可不敢。"

楼觐在一旁拿出手机，开始看邮件。

江雨舟卸妆的时间的确比他想象中要长，他倒是不知道戏曲有这么多讲究。

"楼先生，你知不知道你最近笑得很多？"江雨舟开始卸唇妆。

楼觐正在看一份英文的邮件，专心致志，被江雨舟一句话弄分心了，抬头："怎么，你还希望我永远对你板着一张脸？"

"不是，但是一个冰山脸忽然有说有笑的，给我一种感觉。"江雨舟忍不住形容。

"什么？"

"黄鼠狼给鸡拜年的感觉。"

"江雨舟，我看你是胆子肥了。"楼觐忽然起身，走到江雨舟面前。

他人高马大，将江雨舟吓了一跳。

她手中卸妆的动作都停了下来。

"你干吗？这里是后台，你别乱来。"

楼觐单手抄兜，低头俯视江雨舟的时候，嘴角笑意略微带着一点点宠溺的味道。

"昨天我问你的事情，考虑得怎么样了？"

江雨舟的小脑袋里这才冒出来昨天楼觐在游乐园的咖啡店里问她的

话。

"谈恋爱的事?"

江雨舟微微皱了皱眉。她皱起眉的时候,眼角的残妆看上去特别娇俏可爱。但她此时此刻的表情却着实有点耐人寻味。

江雨舟满脸仿佛都写着,你没开玩笑吧?

"怎么好好的一件事情从你嘴巴里说出来,好像变了味道?"楼觐昨天见她脸色不对劲才没有继续追问,想着再多给她一点时间考虑一下。

一天的时间,足够考虑了吧?

他楼觐,需要被考虑这么久?

楼觐此时被江雨舟吊得有些烦躁,他没想到江雨舟竟然真的会考虑。在他的印象里,江雨舟应该是满心满眼都喜欢他的。哪怕一开始他觉得她不是真心,也能够从她的眼角眉梢看到一点点讨好和爱慕。

"你是认真的?"江雨舟是真的不敢相信楼觐。

"你觉得我是个谐星?"

江雨舟连忙摇头,她干脆也不卸妆了,推开椅子站了起来,深吸了一口气仰头看向楼觐。

"不是这个意思,我只是在楼先生这里碰壁太多次了。楼先生忽然这么说,我有点受宠若惊。"

江雨舟的话真情实意,但是落入楼觐的耳中,有那么一点讽刺的味道。

他完全有理由猜测这个丫头是在"报复"他之前的冷漠。

"我再说一遍。江雨舟,我们试着谈恋爱。虽然不知道我们合适不合适,但起码现在我们是合法夫妻,这已经比别的情侣往前走一步了,不是吗?"

江雨舟听得一愣一愣的,没忍住,微微皱眉:"楼先生,不好意思打断一下，我能麻烦问一下您大学学的是什么专业吗？"

"哲学。"

"哦，难怪您的逻辑非常奇怪。"

什么叫，因为结婚了，所以比别的情侣往前走一步了？这是什么鬼逻辑？

要不是江雨舟不是个糊涂的，还真的被楼觐给诓过去了。

"我想再考虑一下。"江雨舟不是不想和楼觐谈恋爱，就像楼觐说的，这婚都已经结了，还有什么是不能做的。况且，她喜欢了他那么多年，怎么可能不愿意。

但是，她现在心底还是空落落的，总觉得楼觐是心血来潮，等这一阵子热情和新鲜劲过去之后，她仍是孤身一人。

得到后再失去，远比从一开始就什么都没有要痛苦万倍。

"我没耐心了。"楼觐的话相当直接，一下子封住了江雨舟的口，"事不过三。"

"哦，那谈吧。"江雨舟舔了舔嘴唇。

楼觐对于她这副犹犹豫豫的态度倒也不是很生气，伸手抬了抬她的下巴。

"那是不是应该改口？"

江雨舟深吸了一口气，嘀咕一声："之前是谁让我喊你楼先生的。"

"此一时彼一时。"

这个男人真的自成一套说辞。

"那叫什么？楼觐？阿觐？"

"老公。"

"哎！"江雨舟连忙回了一句，笑嘻嘻地推开楼觐抬着她下巴的手，一点便宜都不让楼觐占。

话毕,她还朝着楼觐吐了吐舌头。

楼觐这才反应过来,江雨舟到底在干什么。

他容许她得寸进尺之后,她真是半点便宜都不会被他占了。

第十章　　我的太太也是女孩子

"她是她，你是你。如果她足够好，我为什么不娶她？"

江雨舟和楼觐离开剧院的时候已是晚上十点，这个时间点儿能吃的东西也只有夜宵。

"想吃什么？"车内，楼觐单手握着方向盘，看上去心情不错的样子。

"想吃火锅。"江雨舟开着玩笑，心情很好，或许是因为今天的戏上座率很高，也或许有楼觐的原因。

她打开车窗，看着窗外浮光掠影里的霓虹灯，忍不住将头靠在了车座上，整个人放松下来。

"我平时不怎么吃火锅，你推荐一下喜欢的，或者是比较有名的。"楼觐当真了，心底还在盘算着，这个点儿火锅店应该还开着门。

江雨舟听了忍不住笑了，歪过头去看楼觐："就说你不懂戏吧，我唱戏的怎么能吃火锅呢？而且我接下来一周两场《孟丽君》都定好了，这个时候我嗓子要是上火了，那我就打脸了。"

楼觐目不斜视，听到江雨舟的话后，才想起来江雨舟对自己的嗓子有多宝贝。

"说实话。"江雨舟松了松肩膀，"我到现在活了二十几年还没吃过火锅呢，都不知道火锅是什么味道。"

"唱戏的都不能吃火锅？"楼觐很好奇。

如果不是江雨舟，他可能一辈子都不会接触到这个职业。

"不是，我有很多同行都会偶尔吃一吃。但我是从小养成的习惯，绝对不碰。我是靠这副嗓子吃饭的，万一嗓子坏了，那就真的什么都没了。"

尤其是在母亲离开之后，江雨舟就更加宝贝自己的嗓子。她知道，她唯一会做的就是唱戏，如果有一天连戏都唱不了了，她可能真要饿毙街头了。

这一点她没有告诉楼觐，她不想在楼觐面前卖惨，更不想让楼觐知道这些事情。

楼觐生活在干净敞亮的世界，从小含着金汤匙长大，他所拥有的世界观和她是不一样的。

没有必要，将他往泥潭里推。

而此时楼觐在乎的不是这个，而是江雨舟刚才话语中的一周两场《孟丽君》。

"谁定的一周两场戏？"楼觐的口气颇有一点严肃。

"院长啊。今天卖座卖得好，当然趁热打铁赶紧多开两场，这样才能给你赚回本不是？"江雨舟笑着，丝毫不在意。

她喜欢唱戏，哪怕是天天唱，有人愿意听她就愿意一直唱。

楼觐沉了脸："一周唱两场太多了。你身体吃不消。"

江雨舟仍是不甚在意："这算什么？我之前在徽城剧院的时候，每天都有戏。况且唱戏这个职业，就是靠苦出来的，我不怕累。"

楼觐的余光瞥到江雨舟坚韧的侧脸，心底微微一动。

她看上去永远柔柔弱弱，骨子里却是有一股傲气。

楼觐最终将车子停靠在了一家粤菜餐厅门口。

"这家粤菜很出名的,我之前在微博上刷到过。"江雨舟一说完,肚子咕噜噜叫了起来。

她有些难为情地低头。

"我从小在上城长大,还有很多好吃的,以后你想吃,我带你去。"

"你知道你说这话的口气特别像什么吗?"

"?"

"地头蛇。"

江雨舟说完连忙下车,不给楼觐怼她的机会。

楼觐也下车,绕过车头走到了江雨舟身旁,很随意地伸手牵住了她的手。

十指交扣,江雨舟还有些不习惯,耳根又忍不住红了。

进了餐厅,楼觐点了菜。

菜一上来,江雨舟吃了起来:"我实在是太饿了,先吃了。"

江雨舟塞了一口饭进嘴里,她以往在楼觐面前的吃相都是挺好看的,但今天她实在是端不住了。

再端下去,她的胃要遭殃了。

"嗯。"楼觐看到江雨舟在他面前卸下防备的样子,心里还是很高兴的。她愿意不做作,在他看来是一件好事。

楼觐也开始吃饭,其间一直在给江雨舟夹菜。

"这里的烧鹅味道挺好的。"

"这个蒸排骨也挺好吃。"

"你想不想吃流沙包?"

江雨舟面对楼觐不断的投喂,忍不住说了一句:"你这是在养猪吗?"

楼觐刚放下筷子想要调侃江雨舟几句,身后忽然传来了曾淇渝的声音："阿觐,你怎么在这里?"

江雨舟抬起头,看到曾淇渝娉娉袅袅地走了过来。

她穿着一身 self-profit 的长裙,高跟鞋将她衬得端庄得体。

平心而论,这身裙子很衬曾淇渝。她的气质就是典型的大家闺秀,人前永远是温柔又矜持的。

江雨舟忽然觉得碗里的饭菜不香了,看到曾淇渝就觉得很倒胃口。

这个女人好不容易在她的生活中消失了一段时间,怎么又冒出来了。

"江小姐也在这里?"曾淇渝这一次倒是没有把她当作空气看待。

江雨舟拿起水杯喝了一口水,朝曾淇渝温柔一笑:"我和我老公一起吃饭,什么叫'也在这里'?"

江雨舟一边说一边靠近楼觐,非常生疏地伸手挽住了楼觐的手臂,将脑袋腻歪地靠在楼觐的肩膀上。

江雨舟感觉到楼觐的手臂非常僵硬,心想看来他也不习惯。

"这家餐厅之前阿觐经常带我来。"曾淇渝丝毫不在意江雨舟的话。

江雨舟蛮佩服眼前这个女人,无论她怎么说,曾淇渝好像都能够当作耳旁风一样,左耳朵进右耳朵出,丝毫不会放在心里。

这样的心理素质,她自叹是没有的。

如果现在身份互换,曾淇渝陪伴在楼觐身边的话,她可能心里早就酸得一句话都说不出口了。

"曾小姐,是遇到熟人了吗?"

这时,又传来一个中年男人的声音,对方朝着曾淇渝的方向走来。

"王先生。"曾淇渝巧笑嫣然地转过身去,看向了身后的中年男子,"是楼先生呀,他在这里吃饭。前段时间你们还一起打过高尔夫的。"

江雨舟对这位王先生有点印象,她听曾淇渝说起过,这是楼觐的大客户。

楼觐生意场上的事情，她不懂，也不想多问。

"是楼先生啊。"王先生笑着快步走过来。

楼觐也起身，同这位王先生握了握手。

"王先生，好巧。"楼觐很客气。

江雨舟也放下水杯，站了起来。再怎么说她都是楼太太，不能给楼觐在大客户面前丢人。

"这家餐厅是曾小姐推荐给我的，刚才我和她爸爸还有她一起在这儿吃饭。她爸爸才刚走。我说呢，曾小姐怎么会找到味道这么好的餐厅，原来是楼先生也喜欢的。你们俩是不是经常一起来？"这位王先生的话意味深长。

闻言，江雨舟挺不舒服的。她浅浅吸了一口气，想让自己保持镇定。

"哪里。"楼觐淡淡说了一句，"我正想过几天再去拜访王先生，听说您一周后要回港城？"

"是啊，有点想家里的小孙子了。在上城可能住不了几天了，哈哈。"

江雨舟听着楼觐的口气，他好像是真的很需要这个客户，只是这个客户还没有拿下？担心客户提前走了？

正当江雨舟胡思乱想的时候，忽然听到王先生将谈话的矛头指向她。

"这位是？"

完了，没有办法当透明人了。

"是我的太太。"楼觐伸手捏住江雨舟的手，向王先生介绍江雨舟，"江雨舟。"

"您好，王先生。"江雨舟淡淡笑了笑。她平日里唱戏，哪怕台下千八百人她都是不会怯场的。但此时站在楼觐和曾淇渝身旁，她的压力莫名就大了。

她觉得自己跟曾淇渝比起来，实在是太过于渺小和卑微。

"太太？"王先生一脸错愕地看着江雨舟，或者用"打量"这个词来形容更加恰当。

江雨舟被看得有些不舒服，但脸上仍挂着得体的微笑。

一旁的曾淇渝微微蹙着细眉，嘴角挂着一丝嘲讽的笑："王先生不知道吧，楼先生结婚了。不过楼先生差不多属于隐婚，因为家里长辈不同意，所以外界对楼太太知道的也不多。"

江雨舟心口一抽，没想到曾淇渝会下手这么狠。竟然在人前，就这么直截截地揭人伤疤，也不在乎楼觑的颜面。

看来曾淇渝今天是铁了心要让她难堪。

江雨舟在这样的场合是不会替自己辩驳什么的，她虽然也在意，但只能够自己忍受。

她也不曾想过让楼觑为她做什么，熬过去就好了。

然而下一秒，楼觑忽然开口："外界虽然知道的不多，但我身边朋友大多都知道。因为结婚不久，还没有来得及通知您。"

楼觑一句话将曾淇渝设下的困境解开了，并且一点面子都没有给曾淇渝。

楼觑竟然帮她化解了尴尬。

江雨舟心底觉得舒服了很多。

曾淇渝的脸色瞬间有些铁青。

楼觑招呼一旁的服务员："服务员，再添两副碗筷，再把菜单拿上来。"

楼觑是想要扯开话题。

"不用了，我们刚刚吃过。"王先生谢绝道。

曾淇渝似乎还没耍够江雨舟，连忙对王先生用撒娇的口气说道："王叔叔，阿觑跟我关系这么好，您就坐下来跟我们再说说话嘛。"

曾淇渝变脸比翻书还快。

"行行行。"王先生笑着坐了下来。

江雨舟却是头疼得紧,她不知道曾淇渝接下来会怎么对她。

曾淇渝接过服务员递过来的菜单,点了几个菜之后,又将话题扯到江雨舟身上。

"楼太太,听说你今天的戏卖得不错?"

江雨舟没多想,颔首:"嗯。"

"戏?"王先生反问。

曾淇渝得意地点了点头:"王先生不知道,我们这位楼太太,可是唱得一嗓子好黄梅戏。之前在徽城的时候就是个名角儿。这不是之前怀孕了才嫁到上城来了嘛。"

曾淇渝这一段话里有话,让江雨舟听着很不舒服,像是在刻意抹黑她的职业。

楼觐倒是帮江雨舟说话:"我太太是一名戏剧演员。我很尊重她的职业,之前也是我亲自去徽城请她到上城来的。我觉得戏曲是中华瑰宝,应该更好地传承下去。所以这段时间我也有在给她投戏。"

楼觐的话起到了很好的缓解尴尬的作用,但是让曾淇渝的脸色越来越难看。

曾淇渝没想到楼觐现在是越来越向着江雨舟说话了。

她自然是不会善罢甘休,喝了一口菊花茶之后,慢条斯理地说:"可是这戏子终究还是戏子,难上台面,所以付阿姨才不会同意的不是吗?说来啊,之前王叔叔您还以为我跟阿觐是一对儿呢。这都怪阿觐,平时出门只带我,我俩这好朋友关系,被人说得难听了。"

曾淇渝有点仗势欺人的味道,江雨舟听不下去了。

她眼眶微微泛红,但怕被人看见,连忙低下头去。

哪怕此时再怎么不开心,在一张桌子上的还有楼觐的大客户,她无论如何都不能给楼觐丢人,所有的不开心都要咽到肚子里。

"我一开始还真以为你们是一对儿。之前想问你父亲的,因为太忙忘记了。不过啊,这成功的男人,的确是不愿意带一个戏子太太出去应酬。"

这位王先生说的话刺痛了江雨舟的内心,她心如刀绞,一瞬间觉得呼吸都有些困难。

她一只手放在桌子下,手紧紧攥着。

曾淇渝还在一边搭腔,她要的就是王先生这句话:"是啊。所以之前阿觐妈妈怎么也不同意。谁让人家肚子里当时怀了孩子呢,不过幸好后来孩子没了,可能是老天开眼吧。"

"曾淇渝,人命不是玩笑。"楼觐忽然开口,这一次口气要远比刚才冷得多,"戏曲演员也是一个职业,职业不分高低贵贱。"

楼觐这是因着王先生在这里,对曾淇渝的口气还算是忍让。

然而还是让曾淇渝的脸色唰地变白了。

江雨舟知道曾淇渝打的是什么算盘。无非是觉得此时楼觐是要给王先生几分面子,毕竟是一个这么大的客户。所以无论在餐桌上她怎么说,楼觐应该都是不会指责她的。

没想到楼觐竟然厉声呵斥了她。

"楼先生,没有必要这么凶一个女孩子吧。"王先生干笑两声,似是有些不快。

"只是就事论事。"楼觐在这件事情上有原则,不卑不亢,"我的太太也是女孩子。"

哪怕是有求于眼前的人,楼觐也是向着自己太太的。

江雨舟心口一窒,忽然觉得暖心。

曾淇渝嘟哝了几句:"你凶我的时候还少吗?之前你跟这个戏子结婚,

我哭了多少次，你也不听。现在好了，圈子里都在看你笑话。现在都什么年代了，哪怕娶个小演员，也总比娶个戏子要强。"

曾淇渝的话越来越难听，也越来越直接。江雨舟有些听不下去了，咬紧牙关一直低着头，她假装吃东西才能够让自己冷静下来。

"曾淇渝，江雨舟是我的太太。"楼觐也不再责骂曾淇渝，因为知道责备也没有后文，反倒是可能在王先生这边刷一波负面感。所以他直接扔下一句话给曾淇渝，话语已经带了一点威胁的味道。

王先生皱了皱眉，原本拿起来的筷子也放下了，叹了一口气笑道："我原本以为楼先生这样的人，一定是大雅之人。没想到啊。我这也吃饱了，曾小姐，我们先走？"

曾淇渝面子已有些挂不住，巴不得离开。

王先生护着她给她台阶下，她连忙点头起身："嗯，我让司机送王叔叔去酒店。"

楼觐也不挽留王先生，只是起身淡淡地同他握手道别。

等到两人离开之后，楼觐忽然伸出双臂轻轻抱住了江雨舟，将其揽入自己的怀中。

楼觐是站着的，江雨舟是坐着的，此时这个姿势从旁人看来格外有保护的感觉。

江雨舟没忍住，忽然一下子就哭了，伸出双臂紧紧抱住了楼觐的腰。

"我是不是给你丢人了？"她低声啜泣。

"是挺丢人的。"楼觐停顿了一下，江雨舟的心悬了起来，"这里吃饭的人这么多，你抱着我哭，太丢人了。"

这个时候还开玩笑。

江雨舟连忙推开了他。

"谢谢你刚才维护我。"江雨舟的声音不自觉地温柔起来。

"丈夫维护妻子,还需要谢?"

楼觐想当然的一句话,让江雨舟心头暖暖的。

回到楼宅,江雨舟破天荒地泡了一个澡,等到很久才从洗手间里面出来。

出来的时候,楼觐正在阳台上打电话,不知道是不是心理作用,江雨舟总觉得这个电话跟那位王先生有关系。

她悄悄打开了阳台的门,为了不发出声音,她还脱掉了拖鞋,赤脚走过去。

"我不允许这样的事情再发生。无论如何,江雨舟是楼太太,如果有下一次,我们之间连朋友都没得做。"

"你拿他威胁我?曾淇渝,你以为你是谁?"

江雨舟的心跳漏了一拍。果然,电话那头的人是曾淇渝。

"你不是心甘情愿被利用?"

楼觐这句话让江雨舟一愣。

利用?楼觐什么时候在利用曾淇渝了?

就在江雨舟沉迷于"偷听"的时候,楼觐已经挂断电话转过身来,而她还没反应过来,还在回味着楼觐刚才说的那些话。

等反应过来的时候,她吓得后退了半步。

这个时候楼觐也看到了她赤着脚。

"好听吗?"

"我不是故意的。"江雨舟瑟缩了一下,双手放到了身后,"我就是担心你。刚才在餐厅,你好像得罪了那位王先生。"

"生意伙伴而已。算不上得罪。"楼觐的声音忽然变得温柔,比起刚才和曾淇渝说话的样子,江雨舟忽然觉得,楼觐对她的态度不要太好……

"那会对你的生意有影响吗?"

"怎么,我太太好像很关心我的饭碗?如果我真的失业了,可能以后就要靠你养家糊口了。"楼觑开着玩笑,一手拉住江雨舟走进房间。

但与其说"拉",不如说是"拽",这个人的力道大极了。

"不是,主要这件事情是因我而起的。如果真的会对你造成不好的影响,我会很愧疚。"江雨舟和楼觑坐在床上,满脸愁苦。

楼觑知道江雨舟善良,她一贯如此。只是一开始的时候,他没有发现而已。

"你放心,和你无关。"

楼觑的双眸在昏黄的床头灯下格外好看,他的眼睛里面好像藏着万千星辰一样,和别人不同。

起码,在江雨舟眼里,和别人不同。

"楼……"江雨舟一句"楼先生"刚刚到了嘴边就咽下去了,"阿觑,我的职业是不是真的那么不堪?"

"你为什么会这么问?戏曲演员这个职业古往今来已经传承了几百年,如果真的不堪,为什么还会绵延不绝?戏曲很宝贵,你也是。"

楼觑的声音很有磁性,好像是老式的录音带,带着一点点沙哑,让人听起来很舒服,很能够宽慰人心。

"但是刚才那位王先生,很明显因为我的职业,对你有偏见了。他觉得,你不雅了。"

江雨舟垂首:"我知道自己这个职业,被很多人看不起。但是我真的很喜欢唱戏,也很喜欢在戏台上的感觉。在生活中我很平凡,但是在戏台上,我总感觉自己身上是有光的。我很享受唱戏的感觉。"

江雨舟真的不明白,为什么到了如今,还有这么多人对戏曲演员有偏见。

"我也很享受听你唱戏的感觉。"楼觐压低了声音说道。

江雨舟松了松肩膀:"有时候我真的蛮羡慕曾淇渝的,羡慕她出身好,长得好,学历高,能够跟你比肩站在一起。"

江雨舟心底堵塞,如果不是因为今天发生的事情,她可能还真的没有意识到自己和曾淇渝之间的差距有这么大。

江雨舟觉得心底酸涩。

"她是她,你是你。如果她足够好,我为什么不娶她?"

楼觐一句话,让江雨舟有种醍醐灌顶的感觉。

是啊,楼觐为什么不娶曾淇渝?

"但当时我不是怀孕了吗,你没有办法才娶了我。"江雨舟说得很直白,这件事情已经不再像之前那么隐晦不可被提及。如今她也愿意主动说起这件事。

因为眼前人,已不再如当时一样心硬如铁。

"你还真诚实。"楼觐扯了扯嘴角,"如果我真心想娶她,在你怀孕之前就娶了。你还会有机会乘虚而入?"

江雨舟寻思着好像的确是这么一回事。

等等?

什么叫乘虚而入?

"你这个词用得好像我很猥琐一样。"江雨舟瞪他,"那我可以问原因吗?"

楼觐见她小心翼翼八卦的样子很好笑,抬手招呼了她一下。

江雨舟见状眼巴巴地凑过去。

她好奇的样子很可爱,恨不得将耳朵都竖起来贴在楼觐的脸上。

然而楼觐在靠近她耳边的时候,故意恶作剧地开口:"不想说。"

江雨舟的好奇心被提到了最高处，然后猛地跌落下来。

好奇心没能满足的她气得实在是说不出话。她不知道楼觐竟然这么会捉弄人。

"你说说看嘛。"

江雨舟难得撒娇，竟然是为了听八卦，楼觐也是蛮无语的。

"因为曾淇渝的心机太深。"楼觐将江雨舟没有想到的答案给了她，这让她很疑惑。

她蹙眉沉思的样子有些滑稽，她默戏的时候都没有现在认真凝神。

"我觉得，像你们这种豪门，有心机不是一件好事吗？能守住家业，多几个心眼，生意才能够长久绵延。难不成你还指望高门大户里生出个傻白甜来？估计这种剧情只有电视剧里才有。"

江雨舟虽然对他们这个圈子很陌生，但平时也听到过一些传闻。

楼觐摇摇头："不一样。城府和心机是两码事。曾淇渝想要的太多，她的控制欲过强，而且，曾家背景不算太干净，我不想碰。"

江雨舟也听不明白"不干净"是什么意思，她也不想多问。

"你们这个圈子的人，想法跟我们普通人不太一样。外人看曾淇渝这样的白富美，谁不想争先恐后地追求？"

"那是旁人。曾淇渝跟我从小一起长大，我很清楚她是什么样的人。她小时候会因为讨厌院子里的鸟叫声，让管家把鸟窝捅下来，扔进河里。这样的女孩子，从小就不善良，甚至有些偏激。哪怕是做朋友，我都不喜欢。"

楼觐从未跟江雨舟提起过这些，听得江雨舟一愣一愣的。

她有些傻眼："不会吧？这么残忍？"

"长见识了？"

"嗯。"这是江雨舟想都不敢想的，"我从小脾气就特别好。"

楼觐看着江雨舟一脸错愕，一脸认真地说出这句话，忽然很想揉揉她的脑袋。

她的脑袋此时毛乎乎的，楼觐的手碰到她头顶的时候，她还躲开了。

她此时全部的注意力都在曾淇渝这件事情上。

"哪有人说自己脾气好的。"

江雨舟被楼觐打趣的话弄得有些脸红，好像是自卖自夸了。

"因为我从小跟妈妈住在陆家，寄人篱下。我父亲跟陆叔叔是世交，父亲意外去世，陆叔叔收留了我们。妈妈告诉我，在别人家里必须要收敛脾气，不管吃什么亏都要忍住。大概是小时候过得太压抑了，我的脾气都被磨光了。以至于后来在剧院受气什么的，我都觉得没什么。"江雨舟想到自己灰暗的童年，心里一片阴霾。

虽然童年有母亲陪伴，但对于江雨舟而言，仍旧是一辈子都不想回想的噩梦。

"方便问一下你母亲和陆城开的事吗？"

陆城开便是陆家龙凤胎的父亲。

楼觐不会无缘无故好奇什么事情，这让江雨舟心底隐隐有些预感。但是她不敢深入揣测楼觐，只是将实话告诉了他。

她抱住双腿，用最舒服的姿势坐着，对楼觐说道："陆叔叔很早就喜欢我妈妈了，这一点我妈妈也知道。而付曼清在嫁给陆叔叔之前就有严重的精神疾病，婚后多次发作，想要杀陆叔叔未遂。两个人本身就已经到了过不下去的地步。陆叔叔提了很多次离婚，付曼清都不同意，于是开始往我妈妈身上泼脏水，说是我妈妈勾引陆叔叔。后来，陆叔叔一气之下就想真的跟我妈妈在一起，谁知道，我妈妈受不了外界的流言蜚语，跳楼自杀了。"

江雨舟原本以为自己说出这段陈年往事时，心情一定是很复杂很沉重的，未曾想，说出来后心情竟然这样平静。

或许是因为此时眼前的男人让她足够信任。

"嗯。"楼觐并未多作评价。

"后来的事情你也都知道了。陆叔叔因为悲痛，心脏病发作去世了。我也被赶出了陆家，从此住在了徽城剧院。幸好小时候妈妈送我去唱戏，让我可以以此谋生，不然我真的活不下去。"

楼觐看着身旁娇小柔弱的女人，忍不住伸出长臂将她揽入怀中。

江雨舟躺在楼觐的胸膛上，两个人靠在床上，窗外月光如水，一切静谧得恰到好处。

这一点点细碎的时光，是江雨舟这些年从未有过的美好。

江雨舟忽然抬头，看向了楼觐。

在楼觐准备开口问她"怎么了"的时候，她突然抱住楼觐的肩膀，用力吻了上去。

楼觐的嘴唇一如既往的清冷，江雨舟试图用自己的甘甜去暖化他。

楼觐的手滑落到江雨舟的腰腹部，江雨舟的吻从楼觐的唇上一点点下滑。

她亲吻着楼觐的耳郭、脖子、锁骨。

直到楼觐准备解开她的睡衣时，她才反应过来。

"不行。"

她制止了楼觐，让楼觐一头雾水。

他此刻正在兴头上，忽然被叫停，是个男人都会有些恼怒。

然而江雨舟一脸正色，仿佛是发生了什么了不起的大事。

"今晚不行。"江雨舟有些歉然，尴尬地扯了扯嘴角。

楼觐不快的脸色很明显，也不作遮掩："江雨舟，撩起来的人是你。"

楼觐的话很直接，直接到让江雨舟觉得无地自容。

刚刚她就不该动情去亲吻他……

"改天吧。"江雨舟讪笑，然后掀开被子躲了进去，动作迅速，丝毫不容楼觐阻止。

楼觐见这一套动作"行云流水"，有些滑稽，刚才心底被激起来的怒意此刻也消散了，但脸上仍写着不快。

不能就这么放过她。否则还会有下一次，他在这个家还怎么立威？

"不行。"楼觐斩钉截铁地扔给她两个字。

江雨舟把被子一蒙，开启装死模式。

楼觐也干脆掀开被子躺了进去，一下子将江雨舟从床的一侧拽到了他这边。

"江雨舟，你要负责。"

江雨舟本身脸皮就很薄，此时脸红了个透。

她想起了奶奶跟她说的话，因此留了一个心眼。她生理期推迟了，担心怀孕，所以不能做这种事。

"就当我是个'负心汉'吧。对不起。"江雨舟恨不得整个人蜷缩起来，巴不得楼觐看不到她的脸。

"说清楚，否则不会让你睡。"楼觐一把拽开她蒙着脸的被子，她一双无辜的眼睛直勾勾地对视上了他的双眸。

"我大姨妈来了。"江雨舟随便找了一个理由搪塞，心底还觉得这个理由挺正当的，暗自沾沾自喜。

"你早上刚刚跟我说过，你姨妈推迟了。"楼觐一句话打破了她的幻想。

她皱眉："反正我今天就是想好好睡觉。"

"开始耍无赖了？"她的这点小伎俩怎么会逃得过楼觐的眼睛。

虽然楼觐不知道江雨舟为什么不愿意，但直觉告诉他，江雨舟今天不对劲儿。

"嗯。我要睡了。晚安。"江雨舟转过身去，开始假寐。

其实她心里挺过意不去的，刚才主动的是她，现在临阵脱逃的也是她。

在她转过身去之后，身后的男人没有再说话，更没有再强迫她，而是起身去了洗手间。

当听到洗手间内传来淋浴的哗哗声后，江雨舟才松了一口气，沉沉睡去。

今天是江雨舟去顾之游那边复诊的日子，她跟剧院请了假，早早起来简单化了妆，收拾好病例，准备去医院。

刚准备出门，迎面遇上了晨跑回来的楼觐。

自从那晚她拒绝了楼觐之后，这个家伙火气就蛮重的，一副不想跟她多说话的样子。

"去哪儿？"

"复诊。"她老老实实回答。

毕竟是要去见顾之游，她要是再撒谎，再被楼觐抓包，那她在楼觐这边的信任值是真的降至零了。

"不用去了。"楼觐一边拿过毛巾擦汗，一边脱掉了被汗水浸湿的上衣。

今天吕妈告假，家里除了江雨舟和他之外没旁人，楼觐也随意了一些。

"嗯？"

"我帮你预约了我朋友的号，一会儿我送你过去。以后，你就在他那边看。"楼觐的话没有半点商量的意思，是已经替江雨舟做了决定。

江雨舟皱眉，放下手中的包和病例。

面对楼觐这么强势的行为，江雨舟有些不快。

"为什么不跟我商量一下？也不提前说一声？"

"我朋友是国内耳鼻喉科的专家，不会比那位顾医生差。我不希望你跟顾之游再接触。提前说，你会同意？"

楼靓还是一如既往的霸道。

"可是你好歹征求一下我的意见吧？"江雨舟低声说着，她其实很没有底气。

哪怕她跟楼靓之间的关系更上一层楼了，她在楼靓面前仍还是需要小心翼翼，肆意发脾气是不可能的。

"我不允许我的太太去见一个对她别有用心的男人，还需要征求我太太的意见？"

楼靓反问，拿着毛巾和脏衣服上了楼："楼下等着。"

看着他的背影，江雨舟心里气呼呼的，她很想反抗，但是楼靓刚才说的话又将她想要反抗的想法压制了下去。

毕竟上次在杭城，是她有错在先。

半小时后，楼靓下来，简单吃了早餐，就送江雨舟去他朋友的医院。

这是一家私立的耳鼻喉科医院，江雨舟之前在网上看到过，这家医院的专业技术的确很好，但看诊也的确贵。所以之前并不在江雨舟的考虑范围之内。

她在等待医生号子的时候偷偷发了一条消息给顾之游："顾医生，不好意思，我今天不能来看诊了，详细情况之后再跟您解释。麻烦您了。"

江雨舟觉得不能就这么不明不白不理睬顾之游了，起码得找个合适的机会解释清楚。

"你是在给顾之游发消息？"

江雨舟被这句话吓了一跳，心想这家伙是什么眼神？

她乖乖坐在诊室外面的公共椅子上，闷着声音说道："总要跟人家说一下吧？无缘无故不去了，也不好意思的。"

"你挂号是花了钱的。他一天看诊这么多病人，其中有几个不去，他会在意？"楼甄反问，"还是你比较特别？"

"楼先生吃醋没必要吃成这样吧？"江雨舟酸溜溜地说，"那楼先生之前还跟曾淇渝一起去打高尔夫呢。虽然是工作原因，但还不是一起去了？我要是小肚鸡肠，完全可以不让你去。"

楼甄想了想，江雨舟好像从来没有在他面前因为吃醋做出过什么出格的事情。

"说实话，我很期待。"楼甄压了压眉。

就在医生叫到江雨舟的名字时，她的手机忽然响了。

她一边起身一边拿起手机看了一眼，心头剧烈抽动了一下。

王院长！

她隐隐害怕，连忙挂断。

楼甄陪着她一起进诊室，看到她挂断电话的举动，问了一句："顾之游？"

江雨舟因为这个电话心里有些烦乱，忍不住怼了楼甄一句："顾之游顾之游，你满脑子都是顾之游。"

第十一章　如果能换种方式认识就好了

"楼先生还想跟我生孩子吗？我还以为你以后会跟我分开。"

诊室内，楼觐同朋友打了个招呼，江雨舟木讷地按照医生说的流程，将病情都告诉了医生，但此时她的心思全然不在这里。

因为她知道，这个王院长一出现，就不会有什么好事情发生。

她是真的怕了。

"雨舟？"楼觐的声音在耳边响起。他难得这么叫她，这一次是在外人面前。

"嗯？"她恍然惊醒，抬起头，一双迷茫的眼睛对上了楼觐。

"宋医生在问你。"

江雨舟这才惊醒，原来刚才医生在同她说话。她全然不知，还沉浸在惊慌失措的世界当中。

宋医生笑了笑："麻烦楼太太把之前的病例给我看一下。"

"好。"江雨舟从包里拿出了之前的病例，她心细，都叠放得很整齐。

宋医生看了几眼之后，忍不住笑道："你的嗓子是在顾之游那边看的？"

"嗯。"江雨舟感觉到身旁男人的气场瞬间冷了几度。

这个男人的醋意真的好浓，占有欲真的好强。

哪怕是别人提一句"顾之游"，他都不乐意。

"顾之游是我博士师弟，他天赋不错，医术也很高。他家世代为医，底子很不错的。怎么不在他那边继续看，转到我这边来了？"这句话宋医生是问的楼觐。

男人之间的心思，只有男人能分秒看穿。

对方话语里的戏谑味道让楼觐沉了脸："让你好好看病，不是让你八卦的。"

这位宋医生跟楼觐的关系也着实不错，两个人之间开玩笑也无所谓。

宋医生从楼觐的话语里得到了肯定答案，大致猜到了为什么江雨舟会换医生。

"哎，可惜啊。我在某些人眼里不如顾之游长得帅，不足以对他造成危机呗。"

宋医生也是爱开玩笑，此时江雨舟的手机又响了，她根本不敢看，下意识就挂断了。

这个举动很快很迫切，江雨舟的表情管理不够得当，一下子就被看出来了。

"楼太太不需要先去接电话吗？我这边没事，我可以先看看你的病例。"

江雨舟摇头："没事。"

"先去接电话吧。"楼觐意识到事情的不对劲。

江雨舟见楼觐都这么说了，担心他会心生疑窦，点了点头起身，走出诊室。

她走到走廊的尽头，拨了回去。

那边王院长是秒接。

"江雨舟,怎么,成角儿了就不想理我了?连我的电话都不接了?你也不想想,是谁把你捧了起来,是谁把你送到了上城?"

江雨舟浑身起了一层鸡皮疙瘩,王院长和徽城剧院对她来说是一场难以启齿的噩梦,旁人无法体会这种痛苦。

"有什么事吗?"

"我这边要送女儿去国外读书,我算了一下,差不多要三百万。你赶紧给我打过来,我女儿九月份就要去了。再给你半个月的时间。"上次打来电话说女儿读书要两百万,她没理他,结果这次他狮子大开口,两百万变成三百万了。

"我已经给过你三百万了!"江雨舟从未见过这么贪心的人,"况且,你女儿去留学,你跟我要钱做什么?你全家还需要我养吗?"

江雨舟脑海里只有一个词:贪心不足蛇吞象。

王院长的声音恶心又猥琐,他干笑了两声:"我们全家可不就是靠你养?当初我收留你这棵摇钱树在我们剧院,就是想着有朝一日能够让你帮我摇钱啊。"

江雨舟真的被恶心得有些反胃。

"我没有钱。"

"你怕是忘记了你跟楼觐上床的视频还在我手里吧?"那边的笑声更加猥琐了。

江雨舟一想到此就觉得很想吐,让她恶心的不仅仅是王院长的这个行为,她还能够想到,王院长可能看了无数遍他们的视频。

一想到这个,她就觉得龌龊至极。

"你再拿这个威胁我,我就报警。"江雨舟咬咬牙。

"只要你前脚报警,我后脚就发到微博上去,我之前就说了。听说你在上城剧院唱的《孟丽君》红了,你可别忘了是谁栽培你的。再说了,你越红，网上的人对你不是越好奇吗？"

王院长的话让江雨舟气得牙痒痒。

"三百万，一分都不能少。"

说完，那边挂断了电话。

从医院出来，江雨舟麻木地坐进了车子的副驾驶座。

楼觐坐进车内后并没有先发动车子，而是看向江雨舟，问她："你怎么了？"

江雨舟如梦初醒，恍惚地看着楼觐，摇摇头："就是身体有点不舒服，可能是着凉了。"

"不用骗我。从刚才那个电话开始你就魂不守舍。是谁？"后面两个字，楼觐的口气明显要变得严肃冷峻得多。

江雨舟是惧怕楼觐这样的口气的，一听，心头颤了几下。

她的眼眶微微有些湿了，哽着嗓子对楼觐说道："这件事情，你也有知情权。"

江雨舟本来没有想好要不要告诉楼觐，但楼觐也是当事人，她没有权利不让他知晓这件事。而最主要的，她自己无法解决这件事了，她需要楼觐，迫切地需要他。

车内的温度很低，让穿着无袖连衣裙的江雨舟身上起了一层鸡皮疙瘩。

她因为害怕，嘴唇也在微微发抖。

见状，楼觐很细心地调高了车内的温度，让江雨舟不那么难受。

此时狭小的车内，只能听得见两人的呼吸声。

楼觐在等江雨舟心情平复。

她伸手抓了一把头发，痛苦地抱着头。

她害怕，很害怕。

楼觐忽然伸手捏住了她纤细的手腕，不让她再抱着头。

"说说看。"

她抬头，长叹一口气："是关于我们第一晚的事。"

江雨舟真的很不想提起那龌龊的一晚。平日里稍微提一下自嘲一下可以，开个玩笑也没问题，她也已经能够做到淡定了。

但是，今天要解开的，是那个赤裸裸的伤疤。她要将自己参与的最丑恶的事情，原封不动地摆到他面前。

而且，她还要求助，还需要他帮忙解决问题。

"嗯。"楼觐并不意外。在他的理解范畴之内，也只有这件事能够让江雨舟如此惶恐。

她一直很在意。

"王院长，也就是徽城剧院的院长要三百万。他手里有我们第一晚的视频。"江雨舟说出这句话的时候，真的觉得自己很恶心。

她从未厌恶自己厌恶到这种程度。

她伸手捂住嘴巴，转头看向窗外。

江雨舟很想大口喘息，呼吸一下外面的新鲜空气，但现在她连按下车窗的力气都没有。

眼泪夺眶而出，她不敢去看身侧驾驶座上的楼觐。

楼觐沉默了三秒："上次的三百万，也是受他威胁？"

江雨舟一顿，回头，满眼通红："你什么时候知道的？"

"刚刚。"

江雨舟咬了咬牙："我没想到他会这么贪心，我以为他拿了三百万会收手。"

"如果当时你告诉我，就不会有现在的事。"楼觐的口气带着一丝责备，但是就像是家长对小孩子的责备。他是在教育她，教她如何解决问题。

江雨舟这些年一直都扑在戏上，心思在楼觐所认识的人当中算是单纯的。

她不知道该怎么对付这种无赖。

"对不起，当时我怕你还是觉得我跟他是一伙的。虽然……一开始我就是他送到你床上的，我……"

江雨舟说话语无伦次，她太紧张了。

楼觐伸手捏住她的手，强迫她冷静。

"我也有责任。我不该不信任你。"

"不，在那样的情况下你不可能信任我。"江雨舟苦笑，眼泪还挂在眼角，"一个女人，莫名其妙地出现在你的床上，还怀孕了，要嫁给你。换作任何一个男人都不会相信这个女人是没有目的的。"

"现在不是说这些的时候。"楼觐陷入沉思，"他手里有视频，且肯定会留有备份，随时会发送到网上。"

"那怎么办？"

"只有报警。"

"可是他说了，如果报警他会马上把视频发出去！"江雨舟一想到这种后果就无法忍受。

楼觐思量了片刻："或者，给钱，让他把原片和备份全部一次性给我们。销毁。"

"这个办法行得通吗？"

"不确定。"

江雨舟愧对楼觐，上次的三百万加上这次的三百万，让他破费了整整六百万。

而这一切都是因为她。

楼觐思忖之后,还是决定用钱解决。

他拿出手机拨了王院长的电话。

王院长接得很快,笑意谄媚:"这不是楼先生吗?怎么想起来给我打电话了?"

"三百万,面交。你要把原视频和备份全部当面销毁。"楼觐办事干脆利落,直入主题。

对这样的人,楼觐一个字都不想多说。

王院长好半晌才反应过来,低声咒骂了一句:"这小妮子……"

他也是没想到江雨舟真有这个胆量同楼觐说。

"楼先生,这都惊动到您了,是真的不好意思。但是,如果要原视频和备份的话,那就不止三百万了,起码再翻一倍……"

王院长的吃相过于难看,楼觐开了手机免提,江雨舟也听得清楚。

她气得忍不住骂出声:"厚颜无耻。"

王院长丝毫不在意江雨舟怎么说他,他眼里只有钱。

"既然消息直接带到楼先生这边了,那我也把时间缩短一下。明天,明天我要收到六百万。楼先生,对于您这样的大人物来说,六百万只是九牛一毛吧?"

"你吃相太难看了。"楼觐的口气也已经很难听了,江雨舟感觉到他的愤怒已经到达了临界点。

王院长这是不断往雷池踏。

"我是不要脸。但是楼先生您和江雨舟在床上的样子,也不好看啊。这被网友们看到了,那岂不是出门都不敢出了?到了您这个阶层啊,面子肯定是比钱要重要得多,对不对?"

"明天晚上六点,徽城剧院门口见。"楼觐直接说出时间地点,"把备份全部带上,如果被我发现还有别的备份。我会让你一辈子无法立足。"

楼觐的话带着很浓的威胁味道,江雨舟从未见过这样的楼觐,他在商场上的手段她是有所耳闻的。想必一旦真的惹到他,下场也会很惨。

"一言为定。"那边很满意。

挂断电话之后,车内沉寂了很久。

最终是楼觐先开口:"明天我自己去,你乖乖待在家里。"

江雨舟拒绝:"不行,我肯定要跟你一起去。这是我们两个人的事,不能让你一个人面对。已经让你花了这么多钱了,我很不好意思。"

"钱是小事,我担心的是他阳奉阴违。"楼觐的担心不无道理,像王院长这样的人,什么龌龊的事情是他做不出来的?

江雨舟此时唯一能够做的,就是祈祷明天一切顺利,其余的,她什么都做不了。

第二天中午,江雨舟推掉了晚上的演出,而楼觐那边也推掉了所有工作,两人一同上了高速出发前往徽城。

原本江雨舟是一上车就会犯困的体质,但现在她是无论如何都睡不着的。

一上车,她就开始变着法子逗楼觐开心。

"楼先生你知道吗,我刚刚学戏的时候,每天早上要被妈妈抓起来吊嗓子……为了逃避,我甚至做过在前一天晚上拿冷水浇自己的事情,我还教跟我一起学戏的朋友一起。没想到第二天,她发烧了我却一点事情都没有。后来朋友的爸妈知道了这件事,来我家把我妈骂了一顿。"

江雨舟不是一个话多的人,但此时为了逗楼觐是耗费了所有的力气。

而楼觐偏偏也是一个清冷的人,平时就不爱笑,此时心思沉重,更是不为所动。

"不好笑吗?"江雨舟小心翼翼地问。

看到江雨舟失望的样子,原本沉闷的楼觐有些不忍,开口:"以后孩子要是随你,我得防着点。"

听到这句话,江雨舟心里头很暖,她含笑道:"楼先生还想跟我生孩子吗?我还以为你以后会跟我分开。"

后半句话一半玩笑一半真话。

在江雨舟的心中,楼觐还是一个会随时抛弃她的人。不是因为他不可靠,而是她觉得自己配不上楼觐。

"如果我不想要你,还在这里跟你浪费时间做什么?"楼觐的口气还是很霸道。

江雨舟却觉得心中甜蜜。

这个家伙真的好傲娇。

"你不用想方设法逗我笑。我没事,你眯一会儿吧,徽城远。"楼觐关心着江雨舟,"如果渴了,后座有矿泉水,饿了有芝士蛋糕。"

江雨舟没想到楼觐竟然这么贴心,会给她准备这些。他看上去是一个绝对不会对这种事情这么上心的人。

"都是你准备的吗?"

不知道的还以为他俩去郊游。

"不是,助理准备的。"楼觐又傲娇了一把。

江雨舟眼睛毒得很,一眼就看到了楼觐的耳垂像充血一样红。傲娇的楼先生难道想做好事不留名吗?

"啧啧,好吧。那我待会儿饿了,就去吃助理准备的蛋糕,渴了就去喝助理准备的水。吃饱喝足之后呢,再在心底感谢你的好助理。"

江雨舟的激将法非常管用,楼觐一听之后立刻阴沉了脸。

"你再说一遍。"

"当我什么都没说。"江雨舟吐了吐舌头。

两个多小时后，车子抵达一个服务区。

楼觐将有些昏昏沉沉的江雨舟唤醒，让她下车活动一下筋骨。

江雨舟迷迷糊糊地醒来，还以为是到了徽城。

她下车，想到离徽城越来越近了，忽然感慨万千。

徽城是她的家乡，但对于她来说，是一个并不想回去的地方。

原本是打算再也不回去了，没想到这一次回去，竟然是去"擦屁股"。

她喝了几口水之后，去了洗手间。

上完洗手间，她准备去补妆，忽然听到了正在镜子前补妆的两个女人的对话。

"哎，你看到网上那个劲爆的热搜了吗？"

"什么热搜爆了？这年头能够爆的热搜可不多啊。"

两个女人的对话里面满是八卦的味道。

江雨舟也免不了好奇，走到了她们身边一边补妆一边听她们说话。

"内容是限制级的。那个楼氏集团总裁你晓得吗？"

"楼氏？我晓得的呀，是上城那个巨有钱的楼氏嘛。"

江雨舟忽然有一种不好的预感，但她还不敢往最坏的地方想，她甚至不敢拿出手机查看一下。

她按捺住心底的慌乱，听到那个女人继续说道："爆出来的，是楼氏集团总裁和他太太上床的视频。网上说了，他的太太是个戏子，为了名利和钱爬上他的床，拍了这段视频威胁他。不知道怎么回事这段视频流出来了，刚刚服务器都爆了。现在网上已经撤掉视频了，但是已经超多人保存了，还有女主正面的截图照！"

江雨舟原本正在涂口红，闻言手中的口红忽然一歪，整根断了。

她丝毫没有注意到口红，而是震惊于女人的话。

江雨舟甚至来不及多想，扔下口红就直接跑出了洗手间。

身旁的那两个女人看到江雨舟这副样子，都愣了一下。

"这个女人怎么这么奇怪啊？口红都不要啦？TF呢。"

"是啊。难不成她认识刚才我们说的那位楼太太？"

……

江雨舟跑到车子旁时，看到楼觐站在车前，他双腿修长，一眼望过去就能够直接找到他。他正在打电话，神色凝重。

江雨舟意识到，可能楼觐已经知道了。

她不敢靠近楼觐，等到楼觐打完电话之后，才敢走过去。

楼觐看到江雨舟，阔步走近她。

他看到她赤红的眸子，就猜到了几分。

"知道了？"

"嗯。"江雨舟的嗓子都哑了，泣不成声，"怎么会……不是说好今晚六点给他钱的吗？我们也按照他说的要求给他六百万了，他还想怎么样？为什么非要发到网上去？发到网上他不是一分钱都拿不到了吗？"

江雨舟真的不懂，王院长这样，难道不是杀鸡取卵吗？

楼觐要比江雨舟冷静很多。

"因为有人给了他更多钱。"

江雨舟皱眉："能是谁啊？这个世界上有谁要我们两个人身败名裂吗？"

江雨舟心思单纯，她唯一能够想到的就是楼觐生意上的对手。

可是，如果真的是生意上的对手，又怎么会知道这个视频？

一切都说不通。

"你别担心。"楼觐额上的青筋凸起,"我已经请了公关团队,营销号那边会逐渐发正面消息。你不用去看,这些我处理。"

江雨舟仍是惧怕:"这件事情对你会不会有很大的影响?"

于她,不过是丢了脸面。但是对于楼觐,正如王院长所说,他们这个阶层的人看脸面比看钱更重。

江雨舟害怕对楼觐的形象和生意造成不良影响。

"这不是你应该操心的。我担心的是你。"

江雨舟红着眼眶摇头:"是我让你引火烧身了。这件事情真的从一开始就是错的。我真的日日夜夜在后悔,如果没有这件事,也不会有后续这些乱七八糟的事情。"

楼觐比江雨舟要淡定得多,他扯了扯嘴角:"看来你是后悔做楼太太了。"

"我不是这个意思。"江雨舟百口莫辩,她垂首,"我就是在想,如果能换种方式认识就好了。"

"谁也不能改变彼此是怎么遇见的。我觉得现在这样挺好。"楼觐的心态倒是比江雨舟平和得多。

江雨舟也没再跟楼觐纠结这个问题,而是在想这件事情应该怎么办:"现在网上很多人都已经保存视频了,截图也有。哪怕是请了公关,也不可能从网友手里将所有的视频都销毁。"

"我会让公关团队发声,如果视频经个人的手传播开去,那我不惜一切代价追究其法律责任。可能会有人铤而走险,但是我的律师团队也不是吃素的。"

楼觐的话很强势,让江雨舟安心了很多。

她颔首:"那我们现在赶快回上城吧,如果公关公司那边有什么情况可以第一时间处理。"

"不，去徽城。"

"啊？"江雨舟没想到楼觐竟然还要去徽城，"本来是去见王院长的，现在还去做什么？"

"上城那边我花了一千万给公关公司，如果这点事情都处理不好，他们的名声也别要了。但是，你甘心咽下这口气？况且，应该让他付出点代价。"

车子驶到徽城剧院的时候已是傍晚。

徽城是南方小城，有着典型的温柔江南风景。

这个季节的徽城温柔得恰到好处，他们下车时，远处天际的落霞如火，烧红了半边天，绵延处，像是一碗粉红色的冰沙，天空的颜色晕染恰到好处，仿佛是出自一位名门画家之手。

江雨舟从离开这座城市开始就没想过自己还会回来，没想到今天还是回来了。

徽城剧院位于市中心，是一家百年剧院。

这样美好的一个地方，却孕育出了这么多奸邪、令人恶心的东西。

楼觐下车，拉着江雨舟的手进了剧院。

剧院里的工作人员还没下班，正在彩排明天晚上要演出的戏剧。

"哟，这不是江老板嘛。"一个穿着戏服但没有上妆的女演员停下了，看到江雨舟，忍不住开口调侃她。

戏曲圈喜欢称呼成角儿了的演员为老板，但这句"江老板"里面，讽刺的味道很重。

江雨舟看着台上这一张张熟悉的面孔，脑中就像是走马观花一样，浮光掠影。

少时在这个剧院里面的点点滴滴一下子涌到脑海中，有痛苦也有温暖,让江雨舟的脑细胞仿佛在一瞬间打了群架。

她紧紧捏着楼觐的手。

于她而言,身旁这个男人就是救她逃离苦海的救命稻草。

如果不是他,她仍在这里,仍在刀山火海。

说话的女演员叫顾意意,是徽城剧院的名角,也是苏皖一带的名伶。她比江雨舟大两岁,很有天赋,前些年一直都是靠着背后的金主一点点往上爬的,算是被人捧红的。但是去年金主抛弃了她,莫名其妙就结婚了。

因为这个,顾意意被圈子里不少人耻笑。

原以为她真遇到了一个有钱又喜欢她的公子哥儿愿意捧她一辈子,谁曾想,这个男人和古往今来所有的男人一样,只不过玩弄戏子,等到玩腻了就丢弃了。

顾意意在被抛弃之后就想再找一个金主,毕竟她这几年的胃口被喂得很肥,花钱也大手大脚。如果找不到金主,光是靠着唱戏这点钱是根本养活不了自己的。

之前便是安排她去接待楼觐。

只是后来王院长临时安排了江雨舟代替了她的位置。因此她对江雨舟怀恨在心。

"你们院长人呢?"楼觐开口。

顾意意这才认出了他。

但他终究已经是江雨舟的人了,顾意意冷哼一声:"院长怎么会在这儿,你们要是找院长就找错地方了。"

江雨舟听着心底烦乱,很想这个时候拉着楼觐离开这里。

楼觐开口:"是你们叫他过来,还是我叫警察过来?"

顾意意将手中的扇子放下,和剧院里其他演员一起走到楼觐和江雨舟面前。

她挑眉，上上下下打量了一番江雨舟："之前在剧院的时候就看你身段不错，所以院长才会把你送到楼觐床上。没想到今天看了网上的视频，你脱光衣服的样子，身材更好啊。大家都看到了，你们说是不是？"

身后一群人开始窃笑。

江雨舟原本在剧院就大气不敢喘一口，她之前一切吃喝都在剧院，离开了剧院她怕自己流浪街头，这样的习惯一直养成到现在，让她的性格变得有些唯唯诺诺。

"嘴巴如果再不放干净一点，你会后悔的。"楼觐从没见过这么嚣张的女人，他更加确信今天没有来错。

如果不来，江雨舟的心病就一直在这里。

既然要解决徽城剧院的事情，那就把这边的事情和人都解决干净。

"楼先生要把我怎么样？现在是法治社会，况且，现在网上一大群人都看过了。怎么，你家大业大没错，但还能让所有人都闭上嘴吗？"顾意意笑道。

"就是，江雨舟本来就是个贱坯，当初如果不是我们院长收留她，她可能饿死在街头了。院长养她就是要把她往权贵床上送的，她还真把自己当成个能成角儿的了。"身后一个女人也忍不住帮腔。

江雨舟的脸色唰地变得惨白。

她是真的没想到，王院长当初收留她，竟然是为了这个龌龊目的。

人心可以龌龊到这种地步！

楼觐捏着她的手也忽然紧缩。

他生在巨贾之家，见惯的是家中争权夺势，见惯的是商场上的波诡云谲，但是从来不知道，人世间的丑恶竟然分这么多种。

他原本就冷峻的眉宇之间蕴藏了深深的怒意。

顾意意正在兴头上，巴不得抓住江雨舟的这点话柄广而告之，而恰好楼觊在这里,她更是将话题扯到了楼觊身上。

"楼先生你怕是不知道吧?当初王院长安排送给你的女人是我。只是后来江雨舟主动提出她去,这才把我挤掉了。她当时就跟我说,她比我漂亮,你应该会喜欢她这种清纯类型。我不答应啊,她就去求了很久的院长,院长这才换上她。这件事情我们剧院的人都一清二楚,大家说是不是?"

"是啊,当初江雨舟就是想找个有钱人嫁了,离开我们剧院。"

"没错,江雨舟之前就说这个行当终究不是一辈子的饭碗,还是要趁年轻找个有钱人嫁了。"

……

江雨舟此时精神脆弱,听到这些话胸口有些发闷。

她抬头看向楼觊,她不知道楼觊会不会相信他们说的话,毕竟,她的确是爬到了他的床上。

这件事是事实,江雨舟没办法抹掉。

"江雨舟现在是我的太太,我一直相信日久见人心。她是什么样的人我最清楚,况且,哪怕她真的是居心叵测爬上我的床,我们也是一个愿打一个愿挨。关你们旁人什么事?"

江雨舟就知道楼觊是肯定会为她说话的。

正如楼觊所说的,日久见人心,她与楼觊的相处是旁人看不到的,楼觊是什么样的人,也是她最清楚。

她瞬间心安了不少。

顾意意撇了撇嘴:"不管你怎么说,反正现在全网都知道江雨舟是个下贱的女人了。怎么,还想既当婊子又立牌坊不成?"

顾意意的话越来越难听,楼觊松开了江雨舟的手。

"我去打个电话。"

江雨舟轻轻点了点头，在楼觊走远了一些后，她低声对顾意意开口："意意，我一直觉得我跟你是朋友，哪怕之前我们争过很多次角色，但这些都是工作，你有必要咄咄逼人侮辱我的人格吗？"

江雨舟仍是忍让着，她不想在这里像个泼妇一样。

顾意意却不吃江雨舟这一套，她双臂抱胸，冷哼一声："你可别这么说，你不是一直都瞧不起我被人养着吗？怎么，自己现在过上这样的生活了，就反过来嘲讽我了？你和我有什么区别？"

江雨舟虽然是个好脾气，但也无法忍受别人一而再再而三地侮辱她的人格。

她闭了闭眼，原本还算平和的脸上，愠色满满。

"顾意意，当初那个富二代是玩你，而现在楼觊是娶了我。那个富二代有了可以门当户对结婚的女人，他宁愿你被千夫所指被所有人嘲笑妄图攀高枝无果，也没有回头看你一眼。我如果没有记错的话，你当时还在他结婚之前去他家求他，结果被他赶出了家门吧？"

顾意意有些挂不住脸，她伸手捋了一下鬓角的头发，以此来掩饰自己的尴尬。

"而我的先生楼觊呢？哪怕你们只是说了我几句不是，他都会站出来为我说话，甚至不惜说自己一个愿打一个愿挨。终究是不同的男人，不同的做法。你那位，恐怕现在连你叫什么名字都快忘记了。做我们这个行当的，自古以来就被人看不起，但我一直觉得职业不分贵贱。不过你以唱戏的身份去攀龙附凤，如果日后有机会在路上遇见了，他可能只会啐你一句戏子。"

江雨舟的话也说得十分难听。

虽然难听，但是这一行，又有多少人逃脱得了这样的下场？

尤其是像顾意意这样的，有姿色，有野心的。

"江雨舟！"顾意意被激怒了。她忽然挥手，一个巴掌甩在了江雨舟的脸上。

江雨舟瘦弱，顾意意一个巴掌下来差点将她扇倒在地。幸好旁边有椅子，她扶住了椅子。

"你信不信我撕烂你的嘴！"顾意意俨然一副泼妇的样子，她是被江雨舟戳中了痛点。

江雨舟的话，让她颜面无存，还是在剧院里这么多同事面前。

顾意意不顾一切冲向江雨舟，一副要将江雨舟撕碎的架势，然而在她还没靠近江雨舟时，忽然被一股力量往后一推，整个人倒在了地上。

剧院已经有两天没打扫了，地上灰尘很多，她倒地时激起了一片浮尘。

楼觐站定在顾意意面前，他习惯性地伸手扯了扯领带，俯视着顾意意："我不打女人，但我有的是办法让你哭。跟我太太道歉。"

楼觐这是在威胁顾意意。

顾意意听了浑身发抖，指着江雨舟喊道："跟她道歉？凭什么让我跟她道歉？她自己做的龌龊事自己还不承认吗？"

楼觐没有再跟她争执，而是走到江雨舟身旁，沉着嗓子开口："走吧，这里会有人来处理。"

"嗯？"江雨舟没有听懂楼觐这句话里的意思。

随后，楼觐拿出一张银行卡，放到一张椅子上，对这一群人说道："这里面有足够的资金，让你们重新装修这个剧院。"

所有人都一头雾水，没有人听明白楼觐话里的意思。

江雨舟在迷迷糊糊中被楼觐带出了剧院。

晚霞已经落下，黑夜笼罩了整座城市。

楼觐看了一眼四周,然后开车带江雨舟去了徽城万豪酒店。

楼觐叫了晚餐送到房间,是江雨舟喜欢吃的淮扬菜。

餐桌被推到了落地窗前。

窗外夜景辉煌,江雨舟觉得整个人放松了一些,但仍是没有什么胃口。

"不管怎样,饭总要吃。"楼觐夹了一个狮子头到江雨舟碗里,一副要看着她吃下去才罢休的架势。

江雨舟轻轻叹了一口气:"发生这种事情,我怎么吃得下饭。"

"身体会饿坏。如果饿坏了,我就不要你了。"

江雨舟看着楼觐正吃得香,虽然知道他是在开玩笑,还是忍不住怼了他一句:"你这个渣男。"

"所以多吃点,别给我这个机会。"楼觐扯了扯嘴角。

这时,楼觐的手机响了。

江雨舟一边吃饭一边听他对话。

一会儿,楼觐回复了一句:"知道了。"

挂断电话。

江雨舟好奇地问:"什么事?还有,你刚才为什么放了银行卡给他们?"

她是不明白,他为什么要扔钱给这群人。

给一群坏心肠的人。

"因为我让人砸了他们剧院。"楼觐说出这句话的时候,脸不红心不跳,面不改色。

好像是做了什么正义凛然的事情一样。

"啊?"江雨舟蒙了,"你让人砸了剧院?那他们还不得报警?"

所以,他才会说什么重新装修的话。

"他们不敢报警。即便他们想报警,他们的院长王启迪会允许他们报警？他收了钱在网上散播这种消息，怕的就是警察找到他。况且，我只是让人找到了跟王启迪有仇的人，花了钱让他们去砸场子而已。哪怕警察找上去，跟我也没关系，只是他们之间的纠纷。"楼靓并不在意，在他看来，这是在为江雨舟出气。

"那王院长那边，你打算怎么办？"

"明天就会有警察找到他，带他去警局。侵犯他人隐私，在网络上肆意传播不良视频，敲诈勒索他人，数罪并罚，他不会有好下场。"楼靓条理清晰，短短几个小时已经做好了一切安排。

这个男人真的能让她安心。

他总是能够将事情安排得妥妥帖帖，还会照顾到她的情绪。

"嗯。"江雨舟会心地笑了笑，"只是不知道是谁给了他这么多钱，让他冒风险做这种事。他也不是傻子，知道这样做的后果。"

楼靓沉默几秒，又给江雨舟夹了菜："这个你不用管。"

楼靓的强势让江雨舟也无可奈何，她不敢再继续追问下去。至于其他，楼靓根本不让她去看网上的消息，担心她的心情会受影响。

第十二章 你离不开我

"我帮不了你什么。大不了以后我唱戏赚钱,助你东山再起。"

第二天在徽城警局处理完王院长的事情之后,江雨舟同楼靓一道回到上城。

舟车劳顿之下,江雨舟一回到家就吐了,她没有告诉楼靓这件事,楼靓也因为视频的事情去了一趟公关公司。

视频在网络上的影响比江雨舟想象中要大得多,一时间认识她的人纷纷给她打来电话,问她是不是真的。

这里面有多少真心多少落井下石的假意,江雨舟心底也明白。

后来她干脆关了手机,安心在家里练戏。

剧院那边原本想停了江雨舟的戏,但江雨舟坚持,那边便没再反对,允许她继续登台。

傍晚,江雨舟正在家里做菜等楼靓。

这几天吕妈身体不舒服告假,也恰好给了江雨舟下厨的机会。

她穿着围裙,刚刚准备做豆角焖排骨的时候,门忽然被打开了。

她以为是楼靓回来了,便关掉了火,准备先迎一下楼靓再回厨房。

"你回来了?今天我准备做你喜欢吃的蟹黄豆腐和豆角焖排骨。"

江雨舟笑着从厨房出来，手中还拿着一杯温热的白开水。

然而，来人并不是楼觐。

而是付曼文。

付曼文来势汹汹，看到江雨舟的时候直接将包扔到沙发上，没有半点贵太太的端庄样子。

"江雨舟，网上是怎么回事？你当初千方百计爬到我儿子的床上也就算了，你让我儿子被所有人嘲笑娶了你这么个戏子也就算了，现在呢，所有人都知道你为了嫁给我儿子拍这种桃色视频！你让我们楼家的脸往哪里放？阿觐的父亲心脏本来就不好，已经气得住院了！"

虽然惊诧于付曼文的到来，但是静下心来之后她也觉得是情理之中的事情。

事情闹得这么大，付曼文又怎么可能不知道？

"妈，视频是被偷拍的。我不想解释一些跟您解释不通的事情。"江雨舟有了楼觐做后盾之后，底气也足了很多。因为她知道楼觐不会在这个时候抛弃她，她也就挺直了腰杆。

而且她也知道，无论跟付曼文怎么解释，付曼文也始终对她有着不好的刻板印象。

既然改变不了，她也不想多费口舌。

付曼文走到沙发前坐下，听到了江雨舟的话后还以为是自己听力出了问题。

她的面容保养得当，一看便是养尊处优的。但她言语里的恶毒，让江雨舟怎么都无法将她和楼觐这样好的人联系到一起。

"你这是什么态度？你就用这种口气跟我说话？你知道这个视频给我们楼家造成什么后果了吗？"

江雨舟知道后果严重，但她隐隐约约从付曼文的口中听出了一丝不对劲。

"发生什么事了?"

"楼氏的股价因为这件事情大跌,现在公司里一片混乱。原本这段时间因为要投资一个新产业,楼氏资金就有些短缺,现在股价大跌,资金链可能会断。你知道资金链断裂意味着什么吗?你当然不知道,你一个戏子知道什么?"付曼文不惜对江雨舟进行人身攻击,"古时候就有诗词唱了:商女不知亡国恨,隔江犹唱后庭花。我看啊,怕是我们楼家倒台了,你都觉得无所谓。"

江雨舟听到这些话,又想到了楼觐。

她没想到这个视频会给楼觐的生意带来这么大的麻烦。

"妈,现在不是在这里争执的时候。阿觐还在忙里忙外处理视频的事情,您对我有什么不满我们能以后再说吗?"江雨舟不想让楼觐有后顾之忧。

付曼文却不吃这一套,口气仍是冷嘲热讽:"不可以。现在唯一能够挽回局面,将舆论推向我们这边的,只有你跟阿觐离婚。"

江雨舟就知道,付曼文是绝对不会轻易放过她的。

离婚,恐怕是付曼文此次来的目的。

"妈,我是不可能跟楼觐离婚的。楼觐也一样不会扔下我。"江雨舟对楼觐有信心。

如果他真的不要她,也就不会为她出头,更不会容她在身边留到现在。

"这不是你说了算的。楼氏现在资金链出现了问题,曾家能够帮我们。你和阿觐离婚,阿觐娶曾淇渝,才能够解决这场危机。你的脑子是注满水了吗?怎么就听不懂人话?"

付曼文的话越来越难听。

江雨舟听到曾淇渝的名字时,大概知道了,恐怕在付曼文来之前,就已经跟曾淇渝商量好了。

曾淇渝那边出手力挽狂澜，让楼氏起死回生，而这边付曼文步步相逼，让江雨舟为了楼觐心甘情愿放弃。

"妈，你跟曾淇渝棋差一招。"江雨舟扯了扯嘴角，不再唯唯诺诺，而是坚定地说，"你们忽略了楼觐。他是一个绝对不会拿自己婚姻来做交换的人。哪怕没有我，我也相信他有这份骨气。"

江雨舟相信楼觐的为人，虽然这种事情无关人品，但楼觐绝对是个有着铮铮铁骨的男人。

"哼，如果阿觐真的对婚姻很在意，当初又怎么会娶你？"

付曼文这句话让江雨舟内心冲击了一下，时至今日她也并不知道楼觐为什么会娶她。

"他当时宁愿娶我也不娶曾淇渝，就说明了一切。现在，他一样也不会娶她。"

另一边，楼氏集团。

曾淇渝从身后抱住了楼觐，将脸颊贴在他冰冷的西装外套上，她身材修长，又穿着九厘米的细高跟，只比楼觐矮了一点点。

曾淇渝对楼觐的迷恋，是从自己开始知道什么是情爱开始的。

"你知道吗？在我刚刚开始知道什么是男女之爱的时候我就喜欢你了。为了你，我努力变得优秀，我想方设法让自己变得与众不同。我想变得更好看，让你能多看我一眼。我甚至为你放下了我的骄傲。"

曾淇渝的声音在楼觐面前永远温柔。在别人面前，她是一个永远骄傲的公主。

她出身沪上名门，从小到大，她什么人都不放在眼里，也只有在楼觐面前才会表现出女人温柔的一面。

"没有我,你的家庭也会要求你变得优秀,变得美丽。"

楼觐一副"与我无关"的样子,口气清冷倦怠,仿佛不想跟曾淇渝多说半句。

但是楼觐没有推开曾淇渝,任由她痴迷地抱着。

"我们青梅竹马,一起长大。就连卓越都在为我抱不平。童话故事都是骗人的,王子和公主本来就应该在一起,但你为什么偏偏要喜欢一个灰姑娘?不,她连灰姑娘都不如,她是一个戏子!"

曾淇渝的自尊让她这一年的时间里毫无宁日。

楼觐的手中拿着一杯威士忌,他摇晃了一下酒杯,略微眯了眯眼,喝了一口。

威士忌辛辣,入口有些冲,楼觐沉寂了几秒才回答她:"在江雨舟出现之前,我就不喜欢你。"

"为什么?"曾淇渝得到这样的答案,抱着楼觐的手更加用力了一些,"我真的不懂为什么。我和你哪里都配,谈恋爱结婚不就是应该门当户对吗?再说性格上,我们难道不合适吗?"

在曾淇渝的认知中,门当户对一直都是最重要的。因为她的父母,她的兄弟姐妹,都是如此。

她家世代名门,几代人的命运都是这样安排过来的,在她的眼里,这样的婚姻是天作之合,是幸福的。

"我记得小时候,我妈把我带到你家去玩。当时你父亲投资了一个学校,其中一位老教师去你家拜访你父亲,见到你和我在客厅里玩。当时他本着礼貌的态度跟你打招呼,但你还记得你是怎么回答他的吗?"楼觐思及陈年往事,面色阴沉似水。

他将手中的威士忌一饮而尽,酒气冲鼻。

曾淇渝一顿,这样久远的小事,她怎么可能记得?

"当时，你说他吵到你玩游戏了，老教师没有道歉，你说，你只不过是我爸的一条走狗，什么都要听我爸的。"楼觐比曾淇渝大几岁，当时已经记事了。而楼家家教一直都很好，楼父也一直都教育楼觐不能瞧不起人。

"尊师重教是基本的涵养，况且，他年纪比你大这么多，你不称一声伯伯或者老师，已经是不尊敬。"

曾淇渝有些急了："当时我还小！"

"三岁看老。曾淇渝，你是什么样的人我很清楚。"楼觐感受到曾淇渝忽然松开了抱住他的手。

"因为这点小事，你就否定我的一切？你否定我这些年的成就、我的学历、我的阅历，还有我的家境？"曾淇渝认为这很不公平，她何曾受过这样的羞辱。

她走到他面前，再也无法镇定。

楼觐看着眼前满眼骄傲、目空一切的女人，他想，她或许终其一生都无法知道，什么叫积累的失望。

曾淇渝深吸一口气，苦涩地笑了出来，眼底含着泪："行吧，那又怎么样？楼觐，你还是得娶我。"

这句话，曾淇渝说得很自信。

楼觐依旧不说话，走到一旁放下杯子，拿起烟和打火机，点燃了一根烟。

这是在室内，楼觐很少会抽烟，更别说是在女士面前。

在江雨舟面前，他更是连烟都不会拿出来。

"现在楼氏集团岌岌可危，你要靠我，靠曾家注资，才能活过来。否则，楼氏将会毁在你手里。"

曾淇渝眼眶发红，她像是一个孤注一掷的疯子，恨不得将楼觐拽入深渊与她同归于尽。

"拿钱砸我?"楼觐熟练地吞云吐雾。

"不敢,但是你需要我的钱,不是吗?现在只有我可以无条件地往楼氏集团注资。"曾淇渝对这一点很有信心,"现在楼氏集团因为网上的传言变得岌岌可危,王先生那边,只要我吹吹耳边风他可能就不跟你合作了。这个时候如果你失去了他这个大客户,楼氏集团就真的危险了。"

"威胁我?"楼觐反问,手中的烟已经燃了一半。

曾淇渝笑了:"强扭的瓜不甜,但江雨舟当初不也是把你扭下来了吗?为什么我就不行?"

她是背水一战,为了自己。

"你和她终究不一样。"楼觐从眼前的女人眼底看不到半分善意,她所做的一桩桩事情,都让他失望透顶。

"不一样不一样,好,我跟她就是不一样。她不能帮你,但我能!我为了你忙里忙外,为了你各种讨好王先生,为了你不惜跟我爸翻脸也要在这种情况下嫁给你,我……"

"你为了我,偷拍了江雨舟和别的男人的照片发给我妈,还设计买通了王启迪让他把视频卖给了你,然后发布在网上,以此制造楼氏集团的公关危机,你再乘虚而入以帮我的名义嫁给我。曾淇渝,你真是煞费苦心了。"

楼觐将桩桩件件直接扔到曾淇渝的脸上,曾淇渝一愣,她的脸色肉眼可见地涨红了。

"你……你是什么时候知道的?"曾淇渝未曾想事情这么快就败露了,她咬紧牙关,原以为事情至少可以遮掩一阵子。

"你瞒不过我。"楼觐将烟蒂放进烟灰缸里撚灭,烟灰缸烟气袅袅,让整个房间里的烟味更重了。

曾淇渝哑然，扯了扯嘴角："你都知道了，所以呢？楼氏现在这样子，还不是要靠我？"

"不需要。"楼觐扔下一句话，将曾淇渝的最后一招儿化解了，"另外提醒你，可以开始请律师。视频的事情，我会向你追究法律责任。"

曾淇渝听到这句话宛如听到了一个天大的笑话，她想要走近楼觐，但因为双腿有些发软，一下子没站稳，有些跌跌撞撞。

"楼觐，你不能这么对我。你难道不想要王先生这个客户了吗？你知道这是一块多大的肥肉吗？楼氏集团现在需要这笔钱，也需要这个项目来巩固声誉！"

曾淇渝近乎声嘶力竭了。

楼觐走到办公桌前，推开椅子坐下，平静地打开了股票的页面开始看股市起伏。

"是自己走，还是我让人送你走？"

楼觐甚至都没抬眼，便下了逐客令。

曾淇渝看着这个男人，忽然觉得他很陌生。之前自己痴迷的男人，此时此刻用这种冷漠的言语打击她。然而他在另一个女人面前，肯定是另一番温柔模样。

想到这里，曾淇渝忽然觉得自己做的一切既可悲又可笑。

她就像是一个跳梁小丑，自以为瞒天过海，其实，什么都没有瞒过他。

楼觐回到家的时候已经是晚上九点了。

江雨舟坐在客厅里，听见开门声音，立刻站了起来。

从付曼文离开到现在，江雨舟一直就保持着这个姿势坐在客厅的沙发上，她的心思都在付曼文说的话上，甚至连饭都没有继续做。

"你回来了。"江雨舟小跑着来到门口，从楼觐手中接过车钥匙放到一旁。

"哭过了？"

"没有。"江雨舟别开脸，不想让楼觊看到她不开心的样子。

他在外面忙了一天，不应该回家就看到她这一副哭丧脸。

"不开心就告诉我。"楼觊格外温柔。

"做饭了吗？我饿了。"楼觊俯身，将额头靠在了她的额头上，像在安慰她。

"没有。"江雨舟摇头，"对不起。"

原本今天打算做一桌丰盛的菜，现在却什么都没有做出来。

两人额头相抵之间，气息交换，气氛忽然暧昧了起来。

但江雨舟此时毫无心情，心底如有千斤重担。

"阿觊，我们离婚吧。"江雨舟哽咽了一下，对楼觊开口。

楼觊原本捏着她手臂的手僵了一下。

"你在说什么？"

江雨舟推开楼觊："我们离婚吧。"

"江雨舟，想清楚。"楼觊的脸色立刻变了。

江雨舟没有忍住，吸了吸鼻子，哽咽着说："我知道公司出了问题，现在只有曾淇渝能够帮到你。而我什么都做不到。对不起。"

楼觊听到江雨舟说的话，怒意压下去了。他忍不住弯了弯嘴角："就因为这个？"

"这个难道不严重吗？"江雨舟哭丧着一张脸，"公司对你很重要。"

"你对我难道就不重要？"楼觊有些哭笑不得。

"但是我什么都帮不了你。"

楼觊忍不住笑场："虽然我不想承认，但是你现在这副样子，非常圣母。"

江雨舟正在难过，楼觊却在这里跟她开玩笑，她哭得更凶了。

"我很认真的在跟你说话。真的，楼氏集团是你们楼家世世代代的心血，不能毁在你的手里。如果奶奶知道了，爷爷一手创下的楼氏集团因为我毁了，她也会很伤心，也会支持我的。阿觊，我们离婚吧。"

江雨舟颇有一种舍己为人的感觉，这个人是楼觊，是对她来说，最重要的人。

她心甘情愿。

"而且，我原本就是代替了曾淇渝的位置。你们两个人之间本来就有婚约，如果不是我的出现，什么都不会发生。"

"你再敢提一次离婚。"楼觊的脸色唰地冷却，好像是速冻一样。

江雨舟被他说话的口气吓到了，不敢说话了。

楼觊凶巴巴的样子是真的很吓人。

江雨舟乖乖地低下头，但仍不觉得自己刚才的分析是错的。

"江雨舟，在你眼里我就这么没用？还需要靠女人？"楼觊反问了一句。

江雨舟有点下不来台。

"我从来不是这个意思。"她百口莫辩，"我只是怕一切毁在我手里。"

"那你还没这么大的本事。"楼觊扔下一句话给她，讽刺的意味很重。

江雨舟深深地吸了一口气："没听说过一句话吗？千里之堤，毁于蚁穴。"

"这个比喻，你觉得恰当吗？"楼觊伸手推了推她的脑袋，这个动作很亲昵，像是两个人已经是相处多年的情侣。

江雨舟的脑门被推得有点疼，她呜咽了一声，嘀嘀咕咕："我的话没有道理吗？现在网上的人骂得这么难听，我在你身边就是拖累你，就是在往你身上抹黑。"

"有道理？江雨舟，我应该说你笨还是天真？"楼觐被眼前女人的话逗笑了，"明显有人刻意将你从我身边推开，你倒是直接往坑里跳？别人知道之后，真该谢谢你的天真。"

江雨舟心中一怔，哭泣戛然而止，她好像瞬间明白了什么一样。

"你是说有人刻意为之？是什么意思？是那个给了王院长大笔钱的人吗？"

如果换作别人，楼觐肯定早就不悦了，但面对江雨舟这呆呆的样子，他的气总是生不起来。

他浅浅地叹了一口气，忍不住伸手摸了摸她的脑袋："有时候真不知道你在想什么。想吃点什么，我下厨。"

江雨舟急了："你还没回答我呢。"

楼觐好像并不是很愿意跟她提这件事情，明明她也是事件参与者，但楼觐却要自己去解决这件事情，将她置身事外。

她知道楼觐肯定是为了她好，担心她受到伤害，但她并不想让楼觐一个人承担。

"你不饿？"

这句话刚问完，江雨舟的肚子就叫了。

非常及时，也非常应景。

江雨舟无奈地垂首。

她一副若有所思的样子，楼觐还以为她是在思考怎么追问他。然而，几秒钟后，她开口："我想吃红烧排骨面。"

江雨舟将楼觐逗笑了，他就知道，她心思单纯。

"我去做。"

上城城郊高尔夫球场。

太阳很毒,楼觐挥了几杆球之后已经大汗淋漓。

王先生年纪大些,早就在一旁休息了。

楼觐一杆入洞之后,将球杆递给一旁的球童,阔步走到王先生对面的椅子上坐下。

楼觐拧开一瓶矿泉水喝了几口,双手放在修长的腿上。他抬头,对视上王先生:"王先生,合作项目真的不再考虑一下了吗?"

昨天晚上他接到王先生的电话,对方决定不再投资楼氏集团。王先生马上要离开上城回港城,他赶在最后一天临时约了打高尔夫。

没想到这位王先生竟然会赴约,但是,他的态度仍是没有改变,还是决定不合作。

"今天不是说好的打高尔夫吗?我是看今天天气不错所以才过来的,楼先生可不要在这个时候扫兴啊。"

这只老狐狸,典型的遮遮掩掩,不想提及此事。

"王先生您心里也清楚,这段时间我很忙,如果真的只是为了打高尔夫,我也是没有闲情逸致约您出来。"楼觐不卑不亢,哪怕是在这样的长辈面前,他也是这样的态度,并不会让人压制。

对方明显一愣,他还以为楼觐的态度会好一些。

"楼先生,你父亲身体不好,早年就将生意全部交给了你。你是圈子里出了名的实权派。但你父亲难道没有教你,什么叫尊重长辈吗?"王先生吃了一口水果,笑道。

此时他脸上挂着笑意,但实际心里早就已经不快了。

楼觐沉默了几秒,身体往椅背上靠了靠,口气也比刚才要更加严肃了一些。

"不管长辈晚辈,尊重都是互相的。况且在生意场上,没有长幼之分。这单生意,原本您是答应了跟我做的,临时又毁约了,这算什么?生意场上，信誉很重要。"

楼觐这是在提点王先生，希望他不要失了信誉。

他不管眼前这只老狐狸有没有听进去，只要他将话挑明了，日后发生什么事，也与他无关了。

情谊他给了，就看对方要不要。

王先生是一块老姜，在这种情况下还能够笑得出来："哈哈哈，怎么这么严肃。我们之间又没有合同，怎么就算毁约了呢？当初如果不是曾小姐牵线搭桥，我们也不会谈到生意上去。现在曾家那边好像不开心了，我也没有必要跟你继续了吧？"

这只老狐狸完完全全就是在为了曾家。

楼觐也听明白了他的意思，点了点头，扯了扯嘴角："我明白了。买卖不成仁义在，以后见面还是朋友。"

"但是……如果你能够跟曾家联姻，那我们就不仅仅只是朋友了，不是吗？"王先生遮遮掩掩这么久才将心底的话说出来。

楼觐明白了他的意思。

老狐狸到这个时候才露出了尾巴。

"王先生上次不是见到我太太了吗？我有妻子，再结婚，是重婚罪。"楼觐故意这么说。

一旁的侍者递了盘水果放到他面前。

王先生笑了："离婚不是一件很容易的事吗？再说，一个戏子，给点钱不就可以结束了？楼先生是聪明人，现在网上因为你和太太的事情都影响到我们的合作了，这个时候不撇干净，还等什么时候？"

楼觐也不怒，吃了一口苹果，放下叉子，笑道："王先生，您不给予我太太半分尊重，我也不会给您一点尊重。以后楼氏集团，不会跟您再合作。"

"哦？以后？楼氏集团现在这副样子，还能撑到以后？"王先生又笑了，这一次笑得更加放肆。

楼觐起身走到草坪上，接过侍者手中的高尔夫球杆，对准了球，又是一杆进洞。

楼觐的球技很好，他八岁开始跟着父亲打高尔夫，这些年他唯一的消遣爱好就是打球。

他转过身撑着球杆，看着王先生："我原本还想给王先生留一点颜面，也留一条退路。但是既然您一而再再而三地侮辱我太太，干涉我的私生活，那么，别怪我手下无情了。"

"怎么，你现在自顾不暇，你还想对我做什么？"王先生并不惧怕楼觐，起身也走到他身边，想要挥杆，却有些体力不足，"况且，报复这种事情，在商场上做了一次，可就留下恶名了。"

"不知道王先生还记不记得陈继生？"

王先生在听到"陈继生"这个名字时，脸色唰地变得惨白。

"你要干什么？"

"陈继生一直跟你有仇，在你跟曾淇渝准备一起阴我的时候，我已经找到了陈继生。他表示愿意降两个点的价格跟我合作。当然，他单纯就是为了报复你。"

楼觐把话说得很透，丝毫不隐瞒。

"你！"王先生气得胸口疼。

楼觐仍站得笔直，口气冷淡："原本我是不会做出背叛客户的事情的，只是如果我的客户欺人太甚，我也会直接越过他，找到他的仇家。我记得，你跟陈继生的事在港城闹得很大吧？他肯定是不会放过你的。"

"你这是违背商业道德！"王先生年纪大了，经受不得这样的刺激，他扶着椅子坐下，胸口还在剧烈地起起伏伏。

楼颽冷笑了一声："您跟我谈道德？您和曾淇渝一起阴我，用生意威胁我离婚娶她的时候，有想过道德？王先生，因果报应听过吧？"

楼颽扔下这句话，随手将球杆扔到了一旁的椅子上，摘下手套离开了球场。

楼颽一出高尔夫球场就接到了曾淇渝的电话，电话那头是歇斯底里的尖叫声。

"楼颽，你到底要对我怎么样？你凭什么报警让警察来抓我？你凭什么？"

楼颽低头看了一眼腕表上的时间，下午三点，的确是到了警察应该出现的时间了。

"凭你做的每一件事。"楼颽狠下心来，比谁都狠戾。

曾淇渝以为自己跟他从小一起长大，以为他只是性格冰冷而已，从未想过他真的会对身边人下手。

况且是她。

"如果罪名成立，你可能要蹲几个月。罪名不成立，你的名声也毁了。曾淇渝，这是代价。"

欺辱楼太太的代价。

曾淇渝一愣，吼叫声也停下了。

她这才明白了楼颽的意图。

她让江雨舟被万人唾弃，他也要让她付出相应的代价，让她名声扫地。

"楼颽，你好狠心。"曾淇渝想过无数种后果，却从未想过楼颽竟然会用这种方式对待她，"你知不知道名声对一个女人有多重要？你竟然用这种方式打击我？我们认识这么多年了啊！"

楼颽从球场出来后到了停车场，直接上车，良久都没有回复曾淇渝一句话。

但是他也没有挂断。

楼觐为人狠戾，在起初楼父重病卧床，他刚刚接手公司的时候，所有人都不相信这个男孩能够支撑起偌大的楼氏集团。这么多年每一步他走过来，并不是都可以见光的。

商场就是如此，不是你死就是我亡，有时候阴暗面的东西，远比旁人看到的光彩要多得多。

楼觐不是一个善良的人，他天生如此。

也正因为如此，他觉得江雨舟身上的那点善良难能可贵。

"楼觐，你跟江雨舟都不得好死，你们不得好死！"曾淇渝已经失去了平日里那个端庄名媛的样子，她恨楼觐，更恨江雨舟，"你看着吧，等你生意全都垮了，江雨舟会不会离开你！"

"忘记提醒你了，我的生意不用你操心。王乐康的生意我已经交给他的竞争对手陈继生做了，哪怕楼氏股价大跌，我手头捏着的资金也足够维稳。你不用做楼氏垮台的美梦，先想想自己。"

楼觐挂断电话，在车内坐了良久也没有开车。

他不确定自己对曾淇渝做的这些是不是过分了，但只要一想到曾淇渝对江雨舟做的事情，他就觉得这些不算什么。

今天江雨舟有演出，出乎意料的是，竟然是满座。

剧院的人以为发生了视频事件之后，江雨舟的戏肯定是卖不好了，可谁曾想普罗大众都是爱看热闹的人，越是出了这样的事情，来看热闹的人也就越多。

江雨舟对此不在意。

她根本不管台下的人是来看戏的还是来看她的，在她看来只要戏票卖得好就行。

一场演出结束,江雨舟卸完妆准备出剧院的时候被剧院的编导拦下了。

"雨舟你不能出去,现在一群记者堵在剧院门口呢。刚你开场的时候他们不来,就等着你结束要好好从你身上挖点八卦出来。你现在要是出去,就走不掉了。"

江雨舟没想到这群记者竟然这么闲。

她深吸了一口气,心想他们要是一小时不走,她还得在这里待一小时不成?

出去是肯定要出去的。

江雨舟想了想,拿出手机给楼觐发了一个求救短信:"楼先生,这边楼太太需要你的援助。请求集合。"

江雨舟也是难得对楼觐这么调皮,这种事情要是往前推几个月,她是想都不敢想的。

时至今日,江雨舟已经能将这种话很淡定地说出来了。

这也证明了两个人的关系越来越亲密。

那边过了一会儿才回复:"从后门出来。"

江雨舟一顿,这么快就到剧院了?也就是说刚才楼觐应该就在来的路上了?

江雨舟心底一暖。

楼觐今天都忙了一天了,竟然都没有忘记她。

她兴冲冲地跑了出去,从剧院的后门走出去的时候,看到了楼觐的车子停在夜色之中。

她打开车门坐进去,看到楼觐一身休闲装,不像是刚刚从公司出来的样子。

"楼先生，老实交代，你今天是不是没有好好工作。"江雨舟用有点调皮的口吻质问楼觐。

楼觐喜欢她有些活泼的样子，以前她太过于拘谨，失了灵气。

"今天去打高尔夫了，和客户。"他老实交代。

"哦。"江雨舟点头，"生意上怎么样了？"

她这几天是时时刻刻都在替楼觐担心，生怕他生意上出什么岔子，这是她承担不起的责任。

"情况不是很乐观。"楼觐故意这么说。

江雨舟的心一提："啊？怎么了？"

看着江雨舟紧张的样子，楼觐想到了之前曾淇渝说的话——"你看着吧，等你生意全部垮了，江雨舟会不会离开你！"

当时他没有往心里去，此时倒是很想戏弄一下江雨舟。

"如果我生意没了，一无所有了，你会怎么办？"

看着楼觐心事重重的样子，江雨舟当真了，一阵烦乱："我帮不了你什么。大不了以后我唱戏赚钱，助你东山再起。"

江雨舟这句"东山再起"把楼觐逗笑了。

"你笑什么？"江雨舟急了，"我也是独立生活了这么多年，我肯定可以赚钱养家。"

楼觐又笑了，她真的很可爱。

"你不离开我？"

第十三章　她奶凶奶凶的，很可爱

"啧啧，狗死了，没有一粒狗粮是无辜的。"

江雨舟心底有些恼怒。

她皱紧了眉心，侧过身认真地看着楼觐："你心里到底在想什么？离开你？你把我当成什么人了？在你眼里是不是全天下的戏子都是一个样子，全都是靠着男人养着，等到这个男人钱财散去的时候，她就另觅金主？"

"这都是你说的，跟我无关。"楼觐一脸无辜。

他可是一个字都没有说，倒是她叽叽喳喳地说了一大堆。

江雨舟气急败坏，她深吸了一口气，盯着楼觐："没想到我在你心目中竟然是这样的人。楼觐，你听着，我无论如何都不会离开你。"

"哦，我记得昨天有人还想跟我离婚，还提了不止一次。怎么，今天就改口不离不弃了？"楼觐可劲儿地捉弄江雨舟，恨不得将她捉弄个透。

尤其是在看到江雨舟满脸通红的时候，他就觉得特别有趣特别好玩。

"昨天要离开你是想保全你，今天不离不弃是想患难与共。这都是为了你。"江雨舟开口，口气笃定。

楼觐忍不住笑了，江雨舟实在是有点可爱。

"你是不是戏唱多了，说话一套一套的？"

江雨舟的泪点很低，一想到是因为自己才害得楼觐这样，眼泪就忍不住往下掉。

"女孩子的眼泪很值钱，你在我面前已经哭了很多次了，不能再哭了，再哭就不值钱了，知道了吗？"楼觐难得的耐心和好脾气，全都给了江雨舟。

她哽着嗓子，丧着一张脸对楼觐说："可是你什么都没了，你父母怎么办？老太太怎么办？我是没关系。"

"你怎么就没关系了？"楼觐没想到江雨舟此时想的竟然是这些。

"我本来就一无所有，来之前是这样，哪怕你一无所有了，咱们不是很登对吗？"

江雨舟的话让楼觐哭笑不得，他不敢再戏弄她了，担心再戏弄下去，她整个人会崩溃。

他忍不住伸出长臂将她揽入怀。

她靠在楼觐的怀里，哭得更凶了。

"好了，我是骗你的。我生意上不会有事，曾淇渝给我下套，我难道就不会给她下套？"楼觐安慰着江雨舟，"楼氏股价的确跌了，但我手里的海外资产足够让资金重新流动起来。生意也不会亏损。反而是曾淇渝，她现在在警局。"

"警局？"

江雨舟腾地从楼觐怀中挣脱出来，眼泪还在脸上，一脸错愕地看着楼觐。

"楼太太你怎么回事？我跟你说生意上的事情你一点反应都没有，一提到曾淇渝被送进了警局，你这么激动？"

"你快说。"

楼觐将曾淇渝的事情一五一十告诉了江雨舟，她只觉得浑身起鸡皮疙瘩。

"我没想到她竟然会找人跟踪偷拍我和顾之游。"江雨舟心生恐惧，她向来没有害人之心，可谁曾想别人竟然会这么害她。

"还有你的顾之游，你真觉得他干净？"楼觐反问了一句。

这无疑给了江雨舟一记重拳。

"什么意思？"

"顾之游和曾淇渝在国外留学时是同学，我掌握的消息是，他们曾经是情侣。我的话就说到这里，我允许你去见一次顾之游，把话都说清楚。"

楼觐将消息一下子扔给了江雨舟，她有点难以消化。

她坐在副驾驶座上，觉得天旋地转，看着车窗外的世界，甚至都觉得有点迷茫。

这一次她没有再开口追问，而是陷入了沉思。

末了，她问他："你就不怕他伤害我吗？"

"看他对你也不是真的半点感情都没有。而且如果他要做伤害你的事情，在杭城早就已经做了。所以，我也给他这次机会。"

楼觐像是一个掌控着一切的人，他好像什么事情都知道，什么事都瞒不了他。

江雨舟没有按照楼觐说的立刻约顾之游，而是过了半个月之后才找的他。

这一次他们见面不是在医院，江雨舟选了一家日料店。

她平日里不怎么吃生冷的东西，今天也算是破个例。

顾之游对于江雨舟的邀约没有拒绝，立刻就答应了。

江雨舟在顾之游来之前就点好了套餐。

顾之游今天和往常一样干净，穿着白色的T恤和牛仔裤，他身上有很浓的少年感，总让江雨舟有些恍惚，跟他待在一起的时候好像回到了少年时代。

"今天怎么想起来约我了？"顾之游拉开对面的椅子坐下，看到江雨舟今天化了精致的妆，看上去气色很不错。

她平日里不怎么化浓妆，但今天为了遮去眼睛的浮肿和黑眼圈，故意这么化的。她不想被旁人看了觉得她因为网上的事情心情不好。

尤其是眼前这个男人。

"今天约你是想要跟你道歉。我忽然不去你那边看诊了，总要请你吃顿饭跟你道个歉吧？"江雨舟含笑。她正在心底做思想建设，她不知道该怎么开场。

"没事，你是我的病人，你有选择自己主治医生的权利。我只是希望你的嗓子被保护得很好，至于医生是谁，问题不大。"顾之游仍是风度翩翩，对这种细节并不在意。

侍者在这个时候开始上菜。

江雨舟吃了一口三文鱼，对顾之游说道："我难得放肆一次，吃一次生冷的食物没事吧？"

"没事，但是下不为例。"

江雨舟放下筷子，不知道是不是心理作用，她感觉自己无法直视眼前这个男人，多待一秒钟她都觉得心里不舒服。

她深吸了一口气，终于准备撕破这层窗户纸："顾医生，你跟曾淇渝是什么关系？"

江雨舟脸上不动声色，其实早就惧怕得心肝直颤，她将手放到大腿上，攥紧了手心。

她对眼前这个男人是没有半点别的心思的，但她是真的把他当作一个很好的朋友。他是她来到上城之后第一个,也是唯一一个朋友。她难过的,是他骗自己。

顾之游的脸色在瞬间变了,变化很快,他好像想要遮掩什么,又立刻恢复了原来的脸色。

但这一切都已经落入江雨舟的眼中,她也知道了楼觐说的是真的。

"不解释一下吗?"江雨舟吸了一口气,"你当时邀请我去杭城过夜,为的不就是让曾淇渝拍几张照片,发给我先生看吗?"

这半个月时间里,江雨舟将她和顾之游每一次见面的场景都想了一遍,似乎每一次见面,每一句话,都是早有预谋。

"顾医生,我没想到你会害我。"江雨舟盯着顾之游的眼睛。

她从这双眼睛里怎么也看不出顾之游的害人之心。他的眼睛永远都是干净明亮的,就如同少年的眼睛,没有瑕疵。

"我是真的想交你这个朋友的。你让我去杭城的时候我什么都没有多想,我只知道你是为了我好,想让我保护嗓子。所以当你说过夜的时候,我也不介意,因为在我眼里,顾医生你一直都是正人君子。"

江雨舟说得云淡风轻,口气淡淡:"顾医生,我先生其实很早就知道你和曾淇渝的关系了,但是他没有告诉我。我想,他应该也是希望我在上城这个陌生的城市有个朋友吧?"

楼觐的用心,是江雨舟这段时间才参透的。他并没有在她面前邀功,也没有多说什么。

顾之游没有说话。

江雨舟心里有千万句话想要跟顾之游说,一开始她甚至想直接痛斥他。但真的面对面了,她发现真的说不出口。

"抱歉,让你有了这么不好的体验。"顾之游忽然开口,让江雨舟鼻尖一酸。

"被朋友算计，真的是一个挺不好的体验。"江雨舟扯了扯嘴角，"顾医生，你欠我一个解释。"

顾之游喝了一口水，像是要镇定一下。

"其实没有什么好解释，你应该已经知道我和曾淇渝曾经是情侣，我很爱她。但她跟我在一起只不过是为了忘记楼觐，楼觐在她的生活中烙印太深，她所做的一切都是在围绕着楼觐转，我是她忘记楼觐的一个工具。但是我认真了。后来我回国，恰好你成了我的病人。曾淇渝有一次来找我的时候看到了你，就是那次之后，她让我帮她。"

"她让你做什么？接近我，装作爱慕我？还是让你把我的名声毁掉，让楼觐知道？"江雨舟未曾想到，这个世界上会有曾淇渝这么恶毒的女人。

这种手段，是她想都不敢想的。

"差不多。她想利用我，让你离开楼觐。"顾之游苦笑。

他抬头看着江雨舟微红的眼睛，他的眼眶也微微泛红。他一向自如洒脱，此时却连手应该放在哪里都不知道了。

"雨舟，我从来没想过要伤害你。曾淇渝曾经提出过更无礼的请求，我拒绝了。当然，我这不是在为自己洗白，杭城照片的事情的确是我让人拍的。只是我想让你知道，我是把你当作朋友的，我希望，你不要因此不敢相信任何一个朋友。"

顾之游知道江雨舟心思细腻，她害怕被伤害，也害怕接触别人。

江雨舟心思微微一动，舔了舔嘴唇，忽然站了起来。

"顾医生，现在不管说什么都已经晚了。曾淇渝把我推到现在这个局面，你，也是帮凶。"

江雨舟咬紧了牙关，她和楼觐走到今天这一步，顾之游"功不可没"。

她拿起包转身就要走，但是就在转过身的那一秒，腹部忽然传来一阵剧痛。

江雨舟疼得弓起了背,手中的包也掉在了地上,因为站不稳,伸手扶住了椅子。

"你怎么了?"顾之游见状立刻推开椅子起身走到江雨舟身旁,扶住了她的肩膀。

"肚子疼。"江雨舟疼得有些无法呼吸,额头上冒出了豆大的汗珠。

"我送你去医院。"顾之游意识到不对劲,想要将江雨舟抱起来,却被江雨舟拒绝了。

"不用了,可能是生理期。"她的意识还是清醒的,记得这段时间生理期推迟了,估计是今天忽然来了,肚子很疼。

"我是医生,听我的。"

顾之游现在没有办法跟江雨舟过多解释,也不跟她商量,直接将她抱了起来,阔步离开餐厅。

幸好江雨舟在顾之游来之前就将单买了,否则还要耽误时间。

医院。

江雨舟躺在病床上。

许是因为疼痛耗费了她太多的力气,她一下子睡了很久。

她隐约听到病房外有楼觐的声音,还有顾之游。

病房外,两个男人面对面站着,都是人高腿长,气质卓然,让路过的病人和护士都忍不住别过头来多看了几眼。

"谢谢你把我太太送到医院。这一声谢谢无论如何还是要给你。"楼觐虽然嘴巴上说着谢谢,但口气并不好。

他眼神如鹰隼,和顾之游是截然不同的气质。

顾之游额前的碎发因为出汗贴在了额头上,他此时还是气喘吁吁,刚才将江雨舟送到医院之后，他又忙前忙后到处跑。

楼觐看着他这副样子，心底的怒意倒是消减了大半。

"你不用谢我。"顾之游松了一口气，幸好江雨舟没事，否则，眼前这个人恐怕是打他的心都有了。

楼觐看上去真的蛮吓人的，难怪他听商场上的朋友说，跟楼觐做生意要做好心理准备，他是个商业天才，能够让你赚得盆满钵满，也能让你万劫不复。

看来，果然和传言中一模一样。

"我护犊子，但是我也讲理。"楼觐口中说的"犊子"，自然就是江雨舟。

顾之游伸手抓了把头发，走到一旁的公共座椅上坐下，这样他才觉得整个人舒服了一些。

"照片的事情我跟你道歉，但是其他，我也没有做对不起江雨舟的事情。"顾之游坦坦荡荡。

"我知道。如果你还做了其他的事情，你觉得我会允许你在她身边出现这么多次？"

楼觐一开始并没有干预江雨舟交朋友，直到照片的事情出现之后，他才帮江雨舟换掉了医生。

在楼觐心中，夫妻之间的自由都是相对的，都是互相需要的。

"但是——"楼觐忽然转折了一下，让顾之游抬起了头，顾之游看到这个男人嘲讽的脸色，和他这张俊逸深沉的脸特别不搭，"我真没想到你会喜欢曾淇渝。品位真不怎么样。"

楼觐是一本正经地说出这些话的，让顾之游一下子有些接不住。

如果楼觐这个时候把他痛斥一顿，甚至打他一拳，他都认了，谁知道，对方直接进行了品位攻击。

"青菜萝卜各有所爱。如果所有人都是千篇一律的审美，那世界上要有多少剩男剩女？"顾之游不能够理解楼觐的逻辑，他这个时候难道不该为江雨舟出气吗？怎么话就转移到曾淇渝身上去了？

"现在还喜欢？"楼觐略微压了压眉，用匪夷所思的口气问。

他这副样子，蛮欠揍的。

顾之游被问得疯了，他起身，双手抄兜，一改往日清冷潇洒的模样："现在不喜欢了。我不知道她会做这么龌龊的事情。"

顾之游指的，自然是视频的事。

"如果我再多说一点她做过的龌龊事，你可能会对你喜欢了这么多年的女人更加失望。"

楼觐觉得看顾之游吃瘪蛮好。

"打住。不需要。"顾之游咬咬牙，"就当是我这些年看瞎了眼，猪油蒙了心做错了事情。"

"你可以走了，不要在这里打扰我们夫妻。"楼觐扔下一句话给顾之游。

顾之游听了之后，停顿了几秒："帮我向江雨舟转达歉意。"

"嗯。"

顾之游离开之后，楼觐推开病房门，看到江雨舟已经醒了。

"醒了？还有没有哪里不舒服？"楼觐走到床边，俯身吻了吻江雨舟的额头。

"没有了。"江雨舟看到楼觐心底就安心了很多，"我到底怎么了？"

痛经的话不至于痛成这样，江雨舟也是清楚的。

"你怀孕了。"楼觐嘴角的笑意很温柔。

这个消息让江雨舟蒙了好久。

竟然是怀孕了？

"医生说你受到的刺激太大,加上这段时间身体不舒服,才会剧痛。但是没有什么大问题,在医院观察几天就可以回家了。"楼觐说这些话的时候,要比平时温柔很多。

江雨舟是真的能够从他的眉眼里看到高兴的。

他的眼睛漆黑明亮,眼角藏着难以掩饰的笑意。

和上一次怀孕不同,这一次,他们是一起高兴的。

江雨舟感觉上天给了她一个天大的惊喜,她瞬间笑了。

"太好了……我之前都不敢多想,我也没想过我会跟你再有一个孩子。"

之前在他身边,她日日惴惴不安,何曾敢想?

楼觐又忍不住低头吻了吻她的嘴角:"一定是孩子回来看我们了。"

江雨舟忍不住伸出双臂抱住楼觐的脖子,低声在他耳边说道:"嗯,孩子回来看爸爸妈妈了。"

楼觐请的公关公司效率很高,很快就将视频的事情压下去了,江雨舟之前从未跟这个行业的人接触过,也是第一次知道原来好的公关团队会这么厉害。

而且剧情一下子就反转了,网上现在的舆论导向都是在责骂偷拍视频的人,江雨舟的微博下面由原本的冷嘲热讽也变成了维护。

网民一向都是跟着舆论导向走的,公关团队这一波操作让江雨舟心服口服。

因为前四个月胎儿会不稳定,江雨舟的身体又很虚弱,楼觐帮她向剧院请了三个月假,这段时间她就在家里养胎。

江雨舟坐在花园的椅子上一边晒太阳一边哼着《女驸马》,这真的一下子让她不唱戏了她还有些不习惯，每天就晒晒太阳睡睡觉打发时间，无聊的时候就给楼觐做一顿爱心盒饭送到公司去。

她每日在家里哼着黄梅戏，带动了吕妈也喜欢上了听戏，整天让江雨舟在家练嗓子。

院子的铁门"嘎吱"一声被推开。

江雨舟靠在椅子上没起来也没睁开眼，她心想着应该是吕妈买菜回来了，随口说了一句："吕妈，晚饭我来做吧，你今天可以早点下班回家了。"

"那我岂不是有口福了？"

陌生男人的声音将江雨舟吓了一跳，她警觉地从椅子上起来，看到院子里站着的男人时，脑袋里冒出了几个大字：一级戒备。

卓越拎着大包小包，站在楼宅的院子里，笑嘻嘻地看着江雨舟，好像地主家的傻儿子一样。

江雨舟对卓越的印象很不好，就像卓越一开始对她的印象一样。

她略显冷淡地对卓越说道："卓先生怎么会来寒舍？"

"啧啧。我不就之前得罪过你吗？至于记仇记到现在？"卓越走到江雨舟面前，将手中的大包小包一股脑儿地放到她身旁，"喏，你看我来给你道歉来了。准备了厚礼，里面还有给我未来干女儿的。"

江雨舟看到卓越就想起那天在游乐园的情景，心底就一阵不痛快。

她脸色还是冷冷淡淡："东西放下吧。谢谢。"

"哎？你这人，收了东西连让我进个门都不成？"卓越叉腰，看着江雨舟这副柔柔弱弱，但倔得不行的样子，忍不住了。

江雨舟还是没好气，卓越这套在她这边行不通。

她就是记仇。

"还有，什么干女儿。且不说现在都不知道是男是女，我也没同意我宝宝叫你干爹啊。"

江雨舟才不要让卓越当自己孩子的干爹。

这个干爹，一点都不明白事理！

怎么教孩子！

"嗨，你这个人真的是蛮不讲理，楼甄二十几年前跟我穿一条开裆裤的时候我俩就说好了，以后生的孩子互相认干爹，当时你还在哪儿都不知道呢。这件事情上你没有话语权！"

卓越跟江雨舟算是杠上了："我真是猪油蒙了心，听了楼甄的话来登门道歉。好家伙，你不仅不领情，连孩子干爹都不让我当？你真的是过分了啊。"

江雨舟双腿交叠，给了卓越一个白眼："之前你不是还说我配不上楼甄，我心机，我算计楼甄。还是曾淇渝跟楼甄般配吗？怎么一转眼就想当我宝宝干爹了？你别，你还是去当曾淇渝孩子的干爹比较合适。亲上加亲。"

江雨舟的话越说越讽刺，她只要一想到卓越一开始是怎么嘲讽她的，她就想要把话都给他还回去。

"哎？我说你这个小妮子，你是不是因为有楼甄给你撑腰，现在开始肆无忌惮起来了？什么话都敢说了？"卓越发现以前那个唯唯诺诺的江雨舟不见了，现在这个小妮子，伶牙俐齿，恨不得他说一句话，她回击十句。

江雨舟懒得跟卓越争，起身走进楼宅："太阳好大，你自己把东西搬进来吧，我不能搬重物。"

卓越满脸问号，小妮子还使唤上他了？

不过想了想，为了自己的干女儿着想，这点活儿他的确是应该做的。

卓越将大包小包又重新拎了起来，跟着江雨舟走进了楼宅。

江雨舟嘴巴上说着不欢迎他，但还是给他倒了热茶，切了点水果。

"茶，水果，你请便。"江雨舟将吃的喝的一放到卓越面前就打开电视机，切到了戏曲频道。

刚好电视机里面正在放她在上城剧院的那场《孟丽君》，江雨舟难得一次在电视上看到自己，自顾自听了起来，也不管卓越在这里。

卓越听到电视机里面咿咿呀呀的就觉得头疼。

"你天天听戏天天唱戏，这就是对我干女儿的胎教啊？到时候我干女儿刚学会说话可能就会唱戏了。"

"这不是很好吗？这叫戏曲传承。俗人。"江雨舟扔下一句话给卓越，反正怎么怼卓越她就怎么开心。

"哎？我发现你这么喜欢怼我？我记得之前每一次见你，你都怯生生躲在楼觐身后不敢吭声啊。"卓越是真不懂了，他来之前自信满满的，觉得肯定能轻松得到江雨舟的原谅。

女人嘛，他卓越最擅长哄了。

可谁知道这位楼太太，这么难安抚。

江雨舟压根不理卓越，兀自听戏。

卓越急了，吃了一口香瓜，不满地说："还是你这小妮子有两张脸？楼觐身前一张，楼觐身后一张？"

"哪怕阿觐在这里，我也是这样。"江雨舟心想卓越这个人怎么这么烦人，寻思着他赶紧吃完水果喝完茶就可以走了。

卓越刚想说什么，楼觐推开了客厅的大门。

"阿觐，你怎么这么早回来了。"现在都还没到下班时间呢。江雨舟起身，屁颠屁颠跑到了玄关处，从楼觐手中接过电脑包。

楼觐随手摸了摸江雨舟的脑袋，这已经是一个习惯性的动作，江雨舟的头发绵软，摸起来手感很舒服。

卓越看到两人这亲昵的一幕，忍不住啧啧两声："狗死了，没有一粒狗粮是无辜的。"

楼觐脱下外套放在臂弯上，走向卓越，在他身旁坐下："我怕我再不回来，我太太要跟你打起来。"

卓越朝楼觐忍不住龇牙。

趁着江雨舟去放电脑包的时候，他一把拽过了楼觐，压低了声音对楼觐说道："你还说呢，你这老婆怎么这么凶？敢情之前在人前那副温顺的样子都是装出来的？刚才我说一句她怼一句，一点面子都不给我。"

"所以我回来看看，怕你们俩吵起来。"楼觐真是太了解江雨舟了。

她的性格就是如此，会记仇，而且如果真的让她不开心了，她比谁怼得都凶。

奶凶奶凶的，很可爱。

"你别说了，我真的是怕了你老婆。我都买了这么些东西赔礼道歉了，还要我怎么样？"

"她就是这样的性格，之前是因为担心我离开她所以一直乖乖顺顺。现在有我撑腰了，小丫头胆子大得很。"楼觐很清楚江雨舟的心理变化过程，她一直都是无依无靠的浮萍，几岁失父，十几岁失母，她失去了一切之后只想找到一个依靠。在有依靠之前，她走的每一步都是小心翼翼如履薄冰，等到有了依靠之后，她才有了勇气和倔强。

卓越长长吸了一口气，忍不住摇摇头："她还不让我当你孩子的干爹。你说说看怎么办吧，这件事情咱们都说好了的。"

"这个真没有办法。"楼觐摊牌，"孩子不是我一个人的，你得尊重孩子亲妈的选择。"

"楼觐，你还有没有良心。咱俩穿开裆裤的时候发的誓，你竟然说不作数了？"卓越一下子从沙发上蹦了起来，将刚刚从书房出来的江雨舟吓了一跳。

"你们干吗呢？"

"在讨论你让不让他当孩子干爹的事。"楼觐低声咳嗽了两声，是在强忍着笑意。

江雨舟听到这句话，立刻恢复了平静，去厨房给楼觐倒了一杯白开水，又回到客厅，寡淡地扔下一句话给卓越："我暂时还没有给孩子找干爹的打算，不好意思了卓先生。我恐高，我的孩子以后肯定也恐高，他不能被他干爹带去游乐园玩过山车。"

江雨舟阴阳怪气的几句话，将楼觐逗笑了。

楼觐已经掩饰不住自己的笑意，看向了此时气急败坏的卓越。

卓越气得面红耳赤，他就没见过这么记仇的女人！

"我走了，这个干爹谁爱当谁当去！"卓越气得不行，从桌上拿了车钥匙准备走。

就在卓绝走到玄关准备换鞋的时候，江雨舟淡淡地说了一句："今晚我准备做土豆炖牛肉，我拿手菜。阿觐你想不想吃呀？"

江雨舟最后几个字拖得特别长，是故意说给卓越听的。

果然，下一秒卓越就停下了脚步。

第十四章　他眼底温柔，胜过千万星光

"这些颠沛流离，以后都与你无关了。"

餐桌上。

江雨舟一边吃饭，一边看着坐在她对面的卓越疯狂扒拉着米饭。她皱眉看了一眼楼觐，楼觐对卓越这副吃相了然于胸，异常淡定。

"卓先生，你是三天没吃饭了吗？"江雨舟实在忍不住了。

"不是我说，楼太太你做的菜实在是太好吃了。我对你改观了，改观了，真的。"卓越一边胡吃海塞，一边对江雨舟说。

他这副样子倒是让江雨舟真的相信他是觉得好吃。

江雨舟嫌弃，忍不住别过头去对楼觐低声说道："一个成年人吃相怎么这么难看？"

楼觐也压低了声音回答她："他小时候就这样，没改过来。"

"啧啧，这就更不能让宝宝认他当干爹了，我都难以想象万一生个女儿，吃相学了他可怎么办？"

江雨舟的话将楼觐又逗笑了，这两个活宝。

"卓先生，您慢点吃，不知道的以为我们家不给你吃饭要靠抢的。"江雨舟还是一脸嫌弃，就像当初卓越在游乐园嫌弃她恐高不敢坐过山车一样。

"楼太太,我家阿姨要是做饭有你一半好吃就好了。我这天天在外面应酬难得吃到一道好吃的家常菜,见笑了见笑了。"

卓越的话让江雨舟嘴角抽了抽。

楼觐忍不住放下筷子:"你们一个人一句卓先生,一人一句楼太太,还真是客套礼貌。"

卓越没忍住翻了一个白眼。

江雨舟看见了他这个白眼,笑着喃喃:"有本事你别吃我做的菜。"

这下子卓越没脾气了,到底是吃人嘴软。

卓越是被赶走的,被楼觐赶走的。

他在楼家从下午一直待到了晚上十点,非要跟楼觐一块玩 switch,玩到了十点也不想回家,最后被楼觐催着赶着走了。

走之前,卓越还不忘损楼觐一句:"她这肚子才多大,你们晚上也不能做什么,你这么早赶我走干什么?"

"我太太和我的女儿要早点休息。懂?"

卓越一边穿鞋一边冷嗤一声:"哼,你太太说了,肚子里是男是女还不知道呢,你在这边想着要女儿要女儿,到时候生一个儿子,再生一个还是儿子,气死你。"

卓越今天是在江雨舟这里受了不少气,一股脑全部还给了楼觐。

"欠揍是不是?"楼觐这句话刚说出来,卓越就已经逃走了。

两个人是从小打架打到大的,卓越还从来没有打赢过楼觐。

"他走啦?"

江雨舟从楼上洗完澡下来,看到客厅空落落的只剩下了楼觐和躲在角落里面玩球的米球,心情大好。

"嗯。"楼觐走到楼梯口,轻轻俯身抱住了江雨舟。

她刚刚洗完澡,身上还有一股香甜的沐浴乳的味道,她的身体总是软软的,抱起来很温暖也很舒服。

江雨舟的头发也是刚洗过的,碰到楼觐的上衣起了一些静电,她微微往后靠了靠,看着楼觐。

"你不会生气吧?"

楼觐跟卓越玩 switch 玩累了,像两个大男孩,这个时候头发都有些乱糟糟的,像顶着一头呆毛。

这样的楼觐比平日里看上去要更加可爱一些,原本"可爱"这个词跟楼觐是一点都不搭边的。

江雨舟抬起一只手摸了摸楼觐脑袋上的呆毛,听到他开口:"生气了?"

"我这么对你发小是不是太过分了?"

"不过分。他活该。"楼觐亲了亲江雨舟的脸,她洗完澡之后浑身上下都是香香的,让他忍不住想要亲她,"他之前那么欺负你,你回击也是应该的。这才像楼太太的样子。"

江雨舟笑了:"不过,我看他是真心想做宝宝的干爹哎。"

"等他自己结婚了再说吧。他现在这副样子,单身汉还想当爹?"楼觐仿佛因为自己有老婆和孩子,满满的自豪的样子,让江雨舟实在是忍不住笑出了声。

"你怎么跟个孩子一样。"

楼觐低头又吻了吻江雨舟的脖颈:"雨舟,卓越之前对不起你,我也一样。"

他将下巴抵在了她的肩膀处,吻了吻肩胛的位置,让她瑟缩了一下,只觉得那片被吻的皮肤酥酥麻麻的。他的话也好像是一股电流从她的脑海中穿梭而过。

"怎么忽然感性起来了？"江雨舟开着玩笑，"但是莫名听到这样的话心底会很暖。

"一开始我以为你和别的女人一样，想要算计我，成为楼太太。"

"我难道不是吗？"江雨舟纯粹是开玩笑，她觉得这样"软绵绵"的楼觐特别可爱。

平日里冷冰冰的样子见得多了，忽然变得这么柔软，她整颗心都快融化了。

"你和别人不一样。"

楼觐将江雨舟的脑袋捧在了掌心当中，力道不轻不重，像是在捧着他很珍惜的物品一样。

"我觉得好像没有什么不同。"江雨舟喃喃自语，"楼先生，你是从什么时候喜欢上我的？"

江雨舟很好奇这一点，她自认为没有做过什么让楼觐值得喜欢她的事情。

"不知道。"

"说正经的。"江雨舟伸手拧巴了一下楼觐精瘦的腰，"快说嘛。"

"真的不知道。"楼觐没有办法给江雨舟一个准确答案，因为连他自己都不确定，"可能是朝夕相处下来，觉得你还不错。"

江雨舟原以为他在这样浪漫的环境下会说出什么暧昧的话，结果就来了这么一句，让她实在是笑不出来。

江雨舟气得撇了撇嘴："好嘛。"

在楼觐眼中，他和江雨舟朝与暮相处之中，胜过了一切的言语。江雨舟温柔如水，是他之前从未接触过的干净。

哪怕在江雨舟心目中，她很想换一个方式重新认识楼觐，但在楼觐这边,无论是什么方式认识的,她对于他来说都是独一无二的。

"你呢?"

"嗯?"

"是什么时候开始喜欢我的?一开始你就说喜欢我,是喜欢我的脸?"楼觐打趣着江雨舟。

他直接将她抱了起来,上了楼梯。

江雨舟因为害怕伸手圈住了楼觐的脖子,低声喃喃:"你还记不记得十几岁的时候,在一个大厦的顶楼,救过一个想要跳楼的小女孩?"

江雨舟话语温柔,说起陈年往事的时候,她双目如水。原本是那么一段不堪的往事,但只因为跟楼觐有关系,哪怕是这样一件事,也增了几分温柔色彩,让江雨舟不再那么排斥。

楼觐刚将她抱到房间,放到床上,沉思了片刻之后,凝神俯视着她:"你怎么知道?"

"我就是那个小女孩啊。当时,我妈妈就是从那里纵身跳下,我害怕极了,什么都不知道,就想跟着妈妈一起跳下去。"江雨舟伸出细长的手臂揽着楼觐,房间内没有开灯,一切温柔得恰到好处。

"当时我真的很恐高,很怕很怕。在我一边哭一边想要鼓起勇气跳下去的时候,你拉住了我的手。如果没有你,我早就不在了。"

江雨舟在遇到楼觐之后,没想到自己变成了这么爱哭的人。

她的眼泪好像一下子变得很不值钱,莫名其妙地说着说着就特别容易哭。

楼觐的身体有些僵,这件事情在他的生命中并不算印象深刻,甚至,他都已经快忘记了。直到江雨舟提起,他才隐隐约约记起来,年少的时候是有这么一件事。

当时,楼氏在那栋大楼盘下了七层楼作为酒店,他那天刚好去酒店找父亲。

因为听说顶楼的夜景很美，他便坐电梯到了顶楼去欣赏。

没想到，会在那边看见一个站在顶楼边缘，仿佛风一吹就随时会摇摇欲坠的小女孩。

"我没想到会是你。"楼觐沉了嗓子，声音忽然变得喑哑了许多，藏着不忍心。

他更没想过，江雨舟在那样的年纪，竟然会做出这种举动。

他的少年时期过得顺风顺水，而她则充满了荆棘坎坷。

楼觐心疼地抱住了江雨舟，吻了吻她的耳朵，在她耳边开口，声音有些湿漉漉的："所以，你记了我这么多年？"

"其实你比十几岁的时候变化还挺大的。"江雨舟笑着拍了拍楼觐的后背，像是在安抚一个小孩。

明明回忆创伤的人是她，但是楼觐好像比她更加难过。

她从男人的口中听出了怜惜，这一份怜惜，是她梦寐以求的，也是她加倍珍惜的。

"但是你记不记得，当时我问了你的名字？"江雨舟也吻了吻楼觐的脖颈，他身上的味道依旧好闻，自从她确认怀孕之后，他就戒烟了，身上也没有烟草味了。

经江雨舟的话一提醒，楼觐才想起来，好像的确是有这么一回事。

当时那个小女孩被他救下来之后就一直哭，怎么都劝不住。

楼觐一向不会安慰人，何况他也没有妹妹，根本不会宽慰小女孩。

他手足无措，想要下楼去找人来帮忙，但又怕这个小女孩想不开，所以他只能打电话让人来接他们。

就当他准备打电话的时候，小女孩却紧紧地抱住了他，开始痛哭。

十几岁的少年从未被女孩子抱过，哪怕是一个比他小几岁的妹妹，也让他愣神了很久。

女孩子温温柔柔，哭起来声音却很大。

她像是抓着一根救命稻草一样，拼命哭，将他白色的衬衫都洇湿了。

他隐隐约约记得，小女孩一边哭一边抱着他说："妈妈不要我了，以后我该怎么办。"

江雨舟此时抱着楼觐的感觉，就像是在做梦一样。

十几岁的她，从来都没有想过，多年后竟然可以抱着当年那个少年，两个人彼此亲吻，温柔交缠。

"我那个时候把你的衬衫都哭湿了。我像个傻子一样。一直哭着问妈妈不要我了我该怎么办，你肯定忘记你怎么回答我的了。"

"忘了。"楼觐的确记不大清楚了。

但是现在他很后悔，他恨不得回到那个时候，紧紧抱着当时无助的江雨舟，不让她再颠沛流离。

"你说，你把我带回家，让你爸妈照顾我。我当时心想，这个哥哥好傻哦，他以为他家是福利院吗，还能捡个孩子回去的……"

说着说着，眼泪就止不住掉下来了，她爱哭，楼觐也任由她哭，从来不会说她娇气。

"我真的这么说的？"楼觐没想到自己竟然会这么蠢。

"真的。"江雨舟时而哭时而笑，又将楼觐的T恤哭湿了，"当时我就这么抱着你，好像你真的能把我带回家照顾我一样。我也不知道为什么，你让我特别有安全感，可能是因为你救了我的命吧，也可能，是我当时没了妈妈，我太想被人保护了。真好啊，现在又抱到了。"

江雨舟长长舒了一口气，眼里蓄满了泪："我一直觉得老天爷对我好狠心，没有一年是顺风顺水的。但是遇到你之后，我发现，这可能就是先苦后甜吧。"

楼觐听到江雨舟带着哭腔的话，忍不住将她抱得更紧了一些。

"对不起。"

"你对不起做什么？难不成你当时还真想把我带回家当妹妹吗？呆子。"江雨舟啐了一句，"后来警察来了，我就被带走了。我回到家收拾了东西投奔王院长。可能一切都是因果轮回，虽然他十恶不赦，但也是他将我又推到了你身边。怎么说呢，可能是命吧。"

江雨舟信命，从遇见楼觐开始，就很信。

"那些颠沛流离，以后都与你无关了。"楼觐吻了吻江雨舟的嘴角，江雨舟在黑夜之中，清晰地看到了楼觐眼底的点点湿润。

他眼底温柔，胜过千万星光。

上城某影楼。

今天楼觐为了弥补和江雨舟没有办婚礼的遗憾，带她来拍婚纱照。

婚礼准备起来过于烦琐，等到一切准备好，江雨舟的肚子也等不了了。所以他打算等到孩子出生再办。现在先将婚纱照补上。

女孩子都喜欢拍照，江雨舟在知道要拍婚纱照的时候激动了一晚上没睡好，因为她跟楼觐唯一的合照就只有结婚证上那张，照片上两个人都笑得不怎么开心。

当时民政局的人还以为这两个人是骗婚，问了他们好多遍确认了要结婚才帮他们走的程序。

但是今天，在影楼，江雨舟从楼觐的脸上就能够看到从内心深处荡漾出来的开心。

喜欢果然是藏不住的。

"我太太怀孕了，麻烦不要让她穿高跟。"楼觐正在叮嘱侍者。

"楼先生对您太太真好。我们会小心的。"侍者羡慕不已，私下早就已经议论过了,之前网上那些谣言果然都是假的,这楼先生和楼太太简直就是模范夫妻,楼先生温柔的样子绝对不是装出来的。

一个男人爱不爱一个女人,旁人几眼就能够看明白。

江雨舟换上婚纱之后看着镜子里的自己,心想也不知道楼觐看到会是一个什么样的画面。

这是她第一次在他面前穿婚纱。

婚纱是楼觐选的,大面积的绸缎面料,光滑又有质感,和一般普通的纱质婚纱不同,绸质的更加有气质。抹胸的设计将江雨舟的身材衬托得很好。

她骨架很小,身材瘦弱,但是能够将婚纱很好地撑起来。

楼觐的眼光是真的好。

"高跟鞋呢?"江雨舟在试衣间问侍者。

"楼太太,刚才楼先生说了,您怀孕了不能穿高跟鞋。您就穿平底吧,待会儿拍摄的时候我们给你垫小板凳。"侍者笑着说道,"楼先生可真心疼你呀。羡慕死我们了。"

江雨舟却哭笑不得,楼觐连高跟鞋都不让她穿了,这也太紧张她了吧。

"不行,我还是想穿高跟鞋。一辈子就一次婚纱照。"江雨舟任性了一把,侍者有点为难。

"这……万一有什么闪失,我们承担不起啊。"

"没事的。"江雨舟觉得楼觐是小题大做了。

不过心底还是暖暖的,楼觐这个人脸上冷冰冰的,行动却总是第一位的。

"好吧。"

侍者将高跟鞋送过来,帮江雨舟穿上。

江雨舟看到脚上漂亮的高跟鞋之后整个人心情都变得好了很多,她提着婚纱,出了试衣间。

走了几步来到楼觐所坐的沙发前面。

此时的楼觐正在打电话处理公司的事情,抬头瞥了一眼江雨舟,下一秒,他立刻对电话那头的人说道:"我这边还有事,先挂了。"

江雨舟心底冒出来几个字:呵,男人。

楼觐起身,他今天和往日一样穿着西装,只是头发梳了油头,比往日里看上去更多了几分霸道感,江雨舟看到第一眼的确还是心底微微动了一下。

老公真的好帅啊……不管看多少次,还是要犯花痴。

"楼先生,楼太太穿这件婚纱好不好看呀?"旁边的几个侍者开始起哄。

楼觐上下打量了一番,淡淡笑了一下,一副高冷矜持的样子:"嗯。很美。"

平静寡淡的三个字,旁人听起来好像是冷冷淡淡,但江雨舟吃透了楼觐,知道这家伙心底肯定已经乐开花了。

他就是什么都不愿意表达在脸上,巴不得藏着掖着情绪。

但江雨舟是看穿了他的,知道他的所有想法。

"过来。"楼觐朝江雨舟伸手。

江雨舟看到他伸手的姿势觉得特别帅,忍不住加快了脚步想要走过去,然而就在她迈开腿的时候,一不小心踩到了裙角。

"哎呀。"她一个趔趄,扑进了楼觐怀中。

"怎么回事?"楼觐面色沉郁,"不是不让你穿高跟鞋吗?"

楼觐的脸色真是说变就变。他低头一眼就看到了她藏在裙子下面的高跟鞋。

江雨舟撇了撇嘴:"好看。"

"已经够好看了。"楼觊俯身,轻轻拍了拍她的脚踝,示意她抬起脚。

江雨舟却不愿意:"不要,不要。"

楼觊拿她这副撒娇的样子实在是没办法。

江雨舟在人前其实很少撒娇,经常是端庄温和的,但是现在,她好像越来越娇气了。

都是他宠出来的。

楼觊没办法,只能站起身,将江雨舟一把抱了起来。

她被抱起来时,偌大的婚纱裙摆也被抱了起来,这个姿势从背后看格外霸道又好看。

一个侍者忍不住拿出手机将这个场面拍了下来,偷偷发到了微博。

楼觊将江雨舟抱到了拍摄的房间,摄影师已经在等着他们了。

"楼先生楼太太,麻烦你们做出一些亲密的动作,可以调皮一点,这样照片拍出来不会僵硬,会很生动。"摄影师心底想的其实是,这一对长得好身材好,无论怎么拍其实都是好看的。

楼觊在人后做任何亲密的动作都可以,但是一到人前,他就有些放不开了。

这些年在总裁的位置上待久了,在人前甚至都不会笑了,笑容有些僵硬。

江雨舟常年登台表演,这些在她看来都不是问题。

只是她的这位配偶,此时的表情过于僵硬了吧?

帅是帅,只是好像在假笑,一点都不开心的样子。

"楼先生,你是不是觉得跟我拍婚纱照一点都不开心?"江雨舟揶揄地问,"平时你是这么笑的吗?"

楼觊伸手摸了摸下巴,很努力地想要调整自己的表情。

但是，无果。

他总不能在江雨舟面前说，自己有点紧张吧？

因为拍婚纱照紧张，要是被江雨舟看破了，以后几十年的日子，他可能都要被这个丫头嘲笑了。

"来，楼太太，帮楼先生调整一下情绪，让楼先生笑得自然一点。"摄影师提醒着江雨舟。

江雨舟踮起脚，在楼觐耳边低声说："楼先生，如果你希望以后你女儿看到爸爸妈妈的结婚照上，爸爸愁眉苦脸的，一定会觉得爸爸不喜欢妈妈。还有，如果你笑得不真诚的话，她看到后也会这么怀疑的。"

楼觐想了想好像觉得有点道理，但他有些尴尬："我笑不出。"

"镜头恐惧？"

"不是。"

"那是因为什么？"江雨舟在这边叽叽喳喳地跟楼觐说话，落入摄影师和侍者们的眼中都是恩爱甜蜜。

"不知道。"楼觐冷着一张脸说道。

江雨舟大致已经猜到一些了。

"我知道了，你是紧张。"她淡淡说道，"你就是太喜欢我了。第一次跟我拍婚纱照紧张了。对不对？"

她口气里有一点得意扬扬的味道。

让她占了上风……

楼觐板着一张脸："我能不笑吗？"

"不可以。"江雨舟撇了撇嘴，"我做点什么事情你会开心得笑出来？"

"亲我。"楼觐倒是不要脸。

但是江雨舟喜欢这种不要脸。

她闻言，立刻踮起脚，伸出手臂放在楼觐的肩膀上，亲了亲楼觐的脸颊。

果然，楼觐立刻放松了下来，也瞬间有了笑意。

摄影师在这个时候立刻按下了快门。

从影楼出来，江雨舟一上车就觉得脚踝疼得厉害，但因为自己任性穿了高跟鞋，她根本不敢跟楼觐说。

直到回到楼宅，江雨舟疼得走路都一瘸一拐的，最终被楼觐发现。

"脚扭伤了？"楼觐冷着一张脸，质问她。

江雨舟面对这突如其来的质问，觉得特别尴尬。她就是不听话做错事情被抓包的小孩子。

她连忙钻进了洗手间，一边喊："我洗个澡用热水泡泡就好啦！"

半小时后，她从洗手间里出来，看到楼觐坐在床尾，床上放着一瓶红花油。

"怎么，楼师傅准备改行做按摩了？"江雨舟看到楼觐准备的东西的时候心里暖融融的。

楼觐总是这么细心，知道她脚扭伤之后就准备好了红花油给她按脚踝。

"楼师傅？江雨舟，你的胆子越来越大了。"楼觐起身，将红花油扔给江雨舟，"自己涂。"

"哎呀，我开玩笑的，我要你帮我涂。"江雨舟将红花油塞到了楼觐手里，自己则躺到了床上，伸出纤长的腿放到楼觐的大腿上。

"我是谁？"

"楼师傅。"

"再说一遍。"楼觐打开了红花油，用力按了按江雨舟脚踝，疼得江雨舟皱紧了眉头。

"啊……老公老公。"江雨舟立刻改口。

这个人报复心怎么这么重？

楼觐得到了自己满意的答案之后果然乖了很多，开始有规律地按摩着她的脚踝。

江雨舟的脚踝上传来热辣辣的烫意，果然舒服了很多。

"说实话，这种扭伤我经历多了。唱戏要学的功夫多，以前练得我身上青一块紫一块的。那个时候没人帮我涂药油，都是我自己。晚上有时候疼得睡不着，就起来去洗热水澡才会舒服一点。"江雨舟说到这些往事，忍不住叹了一口气，"要是那个时候认识你就好了，你又年轻，按摩的手法又好，我还能免费多个按摩师傅呢。"

江雨舟说起这些让她觉得痛苦的往事时，还是忍不住开起楼觐的玩笑。

她发现自己和楼觐之间的相处已经越来越舒服了，两个人可以随时随地拿对方开玩笑，她再也不需要忌惮楼觐会不会生气，会不会随时不要她。

楼觐听到江雨舟这样的话只觉得心疼，他沉默了几秒，反应过来她好像是在调侃自己。

他拧上红花油的盖子，冷冷地瞥了江雨舟一眼："你是嫌弃我现在老了？"

"不敢不敢。等楼先生以后七老八十了，也记得要帮我涂红花油哦。"江雨舟似乎能够看到自己和楼觐都老了的样子。

唱戏是吃青春饭的，她很怕变老。但是在遇到楼觐之后，她发现变老也不是一件多么可怕的事情。

能够跟自己爱的人一起慢慢变老，是一件很浪漫、很浪漫的事。

"你老了还扭伤，一个不灵活的老太太？"楼觐也调侃她。

"你才不灵活呢！我老了也是最漂亮最灵活的老太太！"江雨舟忍不住起身去"捶打"楼觊，然而下一秒，她的手就被楼觊握住。

楼觊俯身将她放倒在床上，吻上了她的嘴唇，封住她的嬉笑声。

番外小剧场

【1】番茄蛋花汤

江雨舟生孩子的时候难产,楼觐在产房外面守了足足七个小时。

最后生了一对龙凤胎。

楼觐这么一本正经的人,给孩子取的小名却让人哭笑不得。儿子叫豆丁,女儿叫番茄。

江雨舟很排斥这两个名字,于是自己给他们取了大名,儿子叫楼知恒,女儿叫楼知诺。

但是楼觐从来不叫这兄妹俩的大名,每天"豆丁""番茄"地叫,把孩子们都给叫熟了。

今天是龙凤胎的生日,江雨舟决定亲自下厨给两个孩子做一顿晚餐,她在厨房里忙活了半天,楼觐则在客厅里陪孩子们玩玩具。

"阿觐,你帮我去酒窖里拿瓶啤酒来,我要炖排骨。"江雨舟喊了一声。

楼觐被迫放下玩具起身去了酒窖，拿了啤酒走到厨房，忍不住伸手从身后抱住江雨舟，抵在她脖子边上低声说道："老婆辛苦了。"

江雨舟觉得一阵肉麻，但心里暖暖的："陪孩子们玩去吧。"

过了五分钟，江雨舟又让楼觐去院子里摘了点葱花。她在院子里种了不少蔬果。

又过了十分钟，她又喊楼觐去摘番茄。

楼觐此时接到一个电话，就对豆丁说："豆丁，去摘番茄给妈妈，一个就够了。爸爸去楼上看一下文件。"

豆丁迷茫地看着爸爸，一张白嫩嫩的小脸蛋上写满了疑惑。

他用力点了点头，没过一会儿，两小只出现在厨房里。

"哎？不是让你们爸爸去摘番茄给我吗？你们怎么进来了？"江雨舟皱眉看着这俩小家伙。

豆丁一边奶声奶气地开口，一边把妹妹馒头一样的小手递到了江雨舟面前："妈妈给，番茄。"

江雨舟瞬间笑了："妈妈是要番茄做蛋花汤，不是你妹妹这个番茄！"

楼觐这都传达了些啥啊？

番茄忽然大声哭起来："妈妈你为什么要把我做蛋花汤？"

江雨舟真是哭笑不得，心想，楼觐，你死定了！

【2】女鬼在唱歌

为了从小培养两个孩子独立生活，楼觐让兄妹俩各自睡一个房间。

这样也能够从小锻炼孩子的胆量。

有一天晚上,番茄忽然抱着自己的玩具小兔子敲了敲豆丁房间的门,轻轻地用小奶音说道:"哥哥,你睡了吗?"

"没有哦。番茄你有事吗?"豆丁从小床上坐了起来。

番茄连忙光着小脚丫子噔噔噔地跑到了豆丁的床上,歪着脑袋说道:"哥哥我害怕,睡不着。"

"那你跟我一起睡吧。"豆丁刚好也害怕。

他们都想跟爸爸妈妈睡在一块儿。

番茄钻进了被子,两个小家伙开心地睡在了一起。

清晨五点多的时候,番茄忽然睁开了眼睛,带着哭腔摇醒了豆丁:"哥哥,好像有鬼鬼。"

豆丁被吓得一个激灵,也立刻竖起小耳朵认真听了起来。

楼下好像有女鬼在唱歌……

"是女鬼吗?"豆丁吓得立刻钻进了被窝,连露在被子外面的小脚丫都立刻缩了回去。

番茄也照做了,哥哥怎么做她就怎么做。

"嗯嗯嗯,是女鬼在唱歌。"

"那怎么办?爸爸妈妈不会已经被女鬼吃了吧?"

豆丁一说,番茄忽然就开始哭了。

"啊,爸爸妈妈好惨啊,女鬼会不会来吃我们?"

两个小家伙就这么战战兢兢地度过了一周的时间。

直到有一天吃早餐的时候,江雨舟发现这俩小家伙食欲不振又一副睡眠不足的样子,于是问他们怎么了。

豆丁:"妈妈,每天早上我跟妹妹都被女鬼的歌声吓醒。"

番茄:"那个女鬼唱得还很难听。"

豆丁:"妈妈,她什么时候会来吃我们啊?"

江雨舟:"……"

她一脸无语。

在一旁吃早餐的楼觐笑出了声,下个月江雨舟要重返剧院,这两天每天五点多就起来吊嗓子了。

楼觐:"别怕,那个女鬼是你们妈妈。"

【3】世上没有不懂风情的男人

楼觐不浪漫这件事情众所周知。

今天是楼觐和江雨舟的结婚纪念日,但楼觐仿佛是忘记了,无动于衷。

江雨舟今天特意将两个宝宝和米球送到卓越那边,卓越虽然不喜欢小孩也不喜欢狗,但在江雨舟这边他自知理亏,只要江雨舟提出要求,他一定会帮她照看小孩和狗。

她早在一个月前就挑选好了连衣裙,选好了烛光晚餐的餐厅,并且精心挑好了送给楼觐的礼物。

在结婚纪念日当天,她下午就跟剧院请好假,早早地去餐厅等楼觐了。

她对于楼觐忘记了结婚纪念日这件事情有点不开心,但还是心存了一点点希望。

万一他也准备了礼物呢?

江雨舟坐在窗边景观最好的餐桌旁,从这里看上城夜景是一绝,窗外霓虹幻影，江滩独绝。

她等了大概半小时，楼觐终于来了。

"来晚了。"楼觐风尘仆仆，手上也没有带任何礼盒袋子。

江雨舟看到的一瞬间有些失望。

"哦。"她冷冷淡淡回复了一句，口气很不爽。

楼觐拉开椅子坐下，看到江雨舟面色失落，扯了扯嘴角："因为我迟到不开心了？"

江雨舟嘟哝了一句："你现在就像是约会迟到的渣男。"

楼觐也没多说。

吃到一半的时候，江雨舟将自己准备好的礼盒从桌子底下拿了出来，推到了楼觐面前。

"喏，你的礼物。"

"为什么要送礼物？"楼觐接过礼盒。

江雨舟抓了抓脖子，不悦地说："看吧你果然忘了，今天是我们的结婚纪念日。"

江雨舟想着，自己就不应该对这个不浪漫的男人抱有幻想。

楼觐打开礼盒，发现是一件白衬衫。

他忽然想到了当年自己和江雨舟第一次见面时，在天台，他穿的就是一件白衬衫。这么多年了，江雨舟还是最喜欢看他穿白衬衫的样子。

"结婚纪念日忘了，礼物也没有。真没劲。"江雨舟嘀咕着，随即听到楼觐开口。

"你不觉得这个餐厅只有我们一桌？"

江雨舟一愣，环视了一圈："好像是哎，等等？你不会是包下了一整个餐厅？你早就知道？"

这个时候，侍者端上来一个餐盘，上面写着：Happy anniversary！

江雨舟这才发现,原来这个世界上根本就没有不懂风情的男人,只有不用心的男人。

【4】有一种东西叫过劳肥

宠爱宠物院。

楼觐一个一米八五的大个子,今天来到这里,肩负了一个极其艰巨的任务:帮米球找老婆。

米球年纪不小了,江雨舟这些天总是患得患失,生怕米球若干年后离开了自己会受不了。楼觐想着,如果米球能够有后代,或许能缓解江雨舟的情绪。

于是,他决定帮米球找一个"太太"。

"楼先生,我们这里的母法斗都是优良品种,平时主人们也都很呵护它们的。您随便挑,我们米球长得这么帅,母法斗的主人肯定愿意。"宠物院的老板娘热情地跟楼觐介绍着。

楼觐单手抱着米球,像是巡逻一样观察着这些母法斗。

"有没有瘦一点的?都太胖了。"楼觐一本正经地说。

老板娘哭笑不得:"法斗都是这样的,容易发胖。圆滚滚的身材才可爱嘛。"

楼觐摇了摇头:"不够苗条,影响下一代基因。"

老板娘暗自发了一个微信给正在剧院的江雨舟:"雨舟,你先生好像在给米球选美。"

"他是不是嫌小狗狗们都太胖了?"江雨舟那边发过来。

"你怎么知道?"

江雨舟语塞:"他平时老说米球太胖……"

老板娘看完微信之后又看了一眼米球,忍不住对楼觐说:"楼先生,这米球也不瘦啊。"

就因为老板娘这句话,导致了米球接下来一个月面临的非人"折磨"。

楼觐因为嫌弃米球太胖,每天早上去晨跑的时候都要拉着米球一起去,每天这几圈下来,米球都快累虚脱了。

"为什么每天带它跑步它还这么胖?"楼觐皱眉。

江雨舟深吸了一口气:"楼先生,有一种东西叫过劳肥,你懂吗?"

【5】妈妈有眼光

豆丁上幼儿园的第一天被叫家长了。

江雨舟晚上要演出没办法去幼儿园,只能让楼觐临时取消了视频会议,去接这个小兔崽子。

豆丁被叫家长的原因是他欺负小朋友。

园长很为难地对楼觐说道:"楼先生,知恒真的太调皮了,小朋友们第一天来上学都想认识一下对方。知诺长得漂亮,很多小朋友都来跟她打招呼,不知道知恒是不是吃醋了,不肯让他们来打招呼,还凶了这些小朋友。小朋友们都哭了,我们哄了好半天。"

楼觐低头,看了一眼一脸不服气的豆丁。

"是真的？"

豆丁噘嘴，高冷得要命，一副根本不愿意搭理他们的样子。

"番茄，你说。"楼觐看向番茄。

番茄乖乖地站在那边，白白嫩嫩的一小团，性格跟江雨舟一模一样，温柔又可爱。

"爸爸，哥哥很乖。"

"豆丁，你说说是怎么回事？"楼觐并不打算袒护自己儿子。

豆丁却扬着一张脸，冷哼了一声："哼。我要回家。"

楼觐的脸色一下子沉了下来，第一次觉得这么丢人，还是因为自己儿子……

园长也不为难楼觐，笑着说："那楼先生您先带着两个孩子回家吧。回家教育一下。"

楼觐朝园长点了点头，俯身将番茄抱了起来，而另一只手则牵着豆丁。

"爸爸我也要抱。"豆丁张开了双臂。

"男孩子要自己走路。"楼觐丝毫不给面子。

回到车内，楼觐将他们安置在了后座的婴儿安全椅上，冷冷地从后视镜里瞥了一眼豆丁。

"楼知恒，你解释一下。"

忽然被叫了大名，豆丁一个激灵："爸爸，来跟妹妹打招呼的都是男孩子，我要保护好妹妹。不能让妹妹被别的男孩子抢走！"

楼觐沉默了几秒，冷冷地扔下一句话："以后你也不准妹妹跟别的男生玩？"

"不准。"

"那妹妹长大后嫁不出去怎么办？"

豆丁沉默了几秒："妈妈说她从小没朋友也嫁出去了！还嫁给了大

帅哥!"

　　楼甄听到这句话莫名心情好了起来。

　　嗯,大帅哥。

　　算自家老婆有眼光。